LE PIÈGE
DE BANGKOK

DU MÊME AUTEUR
CHEZ SUCCÈS DU LIVRE

SAS À ISTANBUL
SAS CONTRE CIA
SAS LE PRINTEMPS DE TBILISSI
SAS PIRATES !

Gérard de Villiers

LE PIÈGE
DE BANGKOK

Cette édition de *SAS Le piège de Bangkok*
est publiée par SDL Éditions
avec l'aimable autorisation
des Éditions Gérard de Villiers

© Éditions Gérard de Villiers, 2009

ISSN Confort : 2102-2445
ISBN 13 : 9782738225801
Tous droits réservés.

PROLOGUE

Du 23ᵉ étage de l'hôtel Sofitel de Silom road, on avait une vue magnifique sur Bangkok. Pourtant, les trois hommes installés assez loin du bar ne semblaient guère s'y intéresser. Différents documents étaient étalés sur leur table, à côté des verres vides et leur conversation, principalement en espagnol, semblait les absorber complètement. L'un des trois hommes, massif, blond roux, le visage barré d'une moustache, se pencha vers ses deux interlocuteurs assis en face de lui et dit, à voix basse, en espagnol :

— Je suis désolé pour ce qui est arrivé il y a deux jours.

Les deux hommes approuvèrent d'un hochement de tête, visiblement reconnaissants de cette remarque.

Le piège de Bangkok

L'un d'eux, qui s'était présenté sous le nom de Manuel Sanchez, répondit simplement :

— *Muchas gracias*[1].

Deux jours plus tôt, le 4 mars 2008, Raul Reyes, un des dirigeants les plus anciens des FARCS[2], avait été tué par l'armée colombienne, dans les jungles du sud-ouest de la Colombie, vaste zone contrôlée par la guerilla marxiste, où celle-ci cultivait intensivement la coca.

La conversation reprit. Manuel Sanchez et son ami, Hugo Sinaloa, avaient contacté Viktor Bout à Moscou, plusieurs mois auparavant, par téléphone et par e-mail, dans le but de lui demander s'il pouvait leur procurer des armes. Grâce à la vente de cocaïne – les FARCS étaient devenus un des plus importants cartels de la drogue en Colombie – cette guerilla disposait de sommes considérables dissimulées dans différents paradis fiscaux.

Or, jusqu'à 2003, date à laquelle Viktor Bout, ancien officier soviétique

_____

1. Merci beaucoup.
2. Guerilla marxiste colombienne.

8

Le piège de Bangkok

reconverti dans la vente de matériel de guerre aux pays sous embargo, s'était retiré à Moscou, ce dernier, surnommé par certains « the Lord of War »[1], était connu pour ses innombrables transports d'armes, de diamants, d'or et même d'hommes, grâce à une véritable flotte aérienne d'avions cargos en leasing opérant à partir des Émirats Arabes Unis. Tout le monde faisait appel à lui : les trafiquants de diamants du Libéria ou de Sierra Léone, les Taliban alors au pouvoir à Kaboul, ou une guerilla anti-marxiste comme l'UNITA angolaise, pour acheter des armes. Les Améri-cains, eux, à court d'avions de transport, l'avaient utilisé pour acheminer du maté-riel en Irak et en Afghanistan. Les Fran-çais, de leur côté, avaient choisi, en 1994, une des compagnies de Viktor Bout pour transporter les 2 400 hommes de l'opération « Turquoise », de France au Rwanda.

Bref, Viktor Bout, au départ modeste lieutenant de l'Armée Rouge, rendu à la vie civile en 1989, pour cause de désinté-

---

1. Le Seigneur de la Guerre.

gration de l'Union Soviétique, avait monté, à vingt-quatre ans, un petit empire de transport et de ventes d'armes, grâce aux innombrables stocks de matériel militaire orphelins, en Russie, en Ukraine, en Biélo-Russie ou au Kazakhstan, louant pour une bouchée de pain des appareils russes ou ukrainiens qui pourrissaient sur des tarmacs, un peu partout en Europe de l'Est.

Son nom était dans tous les carnets de ceux qui, à travers le monde, cherchaient des armes, à acheter ou à transporter.

C'est la raison pour laquelle il n'avait pas été surpris lorsque les deux représentants des FARCS l'avaient contacté à Moscou, où il s'était retiré en 2004, poursuivi par la vindicte de certaines agences onusiennes. Après deux contacts préliminaires au Danemark et en Roumanie, rendez-vous avait été pris à Bangkok, dans la capitale thaïlandaise, la Thaïlande accordant facilement des visas aux citoyens russes.

Viktor Bout était arrivé de Moscou à huit heures du matin, le 6 mars 2008, et s'était installé dans une chambre du dix-huitième étage du Sofitel. Le temps de prendre une douche et de se reposer, il était monté au vingt-troisième étage, vers une heure de l'après-midi, pour y retrouver ses deux « clients ». Avec le ferme espoir de leur vendre un vieil Ilyouchyne 78 qui lui était resté sur les bras, suite à la cessation de ses activités. S'ils voulaient des armes, il fallait bien les transporter.

Ils étaient arrivés maintenant à la fin de leur discussion exploratoire. Viktor Bout avait devant lui une feuille de papier sur laquelle il avait griffonné la « shopping list » de ses acheteurs : 700 ou 800 missiles sol-air Igla destinés, selon eux, à abattre les hélicoptères « Blackhawk » et « Apache » de l'armée colombienne, dix millions de cartouches de calibre 7,62, des mines anti-personnel et des explosifs, de préférence du C. 4, des équipements de vision nocturne, des ULM et des drones destinés à être équipés de missiles. Le meeting allait se terminer. Aucun argent n'avait changé de main, mais Viktor Bout avait promis de se pencher sur leur commande dès

Le piège de Bangkok

son retour à Moscou et de garder le contact avec eux.

Il était en train de ramasser les feuilles de papier devant lui, lorsque, soudain, ses deux interlocuteurs sautèrent de leurs sièges en brandissant des cartes gainées de cuir, comme dans les séries télévisées. Manuel Sanchez lança d'une voix de stentor :

— *Special Agent Louis Millione. DEA (Drug Enforcment Administration). You are under arrest. This meeting has been recorded*[1].

Pendant qu'il parlait, le second représentant des FARCS raflait les papiers restés sur la table et les enfouissait dans une serviette de cuir. D'abord stupéfait, Viktor Bout reprit vite son sang-froid. Il se trouvait sur le territoire thaïlandais, où les Américains, de quelque Agence que ce soit, n'avaient aucun pouvoir de police.

— Vous n'avez rien à me reprocher, protesta-t-il. Et vous n'avez pas le droit de m'arrêter.

---

1. Agent Spécial Louis Millione, D. E. A. Vous êtes en état d'arrestation. Ce meeting a été enregistré.

Le piège de Bangkok

Il n'avait pas terminé sa phrase que la porte s'ouvrit sur deux Thaïlandais en civil, dont l'un, le crâne rasé, portait un T-shirt « Abercombie » et, l'autre, plus âgé, une chemise blanche.

Ils exhibèrent des cartes, eux aussi, et, en anglais, annoncèrent à Viktor Bout :

— Nous faisons partie de la « Crime Suppression Unit Division » de la police royale thaïlandaise et nous vous arrêtons pour avoir tenté d'effectuer une opération illégale sur le territoire du Royaume...

Eux, avaient le droit de l'arrêter ! Aussi, se laissa-t-il faire lorsqu'ils lui passèrent les menottes, les bras ramenés en avant, et l'entraînèrent.

— Je veux prévenir mon consulat ! protesta Viktor Bout.

Ils ne l'écoutèrent pas et le poussèrent dans l'ascenseur. En face du Sofitel, il y avait dans Silom road, un gros 4 × 4 en plaques CD, un civil au *volant.* Les deux Américains de la DEA y poussèrent Viktor Bout et l'un des policiers thaïs prit place à l'avant, l'autre regagnant une voiture grise et bleue de la police thaï qui alluma aussitôt son gyrophare.

Le piège de Bangkok

Les deux véhicules descendirent Silom puis, avant d'arriver à Charoen Krun, tournèrent à droite. Viktor Bout commença à s'inquiéter.

— Où allons-nous ? demanda-t-il aux deux agents de la DEA qui l'encadraient.

Ils ne répondirent pas mais, une minute plus tard, le 4 × 4 et la voiture de police s'engagèrent sur l'expressway, l'autoroute urbaine suspendue dont une branche menait à Savarnabhumi, le nouvel aéroport, situé à l'est de la ville.

Cependant, au lieu de prendre cette sortie, ils continuèrent vers le nord. D'abord, Viktor Bout pensa qu'ils allaient au QG de la police, mais lorsqu'il aperçut les panneaux de signalisation verts indiquant « Don Muang », il comprit. Don Muang, c'était l'ancien aéroport, qui n'accueillait plus de vols commerciaux et servait désormais de base à l'armée de l'air thaïlandaise.

*
* *

Douglas Farah, directeur régional de la DEA, attendait depuis presque deux

Le piège de Bangkok

heures dans une Chevrolet climatisée, à côté d'un Grunman 900 affrété par la CIA. L'équipage du Grunman était dans le cockpit et Douglas Farah estimait avoir suffisamment goinfré de dollars le capitaine de l'armée de l'air thaï, responsable de la tour de contrôle, pour être certain d'obtenir un créneau de décollage dès que son « client » serait arrivé. Le Grunman 900 se dirigerait ensuite vers l'île d'Okinawa au Japon, où l'US Army possédait une base importante. De là, Viktor Bout serait acheminé vers les États-Unis, pour être présenté au procureur du Southern District de l'État de New-York qui l'informerait des charges retenues contre lui.

Une belle opération : depuis qu'en 2004, le président Georges W. Bush avait enfin signé *l'affidavit*[1] accusant Viktor Bout de trafic d'armes, la DEA et la CIA n'avaient pas chômé, cherchant à coincer leur suspect. Il y avait évidemment un hic : depuis 2004, justement, Viktor Bout s'était retiré à Moscou, avec sa femme et sa fille. Or, il n'était pas

_____
1. Réquisitoire.

Le piège de Bangkok

question, même en rêve, de demander au gouvernement russe son extradition.

La CIA avait donc fait appel à ses « cousins » de la DEA pour monter un piège, activité où les agents de cette Agence étaient particulièrement effica-ces, autorisés par le gouvernement américain à faire de la provocation. Bien entendu, la CIA avait promis de régler tous les frais de cette opération de lon-gue haleine, et, ensuite, de partager les informations recueillies.

Le portable de Douglas Farah sonna et il sortit aussitôt de la Chevrolet pour répondre, ne tenant pas à ce que son chauffeur thaï entende ce qui se dirait.

La chaleur lui tomba dessus comme une masse chaude et brûlante. Intena-ble. Heureusement, la conversation ne fut pas longue.

— Mister Farah, annonça la voix du « special agent » Michael Aumont, *we are nearing*[1].

C'est lui qui s'était fait passer pour Manuel Sanchez, le représentant des FARCS. Douglas Farah ne prit même

_____
1. Nous sommes tout près.

Le piège de Bangkok

pas le temps de répondre au « special agent » de la DEA. Il se précipita vers le Grunman, grimpa la passerelle et lança au pilote :

— Demandez un créneau de décollage. Nous sommes prêts dans un quart d'heure.

Le temps de regagner la Chevrolet, il était en nage. Avec la mousson, le thermomètre atteignait 40° ! Au moins, à Okinawa, en cette saison, la température était humaine. Il reprit place dans la voiture, surveillant la barrière protégeant l'entrée de l'aéroport militaire.

Il n'eut pas à attendre longtemps. Cinq minutes plus tard, il aperçut le 4 × 4 de la DEA de Bangkok. Le véhicule s'arrêta devant la barrière ainsi que la voiture de la police thaï qui le suivait. Un policier thaï en sortit et se dirigea vers le poste de garde de l'armée de l'air thaï.

Douglas Farah soupira de soulagement, intérieurement. Dans une demi-heure, ils seraient partis, avec leur « client ». Les félicitations allaient pleuvoir, de Washington et de Langley.

Le piège de Bangkok

*

* *

Viktor Bout se pencha en avant et aperçut une barrière horizontale peinte aux couleurs de la Thaïlande et, derrière, ce qui ressemblait fort à une base aérienne.

— Où est-ce qu'on est ? demanda-t-il.

Personne ne répondit.

Soudain, en se baissant, il aperçut le jet privé stationné à une centaine de mètres, visiblement prêt au décollage.

Juste au moment où le policier thaï ressortait du poste de garde, en compagnie d'un militaire de l'armée de l'air thaïlandaise.

Viktor Bout n'hésita pas. En dépit de ses menottes, bousculant l'agent de la DEA qui se trouvait à sa gauche, il parvint à ouvrir la portière et se mit à hurler en anglais.

— C'est un kidnapping ! Appelez le consulat de Russie ! Appelez un avocat !

Le « special agent » essaya de refermer la portière, mais, mû par l'énergie du désespoir, Viktor Bout parvint à passer par-dessus son corps et à tomber

Le piège de Bangkok

sur la chaussée. Au lieu de chercher à s'enfuir, il fonça vers le poste de garde et y pénétra en trombe. Ses occupants, plusieurs soldats et un sous-officier, sursautèrent devant l'irruption de ce *farang*[1] visiblement très énervé. Viktor Bout leva les bras, exhibant ses menottes et lança en anglais :

— J'ai été kidnappé ! On veut me faire sortir de ce pays illégalement ! Je suis citoyen russe. Appelez mon consulat. Ces gens sont des gangsters. *Please, help me !*

Le policier thaï ne parlait que quelques mots d'anglais mais il comprit quand même que ce « *farang* » paraissait très en colère et faisait appel à eux. Les deux agents de la DEA se ruèrent à leur tour dans le poste de garde et Viktor Bout se mit à hurler de plus belle.

— *Help ! Call a lawyer*[2] !

À ce moment, les deux Américains commirent une lourde faute psychologique. Sans s'occuper des militaires thaïs, ils voulurent entraîner Viktor Bout à

---

1. Étranger en thaï.
2. Appellez un avocat.

Le piège de Bangkok

l'extérieur. Celui-ci s'accrocha alors au sous-officier thaï, tout en continuant à hurler. Il y eut une mêlée confuse, les quatre hommes rebondissant contre les murs, et, involontairement, un des Américains balaya l'ordinateur du poste de garde qui tomba à terre !

Furieux, le sergent thaï se dégagea de la mêlée et invectiva d'une voix aiguë le policier thaï qui traduisit aux deux Américains.

— Le sergent dit qu'ici, c'est lui qui commande ! Il trouve cette affaire bizarre. Il va demander des ordres à sa hiérarchie. Ne vous en faites pas, tout va s'arranger...

Viktor Bout et les deux agents de la DEA s'assirent sur un banc, sous le regard suspicieux du sergent qui se mit à glapir dans son portable de sa voix aiguë. Après avoir raccroché, il lança en anglais.

— *My boss is coming*[1]...

Comme un disque usé, Viktor Bout continuait à répéter en boucle :

— Appelez le consulat russe. Je suis citoyen russe, je n'ai rien fait...

___
1. Mon chef arrive.

20

Le piège de Bangkok

Les deux Américains comprirent qu'une sortie en force n'était pas indiquée. Vexés, les militaires thaïs pouvaient se comporter très violemment... Le nombre de prévenus qui se révoltaient dans un commissariat et qui finissaient avec une balle dans la tête était extrêmement élevé. Il n'y avait pas que de la douceur derrière le sourire thaï.

Très vite, les trois *farangs* furent en nage ; il n'y avait pas de clim dans le petit poste de garde.

Vingt minutes plus tard, une voiture militaire déboula jusqu'à l'entrée, avec gyrophare et sirène. Il en descendit un officier filiforme arborant trois barrettes sur les épaules. Un capitaine. Un des agents de la DEA jura entre ses dents. La portière de la voiture arborait une inscription en thaï et en anglais.

« Military Police »

Le capitaine pénétra dans le poste de garde, salué par les « wai[1] » respectueux de ses subordonnés.

---

1. Le wai est le salut thaïlandais, mains jointes à plat au-dessus du front.

21

Le piège de Bangkok

Le sergent lui expliqua la situation d'une voix hachée. L'officier se tourna alors vers Viktor Bout et demanda en anglais.

— Que se passe-t-il ?

— J'ai été agressé au bar du Sofitel de Silom road par deux individus se présentant comme agents de la DEA, qui m'ont accusé de trafic d'armes. Ils ont été rejoints par deux policiers thaïs qui m'ont menotté et j'ai été embarqué de force avec ces deux Américains qui s'apprêtent à me faire quitter le pays, contre mon gré. Je suis citoyen russe ; je n'ai commis aucun délit, j'exige que l'on prévienne mon ambassade.

Le capitaine demeura silencieux quelques instants, perplexe. Pour une affaire aussi délicate, l'exfiltration d'un *farang,* il aurait dû recevoir des instructions, au moins officieuses, de sa hiérarchie. Le policier thaï interrompit ses réflexions.

— *Khun*[1] capitaine, cet homme est un criminel recherché par tous les pays du monde. C'est la raison pour laquelle

_____
1. Monsieur (signe de respect).

Le piège de Bangkok

nous avons prêté main forte à nos collègues de la DEA.

Le capitaine ne répondit pas. Police et armée se détestaient cordialement. Il avait là une belle occasion de leur créer des problèmes.

— Cet homme a-t-il fait l'objet d'un arrêté d'expulsion ? demanda-t-il. A-t-il prolongé son séjour sans visa ?

— Je suis arrivé ce matin ! clama Viktor Bout, et j'ai un visa d'un mois.

— Vous avez votre passeport ? demanda poliment le capitaine thaï.

— Je n'ai même pas eu le temps de le prendre ! assura le Russe, il se trouve à l'hôtel, avec mes affaires...

Le capitaine de la Military Police hocha la tête et laissa tomber en thaï.

— Cet homme n'a pas de passeport, je ne peux pas lui laisser quitter la Thaïlande.

Il répéta la même phrase en anglais à l'intention des deux Américains, blêmes de fureur.

— OK ! conclut Michael Aumont, on repart avec lui.

Une fois à l'ambassade américaine, on aurait le temps de voir venir. Il crut recevoir le ciel sur la tête lorsque l'officier thaï laissa tomber d'une voix calme.

— Impossible, sir ! Cet homme se trouve désormais en zone militaire. C'est nous qui en avons la charge. Accomplissez les démarches nécessaires et nous le remettrons à qui de droit. Ou à notre police, ou à la justice, afin qu'il soit présenté devant un juge.

Michael Aumont l'aurait étranglé. Mais, en dépit de sa silhouette frêle et de sa taille de jeune fille, le jeune capitaine était chez lui. S'attaquer à un officier thaï aurait été suicidaire, même pour un « special agent » de la DEA.

En maugréant, ivres de rage, les deux Américains se dirigèrent vers la porte, suivis du policier thaï. Une phrase lancée d'une voix criarde arrêta le policier. Il fouilla dans sa poche et tendit à l'officier la clé des menottes. Viktor Bout regarda les deux véhicules qui l'avaient amené faire demi-tour et démarrer comme aux « Vingt-quatre heures du Mans », passant leur fureur sur leurs pneus. Il se tassa sur son banc. Il avait échappé au pire, mais il n'était pas encore sorti de l'auberge. Dans un pays

Le piège de Bangkok

aussi corrompu que la Thaïlande, tout pouvait arriver. Il releva la tête et adressa un sourire au capitaine de la « military police » et demanda :

— *Can you call Russian Embassy, please*[1] ?

---

1. Pouvez-vous appeler l'ambassade russe, s'il vous plaît ?

CHAPITRE PREMIER

Pisit Aspiradee n'arrivait pas à détacher les yeux de la blonde longiligne à la poitrine arrogante qui se tenait de l'autre côté de la table de roulette. Depuis son arrivée dans ce petit casino clandestin de « Second Road », à la suite de l'homme qu'il suivait, elle lui avait adressé à plusieurs reprises des regards appuyés. Elle ne semblait pas en chance et la pile de jetons posée devant elle diminuait à chacune de ses mises. Avec sa grosse bouche rouge et sa robe noire s'arrêtant dix centimètres au-dessous de son entrejambe, elle affichait la couleur : c'était une des innombrables prostituées russes, ukrainiennes ou moldaves, qui s'étaient abattues sur Pattaya depuis quelques mois.

Le piège de Bangkok

Quand elles ne travaillaient pas, elles se ruaient dans les casinos clandestins comme celui où se trouvait Pisit Aspiradee, pour y flamber l'argent gagné à la sueur de leurs cuisses. C'était plus fort qu'elles ! Aussi, repartaient-elles après leur vacation de quelques mois aussi pauvres qu'elles étaient arrivées.

Pisit Aspiradee sursauta en entendant le croupier annoncer :

— Le sept !

Le numéro où il avait misé, modestement, cent baths[1]. Mais cela lui faisait 3 600 baths qui s'ajoutaient à ses gains précédents. En tout, il devait avoir gagné près de 5 000 baths.

Une petite fortune, à son échelle.

Détective très mal payé de la police royale thaï, affecté au seizième district de Bangkok, il arrondissait son salaire en effectuant des filatures pour le compte de la Central Intelligence Agency. Un de ses copains des « Stups » thaïlandais lui avait présenté un jour un grand Américain rougeaud qui lui avait dit s'appeler « Mike », ce qui était évidemment faux, et

---

1. Environ 3 dollars.

28

Le piège de Bangkok

avait besoin d'un « local » pour des filatures discrètes.

Depuis, ils se retrouvaient régulièrement au restaurant Chieng Pen, en face du Lumpini Boxing Stadium, à deux pas de Thanon Wittaya, que les chauffeurs de taxi continuaient à appeler de son ancien nom, Wireless Road, où se dressait l'ambassade américaine. Entre un Kai Yaom[1] et une salade de choux chinois, Pisit Aspiradee recevait ses consignes. Celles-ci étaient d'une simplicité biblique : « Mike » lui remettait une photo, le nom et l'adresse de la « cible », une modeste avance, et c'était à Pisit de noter ses déplacements, les gens qu'il rencontrait et les lieux qu'il fréquentait. Bien entendu, pour pouvoir effectuer ces filatures, Pisit Aspiradee était obligé de se mettre en congés maladie. Ceux-ci étaient acceptés régulièrement par son chef, le détective chef Pathorn Pai, contre 40 % de ses gains américains.

Ce qui était un arrangement très convenable, permettant à Pisit de mener une vie au-dessus de ses moyens de

---

1. Poulet grillé épicé.

Le piège de Bangkok

policier sous-payé et d'apporter régulièrement des offrandes au bouddha du
petit temple Erawan.

Depuis le début de ses relations avec
« Mike », c'était la première fois que sa
filature l'emmenait hors de Bangkok.

De l'autre côté de la table de roulette, la
blonde posa sa dernière pile de jetons sur
le 00. Son regard croisa ensuite de nouveau celui de Pisit, s'attarda un peu et un
sourire salace écarta ses grosses lèvres.
Pisit Aspiradee regretta vivement d'être
en service... Aux trousses d'un certain
Dimitri Korsanov. Déjà, à Bangkok, Pisit
avait eu du mal à le surveiller. En effet, il
demeurait au nord de Bangkok, dans un
soï[1] peu fréquenté, derrière Phaholyoutin
Road, dans une maison ocre au toit plat
d'un étage, qui semblait abandonnée.
Pourtant, dès qu'on s'en approchait, une
nuée de chiens qui semblaient tous plus
méchants les uns que les autres, se met-
taient à aboyer comme des fous, se près-
sant derrière le grillage de la cour, apparemment prêts à dévorer tout intrus.

___

1. Chemin.

Le piège de Bangkok

Utilisant une moto-taxi, comme beaucoup de Thaïs, Pisit Aspiradee avait pu se planquer plusieurs jours, sans trop se faire remarquer dans ce quartier désert que le Russe quittait souvent à pied, empruntant ensuite des taxis ou le BTS, le métro aérien.

Étant donné le nombre élevé de ses rendez-vous, Pisit s'était dit qu'il devait trafiquer du *Yaa Baa*[1]. Dimitri Korsanov ne semblait pas rouler sur l'or. Beaucoup de « *farangs* » désargentés se faisaient de l'argent de poche en revendant au prix fort des cachets qu'ils payaient à peine 40 baths. Seulement, eux, savaient où se les procurer.

Avec le faux Viagra, c'était une des drogues les plus populaires à Bangkok. Toutes les semaines, des célibataires du troisième âge débarquaient de tous les pays et se ruaient dans les bars de *Nana-Plaza Entertainement,* à la hauteur du *soi* 4 de Sukhumvit road. Bourrés de Viagra, ils assouvissaient leur libido sur les petites putes qui n'en pou-

_____
1. Amphétamines, très populaires en Thaïlande.

Le piège de Bangkok

vaient plus, mais se prêtaient gentiment à leurs « prouesses sexuelles ».

Parfois, l'un d'eux explosait, ne supportant pas le mélange Viagra-*Yaa Baa*. On l'évacuait discrètement et la fête continuait. Les filles étaient payées à la prestation et donc ravies.

— Le 7 ! annonça le croupier de sa voix aiguë.

Machinalement, Pisit posa son regard sur la blonde. Juste à temps pour la voir esquisser une grimace dégoûtée : elle n'avait plus un seul jeton devant elle.

Elle s'éloigna de la table, se noyant dans la foule. Pisit Aspiradee la croyait partie lorsqu'une voix suave fit dans son dos en anglais, avec un fort accent russe :

— *Lucky*[1] ?

Au même moment, Pisit sentit un corps se presser contre lui. La masse douce d'une poitrine pesait sur ses omoplates et un ventre plat s'incrustait contre ses fesses, en un message silencieux mais expressif.

Il se retourna.

---

1. Chanceux.

Le piège de Bangkok

La blonde lui souriait avec une expression si sensuelle que le sang lui monta à la tête.

— Vous, beaucoup gagner, susurra-t-elle en anglais. Maintenant, partir. Faire « boum-boum ».

Le détective thaï retint un sursaut : une main venait de se poser sur son sexe. Celle de la blonde. Les joueurs étaient tellement serrés les uns contre les autres que nul ne s'en aperçut. Il regarda son tas de jetons, puis Dimitri Korsanov, l'homme qu'il était chargé de surveiller pour le compte de la CIA. Le Russe se trouvait à l'unique table de black-jack, et lui tournait le dos. Sa silhouette massive faisait paraître ses voisins minuscules. Avec ses cheveux blonds, ses yeux bleus, son bouc bien taillé, il ressemblait à un acteur de cinéma.

Il était toujours vêtu d'une tenue vaguement militaire, kaki, avec des poches partout, une sacoche accrochée à l'épaule. D'après le peu que lui avait dit « Mike », c'était un ancien officier de l'armée soviétique… Pourtant, il vivait depuis longtemps à Bangkok.

Le piège de Bangkok

Ce matin-là, après avoir pris un thé au Marway Garden Hotel, non loin de chez lui, il était monté dans un taxi et Pisit l'avait suivi dans un autre.

Ils avaient descendu l'interminable Sukhumvit road et débouché dans une zone semi urbaine où cocoteraies et villages alternaient. Prenant ensuite l'autoroute toute neuve en direction de Pattaya, la Mecque de la prostitution thaïlandaise. On disait que le chiffre d'affaires de l'industrie du sexe à Pattaya dépassait le budget du pays... Depuis très longtemps, cette station balnéaire, au bord de la mer d'Andaman, à 150 kms de Bangkok, était un gigantesque lupanar. Des milliers de jeunes putes thaïs y accueillaient tous les « *farangs* » en quête de chair fraîche : Australiens buveurs de bière, Allemands amateurs de jeunes gens, homosexuels de tous les pays, cherchant à assouvir des fantasmes qui les auraient menés en prison dans leur pays d'origine. Des centaines de bars, de salons de massage, de restaurants, canalisaient cette faune, surtout situés à Pattaya Beach, la plage du nord.

Le piège de Bangkok

Au sud, le long de Jomtien Beach, les bars étaient nettement moins nombreux. Après avoir quitté le freeway, le taxi transportant Dimitri Korsanov avait franchi la grille d'une résidence ultramoderne, « Sea Orchid Apartments », érigée sur la colline couverte de végétation tropicale qui séparait Pattaya Beach de Jomtien Beach. Évidemment, Pisit Aspiradee n'avait pu le suivre, l'entrée étant gardée par de sourcilleux vigiles en uniforme. Il avait donc payé son taxi – 1 500 baths[1] une somme énorme – et, grâce à son portable, avait trouvé une moto-taxi pour la journée.

Installé sous un banian à l'ombre, il avait tranquillement attendu que son « client » ressorte. Ce qui s'était produit en fin de journée : Dimitri Korsanov avait franchi la grille du domaine sur une moto-taxi qui l'avait déposé au coin de Pattaya beach road et du *soi* 13. Là où les bars pullulaient. Le Russe s'était engouffré dans l'un d'eux à l'enseigne romantique : « The Prick and the Pussy[2] ».

---

1. Presque 50 dollars.
2. La queue et la chatte.

Le piège de Bangkok

Pisit n'était pas entré et s'était attablé au « Best Friend », café ouvert à tous les vents d'où il pouvait surveiller l'entrée du bar. Contemplant l'animation autour de lui. Durant cette saison des pluies, à l'étouffante chaleur humide, les *farangs* étaient toujours moins nombreux. À cela s'ajoutaient la crise mondiale et l'épidémie de grippe porcine qui terrifiait Japonais et Chinois. De l'autre côté de Pattaya Beach road, des centaines de chaises longues en toile vides s'alignaient à perte de vue sur la plage. À quelques mètres des essaims de jeunes putes arpentant la promenade à la recherche d'un des rares *farangs.*

Pisit les regardait à peine. Il vivait au milieu d'elles depuis si longtemps qu'elles ne l'excitaient pas.

Dimitri Korsanov était enfin sorti du « Prick and Pussy » pour remonter à pied le *soi* 13 jusqu'à Second road, parallèle à Pattaya Beach road, où les boutiques s'alignaient à la queue leu leu. Le Russe était entré dans une petite galerie marchande et n'était pas ressorti !

Pisit avait attendu un peu et y avait pénétré à son tour. Son « client » ne se

Le piège de Bangkok

trouvait dans aucune des boutiques. Comme il semblait chercher quelque chose, un jeune homme l'avait abordé, lui glissant :

— Tu cherches l'entrée du casino ?

— Oui, avait confirmé automatiquement Pisit.

— C'est là, avait dit le jeune homme, désignant une porte noire, au fond, sans aucune inscription. Pour 500 baths, je peux te faire entrer.

— 300, avait rétorqué Pisit.

500, c'était le prix d'une passe... Le jeune homme avait empoché les trois billets de cent pour frapper ensuite à la porte, selon un code convenu, discutant ensuite quelques instants avec un type énorme au crâne rasé, genre champion de Taek Won-Do, faisant alors signe à Pisit d'entrer. Celui-ci avait découvert une grande salle au plafond bas où pas un m^2 n'était perdu. Machines à sous, tables de *Big and Small,* black-jack et roulette. Les joueurs étaient serrés comme des sardines, les croupiers annonçaient les gagnants d'une voix criarde, une forte odeur de sueur, de bière, de saleté, imprégnait l'atmosphère.

Le piège de Bangkok

Il n'y avait que des Thaïs, à l'exception de deux *farangs* : une blonde devant la roulette et le « client » de Pisit, en face d'une table de black-jack. Pisit s'était éloigné le plus possible de lui, se réfugiant à la table de roulette.

Ensuite, presque à l'insu de son plein gré, il avait commencé à miser très modestement. La meilleure façon de ne pas se faire remarquer. Les joueurs et les croupiers semblaient détendus, ce qui signifiait que ce casino clandestin était sous la « protection » de la police locale...

Pisit se trouvait là depuis environ une demi-heure, lorsque la blonde avait perdu ses derniers jetons et fait le tour de la table de roulette pour le rejoindre.

Il se raidit : la main posée sur son sexe avait commencé à le masser !

Protégée par la foule épaisse, la blonde Russe lui donnait discrètement un aperçu de son savoir-faire. Collant sa bouche contre l'oreille de Pisit, elle répéta :

— « Boum-Boum » ?

Le détective jeta un coup d'œil en direction du Russe installé à la table de black-jack. Normalement, il ne devait pas le quitter d'une semelle. Seulement, ses pensées se brouillaient. La main habile de la Russe venait de descendre son zip et l'avait empoigné à pleine peau.

Autant, Pisit était indifférent aux putes thaïs, autant l'exotisme de cette blonde lui faisait perdre la tête.

Il tourna la tête et souffla :

— Combien ?

— Mille baths.

Le double du tarif des petites Thaïs.

Pisit hésitait, non à cause du prix, mais de sa filature. Son « client » était toujours à la table de black-jack et ne semblait pas prêt à en décoller... Et le détective avait très envie de s'offrir un petit plaisir. À quoi bon gagner de l'argent si c'est pour ne pas le dépenser ?

— 800, proposa-t-il.

— *Niet* !

Les doigts se desserrèrent autour du membre, maintenant en érection. Voyant son fantasme s'éloigner, Pisit fit hâtivement :

— OK, OK, mais on ne va pas loin...

— Sur la plage, fit la blonde. On sera tranquilles.

Le piège de Bangkok

Pisit faillit la remercier : c'était exactement ce qu'il voulait. Ainsi, il n'abandonnerait pas son « client » trop longtemps.

Après être sortis du casino clandestin, ils descendirent le *soi* 13/4 et la Russe lui prit la main comme si elle avait peur qu'il se sauve... Ils traversèrent Pattaya Beach road et gagnèrent la plage, zigzaguant entre les chaises longues vides, alignées sur dix rangées, pratiquement jusqu'à la mer. Quelques jeunes garçons dormaient sur des bâches, veillant à ce qu'on ne les vole pas. Ils ne levèrent même pas les yeux sur le couple. C'était courant que, par économie, les putes emmènent leurs clients sur les transats, quitte à donner 20 baths à ceux qui les gardaient...

— Comment t'appelles-tu ? demanda Pisit, poli comme tous les Thaïs.

— Oksana. Et toi ?

— Pisit.

Il ne songea même pas à donner un faux nom : il ne faisait rien de mal.

Ils arrivèrent au dernier rang des transats. Des vaguelettes s'écrasaient doucement sur le sable à quelques mètres d'eux. L'air était délicieusement tiède et,

Le piège de Bangkok

au large, on apercevait les lumières de quelques petites îles où, dans la journée, on emmenait les touristes pour une « découverte » de la Thaïlande profonde. Même sur ces îles, les putes attendaient les *farangs* de pied ferme.

Oksana s'arrêta et se rapprocha de Pisit, reprenant sa masturbation là où elle l'avait laissée. Très vite, le Thaï se mit à souffler comme un phoque.

— *Davaï*[1] ! souffla la Russe, poussant Pisit vers un transat vide.

— On ne va pas baiser là-dedans ! protesta le Thaï.

— On ne va pas baiser, précisa la Russe, je vais te sucer. Comme tu ne l'as jamais été. Allez, tu me donnes 1 000 baths.

Pisit sortit les billets de sa poche, ravi. Il préférait de loin une bonne fellation à une étreinte peu naturelle et la grosse bouche d'Oksana le faisait fantasmer. Celle-ci enfouit les deux billets de 500 baths dans son décolleté et lança.

— Installe-toi.

---

1. Allons-y.

Le piège de Bangkok

Pisit se laissa aller dans le transat, regardant le ciel étoilé. Il avait l'impression d'être un « *farang* » très riche. Il sentit les doigts habiles de la Russe reprendre leur office, et, très vite, fut en pleine érection, mais elle continua.

Furieux, Pisit lui prit le poignet.

— Hé ! Tu m'as dit une pipe !

La Russe arrêta son manège et dit d'une voix provocante :

— Tu veux un petit coup de langue, hein...

— Oui, avoua Pisit d'une voix mourante.

Aussitôt, il sentit les deux grosses lèvres se refermer sur son membre, l'avalant presque en entier.

« C'est vrai, se dit-il, elle est très bonne.. »

Maintenant, elle l'engoulait à longues saccades et il sentit qu'il allait jouir. S'accrochant des deux mains aux montants de bois du transat, il gémit.

— Continue ! Continue !

Instinctivement, son bassin se soulevait pour aller à la rencontre de la bouche gainant son sexe.

42

Le piège de Bangkok

C'est tout juste s'il sentit le bras puissant qui se refermait autour de son cou et l'arrachait littéralement du transat.

*

* *

Plié en deux, Pisit poussa un cri aigu lorsqu'une lourde chaussure s'écrasa contre son flanc droit. Il roula sur le sable, essayant d'échapper aux coups. Même dans la pénombre, il avait reconnu l'homme qui l'avait arraché du transat au moment où il allait se répandre dans la bouche de la Russe, son « client ». Oksana avait déjà disparu en direction de Pattaya Beach road. Deux autres hommes avaient surgi de l'obscurité, observant le grand Russe blond en train de le bourrer de coups de pieds.

Pisit se releva à quatre pattes, aperçut les lumières de la promenade avec ses bars et ses boutiques. Il voulut courir dans cette direction, mais, d'un nouveau coup de pied, le Russe l'expédia sur le sable.

Il lança queques mots dans sa langue et les deux autres saisirent Pisit sous les bras, les tordant en arrière et le forcè-

43

Le piège de Bangkok

rent à se mettre à genoux dans le sable, face à la mer. Il ne sentait plus son corps, tant il avait reçu de coups et son sexe pendait encore, flasque, par-dessus son pantalon. Le grand Russe blond s'approcha et lui releva la tête en le tirant par les cheveux.

— Qui t'a dit de me surveiller ? lança-t-il, en anglais.

Pisit secoua la tête.

— Personne.

— Menteur !

Les coups recommencèrent à pleuvoir, puis s'arrêtèrent. Tandis que les deux autres hommes le tenaient, Dimitri Korsanov prit Pisit par la nuque, lui enfonça la tête dans le sable.

Le détective sentit le sable entrer dans sa bouche, ses narines, ses yeux. Il suffoquait, se débattait comme un homme en train de se noyer.

On le redressa et Dimitri Korsanov répéta la même question. Cette fois, Pisit ne put même pas répondre, du sable plein la bouche. Alors, les trois hommes commencèrent à le frapper en silence, à coups de pieds et de poings. Méthodiquement.

Le piège de Bangkok

De nouveau, les coups s'arrêtèrent. Cette fois, Pisit était allongé à plat dos. Le géant blond se pencha sur lui et cracha :

— Je vais te buter, petit salaud !

Cette fois, Pisit eut vraiment peur. Il réussit à balbutier.

— Je suis policier.

Dimitri Korsanov s'arrêta net et lança.

— C'est tes chefs qui t'ont dit de me suivre ?

— Oui ! Oui ! jura Pisit, le colonel Pattikorn.

Il poussa un hurlement. De nouveau, la lourde chaussure avait failli lui éclater le foie !

Brutalement, le grand Russe, qui devait peser près de cent kilos, se laissa tomber sur lui, s'asseyant sur son estomac, tandis que ses deux acolytes tenaient les bras du jeune Thaï.

— Tu vas me dire la vérité ou je te fais bouffer tout le sable de cette plage, menaça Dimitri Korsanov.

Comme Pisit ne répondait pas, il ramassa une poignée de sable et la lui enfonça de force dans la bouche, en lui pinçant le nez.

Le piège de Bangkok

Le détective thaï se mit à tousser, suffoquant, les yeux hors de la tête. Il entendait vaguement les mots éructés par son tortionnaire mais il était incapable de lui répondre. Comme pris de démence, le Russe commença à piocher dans le sable humide et à en enfoncer des poignées dans la bouche de Pisit. Celui-ci se débattit, eut un hoquet terrifiant et cessa de bouger.

Pourtant, Dimitri Korsanov continua jusqu'à ce qu'un de ses deux hommes le prenne par le bras.

— Arrête, *bolchemoï*[1]. Il est mort.

Lentement, le Russe déplia sa grande carcasse et, une fois debout, envoya un formidable coup de pied dans le flanc de sa victime. Le visage couvert de sable, Pisit venait de mourir, étouffé.

À quelques dizaines de mètres de la promenade, où pétaradaient les motos.

Dimitri Korsanov était furieux contre lui-même : il n'avait pas rempli sa mission de faire parler le détective thaï et allait se faire engueuler. Un des deux hommes lança à voix basse :

_____
1. Bon Dieu.

46

Le piège de Bangkok

— *Davai* ! Il faut se tirer.

— Si c'est vraiment un flic, remarqua Boris, c'est emmerdant.

— Fouillez-le ! ordonna Dimitri Korsanov.

Boris Titov trouva dans la poche revolver une carte plastifiée de la police royale thaï. Les inscriptions étaient en thaï, il ne put que comparer la photo avec le visage de l'homme qu'il venait de tuer. C'était bien lui.

— *Dobre*[1], fit-il. On va le foutre à l'eau, on croira qu'il s'est noyé. Aidez-moi.

À trois, ils le traînèrent jusqu'au ressac et, les jambes dans l'eau tiède, abandonnèrent Pisit à quelques mètres du rivage, flottant effectivement comme un noyé.

Ils se séparèrent presque aussitôt, les deux Russes partant en biais sur la plage et Dimitri Korsanov regagnant le casino clandestin. Il se remit à la table de black-jack pour se calmer les nerfs. Il s'en voulait de s'être emporté, mais ce petit con qui ne le lâchait pas depuis plusieurs jours, l'avait rendu fou. Or, en

---

1. Bien.

Le piège de Bangkok

ce moment, il ne pouvait se permettre d'être surveillé.

Il retourna un neuf et un as, gagnant le coup.

Satisfait, il empocha les billets – ici, on ne jouait pas avec des jetons – et gagna la sortie. Se disant que les seuls qui pouvaient *vraiment* s'intéresser à lui, c'étaient ces fumiers *d'Amerikanski*[1].

Il les haïssait viscéralement.

_____
1. Américains.

CHAPITRE II

— La police thaï a conclu à la noyade, annonça Gordon Backfield d'une voix accablée, en reprenant des mains de Malko les photos d'un jeune Thaï à la peau très sombre, au visage gonflé, prises à la morgue de Pattaya.

Malko allait répondre lorsque les grandes baies vitrées du bureau furent martelées par d'énormes grêlons, portés par une brutale averse tropicale. Le ciel était devenu d'un noir d'encre et des rafales torrentielles vidaient les rues. Quelques Thaïs, stoïques, continuaient à marcher, ruisselants, de l'eau jusqu'aux chevilles.

La saison des pluies était particulièrement violente cette année. D'habitude, en mai, il ne pleuvait pas trop. Ces averses n'abaissaient pas la température qui flirtait avec les 35°.

Le piège de Bangkok

À son habitude, Malko s'était installé au Shangri-La, au bord de la Chao Prya, une suite au vingt-cinquième étage, avec une vue imprenable sur la ville. Même dans la baignoire, on pouvait rêver devant les gratte-ciel illuminés.

Bangkok ressemblait de plus en plus à Los Angeles, avec son tapis de maisons plates d'où émergeaient les rubans de béton des expressways suspendus et des gratte-ciel toujours plus nombreux.

Maintenant, on pouvait à peine s'entendre dans le bureau de Gordon Backfield, tant les grêlons crépitaient sur les vitres. Malko se leva et s'approcha d'une des baies. Celle-ci plongeait sur le jardin de la résidence de l'ambassadeur des États-Unis, contiguë à l'ambassade, un luxueux pavillon cerné d'un grand parc, au cœur de Bangkok. Noyé par la pluie, on l'apercevait à peine.

Gordon Backfield éternua violemment.

— *Gesundheit*[1] ! fit poliment Malko.

La clim faisait régner dans le bureau un froid féroce, en dépit des 35° extérieurs. Les Américains ne pouvaient vivre

---

1. À votre santé.

Le piège de Bangkok

que dans ce froid sibérien, sinon, ils attrapaient toutes les maladies du monde.

Malko revint s'asseoir à côté du chef de Station de la CIA et conclut :

— Si j'ai bien compris, ce Pisit Aspiradee, policier thaï, travaillait aussi pour l'Agence...

— *Right,* confirma Gordon Backfield. Il était « traité » par un de mes deputies, Ronald Bowes, un « *stringer*[1] » extrêmement motivé qui ne rêvait que d'émigrer aux États-Unis. Un type bien.

— Et que faisait-il ?

— Des filatures, des enquêtes dans les fichiers de la police, il allait partout où ne peuvent pas se rendre les « *farangs* ».

Les Thaïs avaient beau être extrêmement hospitaliers, il y avait une barrière étanche et invisible entre eux et les étrangers. Différence de civilisation, pudeur, bouddhisme aussi, qui les amenait à se conduire parfois d'une façon bizarre aux yeux des *farangs.* Aussi, pour mener une enquête en Thaïlande,

---

1. Supplétif.

Le piège de Bangkok

on avait obligatoirement besoin de gens comme ce Pisit Aspiradee.

Malko bâilla : les cinq heures de décalage horaire étaient en train de le rattraper. Lorsque le COS[1] de Vienne l'avait appelé au château de Liezen pour lui proposer de partir en Thaïlande, pour un petit souci qu'il pourrait régler facilement grâce à sa connaissance du pays, il avait accepté immédiatement. Adorant la Thaïlande, il était venu seul, sa fiancée Alexandra s'occupant beaucoup trop à ses yeux de sa mère, âgée certes, mais qui n'avait rien perdu de son venin. Elle ne supportait toujours pas que sa fille ne se marie pas...

Lors de son précédent voyage en Thaïlande[2], Malko avait emmené Alexandra à Bangkok pour une lune de miel, hélas, écourtée, la CIA ayant retrouvé sa trace... Furieuse, Alexandra l'avait planté, retournant en Autriche pour faire Dieu sait quoi...

Malko but un peu de thé : cela valait encore mieux que l'immonde café améri-

---
1. Chef de Station.
2. Voir SAS : *Retour à Shangri-La.*

cain. Devant lui, Gordon Backfield était en train de faire glisser une poudre blanche dans son thé.

— C'est du *Yaa Baa* ? demanda malicieusement Malko.

Gordon Backfield eut un sursaut horrifié.

— Vous n'y pensez pas ! Non, c'est un truc pour mon ulcère à l'estomac. Le toubib m'a donné ça pour faire une espèce d'emplâtre. À Bangkok, je souffre le martyre à cause de la nourriture thaï. J'ai beau demander dans les restaurants des plats non épicés, c'est toujours du feu. Je ne me ferai jamais à ce pays.

Effectivement, depuis leur dernière rencontre, deux ans plus tôt, alors que Gordon Backfield arrivait tout juste, l'Américain semblait s'être déplumé. Ses cheveux de plus en plus clairsemés révélaient un crâne d'œuf, il avait de lourdes poches sous les yeux et le teint blafard...

— Encore un an à tirer ! soupira-t-il. Après, je retrouve la civilisation. On m'a promis de me nommer chef du secteur Extrême-Orient, à Langley.

On a les rêves qu'on peut...

Le piège de Bangkok

— Dites-moi ce qui est vraiment arrivé à votre « stringer » et en quoi cela justifie ma présence ici ?

— C'est une longue histoire ! soupira Gordon Backfield, en buvant son thé avec une grimace de dégoût. Si vous voulez, on va déjeuner à la « cantine », je vous raconterai tout.

La « cantine » c'était un restaurant italien, le Paesano, dans le *soi* Ton San bordé par un Khlong maigrelet et malodorant qui longeait la face arrière des énormes bâtiments de l'ambassade américaine. Sombre, glacial et peu fréquenté, n'accueillant que des groupes d'expats mal dirigés. Évidemment, c'était plus sûr pour l'estomac de Gordon Backfield que les piments thaïlandais..

— Vous ne voulez pas m'en dire plus maintenant ? insista Malko. D'abord, qu'est-ce qui vous fait croire que votre « stringer » ne s'est pas noyé ?

Gordon Backfield secoua la tête avec tristesse.

— Il avait du sable plein les poumons. Et dans l'estomac aussi. Plus des ecchymoses sur tout le corps. Il a dû être battu

Le piège de Bangkok

comme plâtre avant qu'on lui fasse avaler la moitié du sable de la plage de Pattaya.

— Si c'est un meurtre, concéda Malko, cela n'est pas forcément lié à vos activités communes. Il avait peut-être des dettes. Dans ce pays, c'est dangereux.

En Thaïlande, les « loan-sharks[1] » chinois étaient assez féroces et leur taux de recouvrement de créance extrêmement élevé. Cependant, ces usuriers chinois tuaient rarement leurs victimes, se contentant de leur briser les jambes ou les bras.

Les morts sont de très mauvais créanciers...

Gordon Backfield ouvrit la bouche pour dire quelque chose, mais se contenta d'un éternuement sonore.

— Puisque ce Pisit Aspiradee était policier, insista Malko, sa hiérarchie en sait peut-être plus.

Après s'être mouché, Gordon Backfield arbora un sourire résigné.

— Le colonel Pattikorn, le chef du District 16, m'a reçu avec énormément de politesse pour m'assurer qu'une enquête

---

1. Usuriers.

très complète avait été menée confirmant l'accident. *Bullshit...*

— Il est idiot ou acheté ?

— Ni l'un ni l'autre. Simplement thaï. On règle ses affaires en famille, ici, sans y mêler les « farangs ». Bien sûr qu'il sait que son détective a été assassiné, mais c'est *lui* qui veut trouver les assassins. Peut-être pour leur réclamer le prix du sang, ce qui peut monter assez haut...

Un ange traversa la pièce et alla s'écraser sur une des grandes baies vitrées. C'étaient vraiment deux mondes différents.

— OK, conclut Malko. Pisit Aspiradee a été assassiné. Si vous m'avez demandé de venir à Bangkok, c'est que vous pensez que cela a un lien avec les activités de ce « stringer » pour l'Agence. Vous avez bien une idée ?

— Bien sûr, reconnut l'Américain.

Il regarda sa montre.

— On devrait y aller, j'ai donné rendez-vous à une de nos « stringers », au restaurant. Si elle ne nous voit pas, elle n'osera pas entrer...

Le piège de Bangkok

Malko s'inclina mais il aurait préféré manger thaï. Ils gagnèrent le rez-de-chaussée, puis traversèrent la cour séparant les deux bâtiments de l'ambassade pour gagner la porte donnant sur le *soi* Tonson.

Assommés par la chaleur humide : la pluie avait cessé, mais il faisait bien 40° à l'ombre. Des dizaines de personnes faisaient la queue devant les marchands ambulants, installés le long du Khlong, et allaient ensuite s'accroupir au bord du Khlong manger leur soupe chinoise ou leur poulet frit.

À peine Gordon Blackfield et Malko atteignaient-ils le restaurant qu'une minuscule silhouette émergea d'un *Tuk-Tuk*[1] garé devant.

— Ah, voilà Mai, lança l'Américain.

Mai ne faisait pas plus de 1 m 20 au garrot... Une Thaï miniature au visage rond mais plutôt gracieux, vêtue d'une robe blanche s'arrêtant au premier tiers des cuisses. Elle s'inclina profondément devant les deux hommes, les mains join-

_____
1. Tricycle à moteur, servant de taxi.

57

Le piège de Bangkok

tes au-dessus de sa tête, pour un *wai* cérémonieux et gazouilla :
— *Sawadee Ha*[1]...
Quand ils eurent épuisé les *wai,* ils entrèrent tous les trois au Paesano. Celui-ci était totalement vide et ils s'installèrent dans un box du fond. Si profond que Mai, si elle s'enfonçait dans sa banquette, voyait ses pieds décoller du sol...
Gordon Backfield commanda un jus de tomate non assaisonné, Malko et Mai un *Namanao*[2], sans sucre.
Mai gazouillait dans un anglais parfait, visiblement intimidée de se trouver dans ce restaurant dont la carte était presque aussi grande qu'elle. Ils choisirent rapidement : pizzas et raviolis, arrosés de San Pellegrino.
Malko éternua à son tour : il faisait encore plus froid que dans le bureau de Gordon Backfield. À Bangkok, la climatisation était un signe extérieur de richesse...
À peine son jus de tomate terminé, Gordon Backfield entra dans le vif du sujet.

---

1. Bonjour.
2. Boisson au citron.

Le piège de Bangkok

— Après la mort de Pisit Aspiradee, j'ai envoyé Mai enquêter à Pattaya. En trois jours, elle a découvert pas mal de choses.

— Attendez, coupa Malko, lorsque ce détective a été tué, il travaillait pour vous ?

— Oui, lâcha l'Américain, mais, en principe, pas à Pattaya. Mai a pu reconstituer les heures qui ont précédé sa mort. C'est *très* intéressant. Mai, allez-y.

La petite Thaïlandaise abandonna la paille de son Namanao et protesta d'une voix fluette.

— *Khun*[1] Gordon, je n'ai pas trouvé grand-chose.

Toujours la modestie bouddhiste.

— Si, répliqua le chef de Station de la CIA. Mai, racontez à *Khun* Malko ce que vous avez appris.

— Quand je suis arrivée à Pattaya, commença la jeune Thaï, j'ai tout de suite été au commissariat, à l'entrée du *soi* 9. J'ai prétendu être la petite amie de Pisit Aspiradee et vouloir connaître les circonstances de sa mort. D'abord, ils ne

1. Monsieur.

Le piège de Bangkok

m'ont rien dit, puis le commissaire a accepté de me parler.–

Contre 5 000 baths, commenta sobrement Gordon Backfield.

— Que vous a appris ce commissaire ? demanda Malko.

— Après avoir trouvé le corps sur la plage, les policiers ont cherché à savoir ce qu'il avait fait la veille au soir. Ils ont trouvé facilement : Pisit Aspiradee a passé un bon moment dans un casino clandestin, le Number One, dans Second Road. Or, cet établissement est sous la protection de la police de Pattaya... J'ai attendu le soir et j'ai été dans ce petit casino, continua Mai. Les croupiers m'ont parlé. Ils avaient repéré Pisit Aspiradee, parce qu'il a quitté le casino vers onze heures du soir en compagnie d'une prostituée russe.

— Il y avait beaucoup de gens ? demanda Malko.

— Oui, mais les policiers ont montré aux croupiers et au videur des photos de Pisit. Ils l'ont reconnu.

— Et la Russe ? insista Malko.

— Elle n'est pas revenue au casino. Ils ne l'ont pas vue depuis.

60

Le piège de Bangkok

— Et avant, interrogea Malko.

— Elle venait régulièrement.

— Où a-t-on trouvé le corps de Pisit Aspiradee ?

— Sur la plage, juste en face du *soi* 13, le plus court chemin pour aller du « Number One » à la plage. Les employés de la plage l'ont pris pour un ivrogne. Il était au bord de l'eau, la marée avait ramené son corps. On ne lui avait rien volé, ni argent, ni papiers. Les policiers m'ont dit qu'il avait été battu, que ce devait être les « loan-sharks » locaux à qui il devait de l'argent.

— Il venait souvent à Pattaya ?

— Ils ne l'avaient jamais vu.

Jusque-là, c'était maigre... Gordon Backfield, sentant la perplexité de Malko, lança à Mia.

— Dites à *Khun* Malko ce que vous avez appris sur cette prostituée.

Mai prit le temps d'avaler un ravioli et précisa de sa voix fluette :

— Elle venait souvent au casino « Number One », surtout pour jouer, car les prostituées *farangs* sont trop chères pour les clients de ce casino.

61

Le piège de Bangkok

— Les *farangs* se ressemblent tous pour les Thaïs, objecta Malko. Comment l'ont-ils reconnue ?

— Elle avait distribué des cartes au casino, pour trouver des clients, précisa Mai. Ils m'en ont donné une.

Elle sortit de son sac un rectangle de bristol et le tendit à Malko. C'était une carte de visite un peu spéciale, avec la photo couleur d'une très jolie blonde avec un décolleté profond, sur une poitrine magnifique, une mini et des bottes. Au-dessous de la photo, un nom, Oksana et un numéro de téléphone (087) 4134 8888.

— C'est le numéro d'un salon de massage de Jomtien Beach, « The Pink Paradise », fréquenté par les *farangs,* surtout des Russes, précisa Mai. J'ai appelé, je l'ai demandée et une femme m'a dit qu'elle ne se trouvait plus à Pattaya, mais qu'il y avait d'autres masseuses.

Masseuses-salopes, pour être précis.

Mai se mit à avaler ses raviolis à la vitesse d'une chatte affamée. Elle repoussa ensuite son assiette et regarda sa montre.

Le piège de Bangkok

— Je dois y aller, *Khun* Gordon, j'ai un rendez-vous à Dhomburi.

— Attendez, Mai ! protesta l'Américain, vous n'avez pas parlé à *Khun* Malko du *farang* qui se trouvait au « Number One » ce soir-là, en même temps que Pisit.

— C'est vrai, reconnut la petite Thaï. Il y avait un autre *farang* à une table de black-jack, en même temps que Pisit. Il est sorti tout de suite après Pisit et est revenu au casino une demi-heure plus tard.

— Vous avez pu l'identifier ? demanda Malko à Mai.

C'est Gordon Backfield qui répondit.

— Cet homme correspond exactement au signalement de l'homme que Pisit Aspiradee avait reçu l'ordre de suivre. Un certain Dimitri Korsanov, déjà impliqué dans des affaires sensibles.

Malko demeura silencieux, Sherlock Holmes, même ivre-mort, aurait eu des soupçons.

CHAPITRE III

— Pourquoi votre « stringer » surveillait-il Dimitri Korsanov ? demanda Malko en commandant un second expresso.

Gordon Backfield s'essuya le visage, couvert d'une mauvaise sueur. Il avait le teint gris et transpirait en dépit de la clim féroce.

— Excusez-moi, je ne me sens pas bien. Ces cons ont du mettre des épices dans les raviolis.

Malko le laissa tamponner son front et l'Américain reprit :

— C'est une longue histoire, qui remonte à l'année dernière, commença-t-il. Le nom de Viktor Bout, le trafiquant d'armes russe, mêlé au transport de l'or d'Al Qaida[1] vous dit quelque chose ?

_____

1. Voir SAS : *L'or d'Al Qaida.*

Malko esquissa un sourire ironique.

— Gordon, je n'ai pas encore été atteint par la maladie d'Alzheimer. Vous savez très bien que j'ai croisé ce monsieur dans les Émirats, il y a cinq ou six ans. Pourquoi me parler de lui ?

— Parce qu'il se trouve à Bangkok, dans la prison de Remond qui fait partie du centre pénitenciaire de Khlong Prem, en attente d'être extradé chez nous.

— Pourquoi voulez-vous le faire extrader ?

— Il est accusé, répondit prudemment le chef de Station, de comploter pour tuer des citoyens américains en livrant des armes aux FARCS colombiens.

Il ouvrit sa serviette et en sortit un document qu'il tendit à Malko.

— Lisez ceci, c'est l'*Affidavit* rédigé par notre ambassade et remise aux autorités thaïs pour justifier son extradition. Pendant ce temps, je vais aux toilettes.

Malko se plongea dans la lecture du document d'une vingtaine de pages, assez peu consistant, en réalité. Les Américains accusaient Viktor Bout, trafiquant d'armes international, d'avoir rencontré, à trois reprises, des représentants des FARCS et d'avoir accepté de leur livrer une « shopping list » d'armes impressionnante, allant du missile sol-air IGLA aux drones armés.

Gordon Backfield réapparut au moment où Malko contemplait des gribouillis de la main de Viktor Bout, censés représenter son acceptation de la commande des FARCS.

— Qu'en pensez-vous ? demanda l'Américain en se rasseyant.

— Je suis perplexe, avoua Malko. Dans la plupart des pays « normaux » aucun tribunal n'accorderait une extradition au vu de cet affidavit.

L'Américain eut un sourire ironique.

— C'est la raison pour laquelle nous avons choisi la Thaïlande pour essayer de le récupérer... Les policiers des Stups de la Royal Thaï Police mangent dans la main des « cousins » de la DEA et, ici, quand il est suffisamment arrosé, un juge prononce la sentence qu'on désire...

Quelque chose échappait à Malko.

— Pourquoi tenez-vous tellement à récupérer Viktor Bout ? Il vous a nui en Thaïlande ?

— Non, c'est nous qui l'avons attiré ici.

— Alors ?

— C'est l'épilogue d'une longue histoire. Nous avons demandé son extradition aux Thaïs. Et ça traîne...

— Pourquoi le voulez-vous ?

— Viktor Bout s'est spécialisé depuis les années 90 dans l'achat et le transport d'armes, à destination des pays sous embargo. Il avait de très bons contacts en Bulgarie, pays peu regardant sur les clients de ses usines d'armement, en Russie et en Ukraine. D'abord, il a travaillé du « bon côté ». Il nous a aidés à ravitailler en armes la rebellion anti-communiste de Jonas Sawimbi, en Angola. Avec des « end-users » togolais. Ensuite, il a ravitaillé les rebelles du Liberia et de Sierra-Leone, une des guerres civiles les plus sanglantes d'Afrique.

— Il n'y a pas de quoi fouetter un chat, remarqua Malko. C'est amusant que Viktor Bout, Russe, ravitaille une rébellion anti-communiste. On ne peut pas dire que ce soit un idéologue.

— D'autant, précisa l'Américain, que nous sommes à peu près certains que,

67

Le piège de Bangkok

dès le début de ses opérations, Viktor Bout a travaillé la main dans la main avec les Services russes. Ce sont eux qui ont financé ses premières opérations.

— Quel était leur intérêt ?

— Apprendre des choses sur les responsables politiques corrompus. Pour, éventuellement, faire pression sur eux. Et aussi, connaître l'équilibre des forces. De 1996 à 2001, comme il s'était basé aux Émirats Arabes Unis, le Cheikh Zayed d'Abu Dhabi lui a demandé d'aider ses amis taliban, alors au pouvoir à Kaboul, mais coupés de tout par un embargo assez bien observé. Là aussi, Viktor Bout a fait des miracles. Il a monté une petite compagnie appelée « Flying Dolphin » et a goinfré d'armes les Taliban, tout en fournissant en même temps le commandant Massoud. Parfois, dans le même voyage, il déchargeait sa cargaison d'abord à Mazar-e-Sharif pour l'Alliance du Nord, puis à Kandahar, chez les Taliban.

— Tout cela était archi-connu, remarqua Malko.

— C'est vrai, reconnut Gordon Backfield. À l'époque, seules les ONG et les

Le piège de Bangkok

Nations-Unies s'égosillaient à dénoncer le « marchand de mort », « The Lord of War »[1].

— Les États-Unis n'ont rien fait contre lui ?

— Si, mollement, avoua l'Américain. En 2000, l'administration Clinton a demandé au Cheikh Zayed d'interdire à Viktor Bout d'opérer à partir des Émirats. Hélas, Zayed était un allié des Taliban, alors au pouvoir à Kaboul. Il a envoyé promener Clinton et nous n'avons pas insisté. Parfois, Viktor Bout nous rendait service. Et puis, l'Amérique n'était pas là pour débarrasser le monde de tous les malfaisants. Lorsque Georges W. Bush occupa la Maison Blanche, au début de 2001, le dossier Viktor Bout est tombé aux oubliettes. C'étaient plutôt les démocrates qui brandissaient l'étendard blanc de la Vertu...

— Je ne vois toujours pas pourquoi vous lui en voulez...

— Tout aurait continué à bien se passer pour lui s'il n'avait pas eu de mauvaises fréquentations, répliqua le chef de station de la CIA. Grâce aux Taliban, il

_____
1. Le Seigneur de la Guerre.

69

Le piège de Bangkok

avait fait la connaissance des gens d'Al Qaida. Le 11 septembre 2001 ne fut pas une bonne nouvelle pour lui. D'abord, il perdit un de ses clients, le commandant Massoud, assassiné sur l'ordre d'Oussama Bin Laden le 9 septembre 2001. Ce n'était pas trop grave : Massoud n'était pas un gros client. Par contre, sachant que les Américains allaient se venger, Taliban et Al Qaida commencèrent à retirer leurs avoirs d'Afghanistan. Principalement de l'or et des devises. Les Taliban ne possédant pas d'avions, c'est donc à Viktor Bout qu'ils s'adressèrent. Celui-ci organisa de multiples vols entre Kaboul et Karachi, puis entre Kaboul et Dubaï. Il emmènera même gratuitement une centaine de Taliban patchoun en déroute à Abu Dhabi, invités par le Cheikh Zayed.

— Comme on dit, remarqua Malko, lorsqu'il s'agit d'or, toutes les routes mènent à Dubaï...

— Ce n'est pas tout, renchérit Gordon Backfield. Après le 11 septembre, Viktor Bout a transporté dans ses avions plusieurs « opératifs » d'Al Qaida, occupés à planquer leur trésor, au Pakistan, à Dubaï et au Soudan. Grâce à ses relations au Sierra Leone et au Liberia, il les a branchés sur Charles Taylor, le sanglant patron du Liberia. Ce qui a permis aux membres d'Al Qaida d'acheter les « diamants du sang » souvent payés au-dessus de leur cours. Oussama Bin Laden avait compris que les diamants étaient la meilleure façon de conserver son trésor de guerre.

— On sait ce que sont devenus ces diamants ?

Gordon Backfield fixa Malko.

— Non, mais Viktor Bout a peut-être une idée.

— Cela portait sur des sommes importantes ?

— Entre Kaboul et Karachi, les transferts s'élevaient à deux ou trois millions de dollars par *jour.* Entre le 12 novembre 2001, date où les Taliban ont abandonné Kaboul et le 7 décembre de la même année, quand les chefs taliban et Oussama Bin Laden se sont évanouis dans la nature à partir de Jallalabad, on pense que plusieurs centaines de millions de dollars, en or, devises ou diamants, ont été transportés par les avions

Le piège de Bangkok

de Viktor Bout… À des destinations encore inconnues aujourd'hui.

Un ange voleta péniblement dans l'atmosphère glaciale du restaurant, alourdi par le placage en or massif de ses belles ailes blanches. Malko commençait à comprendre l'intérêt des États-Unis pour Viktor Bout.

— En plus, enchaîna Gordon Backfield, une partie de l'or d'Al Qaida a été tranférée aux États-Unis *après* le 11 septembre, sur des appareils d'une des compagnies de Viktor Bout.

— Et l'Administration américaine ne s'y est pas opposée ?

Le chef de station soupira.

— D'abord, on l'apprenait toujours *après.* Ensuite, Georges W. Bush semblait ne pas vouloir toucher à Viktor Bout. Ce dernier avait effectué beaucoup de transports pour le Pentagone. En Somalie, en Irak et même en Afghanistan.

— C'est Barack Obama qui l'a pris en grippe ? demanda Malko, qui commençait à grelotter. Il finissait par rêver à la chaleur moite qui régnait à l'extérieur.

— Non, en 2004, le président Bush, convaincu par les rapports de l'Agence,

72

signa un « executive order » demandant enfin l'arrestation de Viktor Bout pour ses activités en liaison avec Al Qaida.

— Nous sommes en 2009, cela fait cinq ans...

Gordon Backfield eut un sourire confus.

— Viktor Bout a eu vent de ce qui se passait. Il a rendu ses avions en leasing, a fermé ses bureaux un peu partout dans le monde et s'est installé à Moscou avec son frère Serguei. Un paisible retraité. Une fois à Moscou, il était en parfaite sécurité. Cette situation s'est prolongée jusqu'à cette année, où les « cousins » de la DEA l'ont appâté avec l'affaire des FARCS ;

— Sachant qu'il était dans le collimateur du gouvernement américain, objecta Malko, pourquoi a-t-il pris le risque de reprendre du service ? En principe, il devrait être extrêmement riche...

— C'est une excellente question, reconnut Gordon Backfield. Depuis le début de la carrière de Viktor Bout, à l'Agence, nous étions persuadés qu'il n'était qu'un opérateur des Services russes, qui prélevaient la plus grosse partie des bénéfices générés par ses trafics, ne lui abandonnant qu'une modeste commission. Nous avons demandé à la Station de Moscou d'effectuer une enquête sur lui. Ce que nous avons découvert a confirmé ce que nous pensions. Viktor Bout, depuis sa « retraite », vivait modestement dans un quartier excentré, à l'ouest de Moscou, sur la Minsk Chaussee, n'employait pas de personnel et n'avait en rien le profil d'un oligarque.

— Donc, conclut Malko, Viktor Bout aurait repris du service par besoin d'argent.

— Je ne vois pas d'autre explication, reconnut Gordon Backfield. Et, probablement aussi, dans l'espoir de revendre un vieil avion de transport Ilyouchine 76 qui lui reste sur les bras. D'ailleurs, après son arrestation en Thaïlande, sa femme, Alla, a déclaré à des journalistes à Moscou, qu'elle n'avait que mille dollars devant elle.

— C'est mal de vous attaquer à un pauvre retraité, remarqua Malko, mi-figue, mi-raisin...

L'Américain lui jeta un regard noir.

— Ce n'est pas un retraité comme les autres. Notre idée est simple : une fois

Le piège de Bangkok

qu'il sera bien au chaud dans une prison new-yorkaise, on va lui faire une proposition qu'il ne pourra pas refuser : son carnet d'adresses contre cinq cents ans de prison. Ce qui nous permettra de retrouver le trésor d'Al Qaida.

— Donc, si je comprends bien, conclut Malko, Viktor Bout se trouve en ce moment en prison à Bangkok, en attente d'extradition pour les États-Unis. Pourquoi vous tracassez-vous ?

— La situation n'est pas aussi simple, reconnut le chef de Station de la CIA. Nous ne sommes pas les seuls à réclamer Viktor Bout. La Russie déploie des efforts diplomatiques insensés pour qu'il ne soit pas extradé, mais expulsé vers le pays de son choix. C'est-à-dire la Russie. Cela dure depuis un an... Comme nous mettons la pression maximale sur les Thaïs et qu'ils nous doivent beaucoup, c'est difficile pour eux. D'autant que les Russes ont menacé de cesser de leur vendre du pétrole à prix cassé et de fournir en armes la rébellion musulmane du sud du pays, si Viktor Bout partait aux États-Unis.

Le piège de Bangkok

» Alors, à leur habitude, les Thaïs gagnent du temps, en espérant le miracle. La procédure dure déjà depuis plus d'un an. La décision finale de l'extrader ou non doit être prise le 11 du mois prochain, c'est-à-dire dans quinze jours. Sauf si le gouvernement thaï trouve encore une échappatoire.

— Comment avez-vous raté une opération en principe facile ? s'étonna Malko. En Thaïlande, avec de l'argent, on a tout ce qu'on veut.

Gordon Backfield leva les yeux au ciel.

— Ne remuez pas le couteau dans la plaie… Tout devait marcher comme sur des roulettes, mais ces cons de la DEA ont oublié d'arroser une des parties prenantes.

— Laquelle ?

— Les militaires. Viktor Bout devait être exfiltré à partir de Don Muang, qui est désormais une base militaire de l'Armée de l'Air thaï. Or, la DEA avait oublié de les arroser… Comme Viktor Bout a fait du tintouin en arrivant à Don Muang, les militaires qui détestent la police, ont bloqué l'opération sous pré-

Le piège de Bangkok

texte que Viktor Bout n'avait pas de passeport pour sortir du pays. Et, depuis, c'est la merde.

— Vous n'êtes pas certains que les Thaïs vous le livrent ?

— Non, avoua Gordon Backfield. Même le Premier ministre ne veut pas prendre de décision. Il a refilé le dossier au général Phra Samutprakan, le chef d'État-Major de l'armée. Et celui-ci est tout aussi embêté. En plus, la vraie raison de votre présence ici est la certitude que le FSB, qui ne fait pas plus confiance aux Thaïs que nous, est en train de monter une opération clandestine pour sauver Viktor Bout. Ce qui arrangerait bien les Thaïs. C'est ce qu'il faut éviter à tout prix.

— Bien, conclut Malko, c'est plus clair. Quel est le lien entre l'extradition de Viktor Bout et le meurtre supposé de votre « stringer » Pisit Aspiradee ?

Gordon Backfield regarda autour de lui. Bien qu'ils soient les derniers clients du restaurant, il semblait croire que les murs étaient farcis de micros.

— Rentrons au bureau, proposa-t-il. Je vais vous l'expliquer.

*

* *

De retour à l'ambassade, Gordon Backfield ouvrit un tiroir et en sortit plusieurs photos qu'il tendit à Malko.

— Voilà le lien entre Viktor Bout et Pisit Aspiradee.

Les photos, toutes prises au téléobjectif, représentaient un homme blond, très grand, avec un bouc bien taillé, vêtu d'une tenue vaguement militaire, une sacoche accrochée à l'épaule.

— Qui est-ce ? demanda Malko.

— Un certain Dimitri Korsanov. Citoyen russe. Il vit à Bangkok depuis une quinzaine d'années.

— Qu'y fait-il ?

— Nous aimerions bien le savoir, reconnut l'Américain. Même les autres Russes de Bangkok ne semblent pas le savoir. Il vit plus ou moins d'expédients, de petits boulots et d'une organisation, type ONG, qu'il a baptisée « La Troisième vérité sur le 11 septembre ». dans le style négationniste. Une chose est certaine : il déteste l'Amérique et les Améri-

Le piège de Bangkok

cains. Il prétend avoir appartenu au GRU[1], dans la section qui veillait à la protection des armes nucléaires en Union Soviétique. C'est invérifiable. Nous avons fait une enquête auprès des Thaïs : il n'est plus enregistré au Consulat de Russie comme un national, bien que rien ne lui soit reproché en Russie.

— Il n'a plus de passeport ?

— Si, un passeport diplomatique uruguayen... Que les Thaïs reconnaissent comme valable.

— C'est un mythomane ?

L'Américain secoua la tête.

— Partiellement. Cependant, après les attentats islamistes de Bali, en 2004, qui ont fait 204 morts, la Station de Djarkarta a découvert sur un des coupables les restes calcinés d'un passeport uruguayen... Bien entendu, nous avons établi le lien avec Dimitri Korsanov à qui la rumeur attribuait un trafic de passeports uruguayens...

» À notre demande, il a été arrêté par les Thaïs qui l'ont cuisiné plusieurs

---

1. Service Militaire de Renseignement.

Le piège de Bangkok

mois. Hélas, ils n'ont rien trouvé et ils ont été obligés de le relâcher.

— Qu'en pensez-vous ?

— Qu'il a vendu des passeports aux Islamistes de la *Jaama Ismaelia*[1] d'Indonésie. Les Thaïs se sont basés sur un fait pour le relâcher : il n'avait jamais quitté la Thaïlande depuis longtemps et la *Jaama Ismaelia* n'a aucune attache ici. Elle ne coopère même pas avec les insurgés musulmans du sud de la Thaïlande qui donnent tant de fil à retordre aux Thaïs.

— Donc, il serait innocent, conclut Malko. On n'envoie pas de faux passeports par la poste.

— Pas sûr, rectifia Gordon Backfield. Dimitri Korsanov a une copine philippine, Perlita Patik, qui, *elle,* s'est rendue avant l'attentat aux Philippines voir sa famille. En faisant une escale à Djakarta, en Indonésie. Bien entendu, nous ne l'avons appris que beaucoup plus tard, trop tard pour vérifier quoi que ce soit.

_____

1. Organisation terroriste islamiste indonésienne.

Le piège de Bangkok

— C'est un pro-islamiste, ce Dimitri Korsanov ?

— Non, il s'en fout, laissa tomber l'Américain, mais il a besoin d'argent et il hait l'Amérique. Donc, ses ennemis sont ses amis...

— Bien raisonné, admit Malko. Mais quel lien avec Viktor Bout ?

— Celui-ci est emprisonné au centre pénitentiaire de Khlong Prem, au nord de la ville. Il reçoit des visites tous les jours, sauf les week-ends. D'abord sa femme, Alla, qui s'est installée à Bangkok depuis son incarcération, son avocat et des amis. Bien entendu, nous surveillons ces visites, grâce à des « stringers » locaux qui se mêlent à la foule des visiteurs. Or, Dimitri Korsanov vient tous les deux jours et semble en excellents termes avec Viktor Bout.

— Ils sont russes tous les deux, ce n'est pas extraordinaire.

— Certes, reconnut Gordon Backfield, mais Dimitri Korsanov se rend *aussi* aux audiences et paraît suivre de très près le sort judiciaire de Viktor Bout.

— Jusque-là, ce n'est pas probant.

81

Le piège de Bangkok

— OK, ajouta Gordon Backfield. Parmi les visiteurs de Viktor Bout, il y a aussi Evgueni Makowski, un journaliste russe correspondant du journal de la Douma. Il parle parfaitement thaï et nous savons qu'il appartient à la structure clandestine du FSB, en Thaïlande. Or, à trois reprises, Dimitri Korsanov et Evgueni Makowski ont quitté ensemble la prison où se trouve Viktor Bout, dans la voiture de ce dernier.

— Quelle conclusion en tirez-vous ?

— Je crains que le FSB n'ait un plan pour récupérer Viktor Bout au cas où la justice thaï nous donnerait raison. Nous savons, par les écoutes radio, que le FSB Moscou se préoccupe beaucoup du sort de Viktor Bout. Les jours d'audience, il y a un net accroissement des messages radio…

— Pourquoi ne surveillez-vous pas Evgueni Makowski ?

— Nous avons essayé. C'est difficile. Il conduit lui-même, ce qui est très rare pour un *farang,* connaît Bangkok comme sa poche et n'a qu'une adresse fixe, le bureau de son journal au building Esmeralda, dans le *soi* Ngamdullee. Il y arrive

Le piège de Bangkok

toujours en moto-taxi et repart de la même façon. Pratiquement impossible à suivre. Il me faudrait une main d'œuvre locale que je ne possède pas.

— Et son domicile ?

— Nous ignorons où il habite et les Thaïs aussi. Donc, j'ai décidé de me concentrer sur Dimitri qui, lui, est plus facile à suivre. Il prend des taxis ou le BTS, a un seul domicile, facile à planquer et n'a pas l'air de se méfier beaucoup.

— Et vous aviez chargé Pisit Aspiradee du travail ?

— Tout à fait. Cela faisait une semaine qu'il surveillait Dimitri Korsanov lorsqu'on l'a retrouvé mort à Pattaya. Je ne savais même pas qu'il s'y trouvait. Cela a dû se décider rapidement. C'est Mai qui a découvert la présence de Dimitri Korsanov à Pattaya. Donc, il y a de fortes chances que Pisit ait été assassiné parce que le Russe s'est aperçu de sa filature.

— C'est probable, reconnut Malko. Cela indique que si ce Russe n'a pas hésité à assassiner un policier, il avait un motif important...

— Je ne vous le fais pas dire, renchérit Gordon Backfield.

— Si je comprends bien, conclut Malko, vous désirez que je reprenne la surveillance de Dimitri Korsanov, qui s'est terminée par le meurtre de Pisit Aspiradee...

C'est-à-dire tirer un fil à tirer au bout duquel il pouvait y avoir de très mauvaises surprises.

CHAPITRE IV

— Tu as fait une connerie. Une énorme connerie ! Je ne veux plus jamais que tu prennes des initiatives sans m'en parler...

Evgueni Makowski parlait d'une voix basse, tendue, en russe, le visage à quelques centimètres de Dimitri Korsanov, son opposé complet.. Gros, le cheveu rare, une barbe mal entretenue, l'air négligé, la chemise pas vraiment nette. À côté de lui, Dimitri Korsanov avait l'air d'un flamboyant play-boy. Pourtant, le grand Russe blond répondit d'une voix soumise.

— Tu m'avais dit qu'il ne fallait pas que cette petite merde thaï reste accrochée à moi, à Pattaya.

— C'est vrai, reconnut Evgueni Makowski, mais tu t'y es pris comme un

Le piège de Bangkok

manche. Au casino « Number One », les gens t'ont vu sortir derrière lui ; en plus, Oksana était connue là-bas. Il aurait fallu que tu le liquides dans un endroit discret, sans qu'on puisse lier sa disparition à toi. Tu avais Boris et Gleb pour t'aider.

Dimitri Korsanov baissa la tête, penaud. Les deux hommes se trouvaient dans l'arrière-salle d'un boui-boui thaïlandais, le Tong-la, au coin de Sukhumvit road et du *soi* 23, où la nourriture était excellente et pratiquement donnée.

— C'est grave ? demanda Dimitri, les yeux baissés.

Evgueni Makowski lui jeta un regard apitoyé.

— Tu crois vraiment que ce petit flic thaï te surveillait pour son compte ?

— Je ne sais pas, bredouilla Dimitri, de plus en plus mal à l'aise. Il ne touchait même plus à son anguille aux piments, un plat dont il raffolait pourtant.

— Ce sont nos amis américains qui l'ont lâché sur toi, précisa Evgueni Makowski. J'en mettrais ma main au feu. Tu sais bien que, depuis l'histoire de Bali, ils t'ont dans le collimateur.

Le piège de Bangkok

— Mais pourquoi s'intéresseraient-ils à moi, *maintenant* ?

— Je sais qu'ils craignent que Viktor leur file entre les doigts. Or, tu vas souvent le voir dans sa prison, non ?

Dimitri Korsanov s'était tassé sur lui-même. Les deux hommes demeurèrent silencieux quelques instants. On n'entendait plus que le grondement du métro aérien courant au-dessus de Sukhumvit road, perpétuellement embouteillée.

Evgueni Makowski acheva son Tom-Yan-Kim, un plat très épicé et regarda la foule qui défilait dans le *soi*.

Pas vraiment inquiet.

Il était pourtant certain que la N. I. A[1] thaï l'avait identifié comme agent du FSB, mais il s'en moquait. Clandestin, avec une couverture en béton de journaliste, personne ne pensait à lui causer des ennuis. D'ailleurs, à Bangkok, il ne travaillait pas contre les Thaïs, mais contre les Américains.

Un mois plus tôt, il avait effectué un voyage à Moscou, sous prétexte de préparer l'ouverture d'un bureau régional.

---

1. National Intelligence Agency.

Le piège de Bangkok

C'est là qu'il avait reçu des instructions précises de son chef direct, Rem Absilenko, le responsable au FSB, chargé des « opérations spéciales » à l'étranger. Ses ordres étaient simples : il ne fallait à aucun prix que Viktor Bout soit extradé aux États-Unis. D'abord, c'était un agent qui avait toujours très bien travaillé. Ensuite, il savait trop de choses sur les Services russes. Or, en dépit de leurs pressions, les Russes ignoraient ce que serait la décision finale des Thaïs.

Evgueni Makowski avait reçu une feuille de route très simple :

Il devait à tout prix connaître la décision finale du gouvernement thaï avant qu'elle ne soit publique. En corrompant un des responsables thaïs, ce qui n'était pas d'une grande difficulté.

Une fois cette décision connue, si le gouvernement thaï décidait d'extrader Viktor Bout vers les États-Unis, Evgueni Makowski devait mettre en route le plan A. C'est-à-dire organiser l'évasion et, ensuite, l'exfiltration de Thaïlande de Viktor Bout.

Au besoin avec des complicités locales.

88

Le piège de Bangkok

Si cette opération s'avérait impossible, on passait au plan B : l'élimination physique de Viktor Bout, afin d'empêcher son extradition.

Le responsable des Opérations Spéciales Extérieures, le général Rem Absilenko allait lui envoyer du renfort et le matériel nécessaire, car cette partie du plan devait rester strictement dans le cercle FSB.

C'était certes regrettable, mais Viktor Bout serait récompensé à titre posthume comme l'avait été, soixante ans plus tôt, Richard Sorge, le meilleur espion que l'Union Soviétique ait placé auprès des Japonais. Staline l'avait laissé pendre, mais un envoyé spécial du Kremlin lui avait rendu visite dans sa cellule, à Tokyo, quelques jours avant son exécution, pour lui annoncer qu'il serait décoré de l'Ordre de Lénine.

À titre posthume.

En bon communiste, Richard Sorge avait accepté et était monté sur la potence sans rien dire.

Evgueni Makowski éprouvait de la sympathie pour Viktor Bout et espérait qu'il n'aurait pas à recourir à cette solu-

Le piège de Bangkok

tion extrême. Cependant, il devait s'y préparer. Cela faisait partie de ses tâches immédiates. Il attendait un appel de l'ambassade russe qui lui fixerait les modalités éventuelles de l'opération. Dimitri Korsanov, qui avait respecté son silence, piocha quelques champignons noirs dans son bol et osa demander :

— Et Oksana ?

— Elle est à l'abri, assura sèchement Evgueni Makowski. On lui a fait quitter Pattaya. Les *Amerikanski* vont sûrement aller fouiner là-bas, donc, toi non plus, tu n'y remets pas les pieds.

— Qu'est-ce que tu veux que je fasse, alors ? interrogea Dimitri Korsanov, frustré.

Evgueni lui expédia un sourire amical.

— Rien. Pour l'instant. Tu es grillé. Tu te tiens à l'écart de Viktor. On t'utilisera plus tard. *Karacho*[1] ?

— *Karacho.*

Evgueni Makowski lui envoya une bourrade amicale.

— J'aurai vraiment besoin de toi, plus tard. Tu es un type précieux.

_____

1. D'accord ?

Le piège de Bangkok

S'il le traitait trop mal, Dimitri Korsanov risquait de faire des conneries. Or, il en savait beaucoup sur le réseau de prostitution russe qui servait de couverture au FSB en Thaïlande.

Il sortit des billets et posa 800 baths[1] sur la table.

— Pars le premier, ordonna-t-il.

Dimitri Korsanov ne discuta pas. Il sortit dans le *soi* 23, puis tourna à gauche dans Sukhumvit pour rejoindre la station Thong La du BTS, le métro aérien.

Evgueni Makowski attendit quelques minutes avant de quitter le restaurant, puis fit quelques pas dans le *soi* 23 et arrêta une moto-taxi dont le conducteur à la chasuble verte accepta de le conduire à Central World Plaza pour 20 baths.

Tandis qu'il chevauchait la moto, il se retourna plusieurs fois, tendu. Les Américains allaient sûrement réagir après l'incident de Pattaya. Pas pour venger leur « stringer » mais pour découvrir pourquoi on l'avait tué. Il fallait donc les tenir à distance, à tout prix. Il savait

---

1. 20 dollars.

qu'ils l'avaient ciblé. Il devait donc, lui aussi, redoubler de prudence.

*
* *

Alla Bout faisait les cent pas devant la vitrine du magasin de fringues « Bébé ». Lorsqu'elle aperçut Evgueni Makowski, elle ne broncha pas. Le Russe inspecta les alentours une dizaine de minutes afin de voir si tout était clair, avant de la rejoindre.

Cet immense centre commercial, en plein cœur de Bangkok, sur Rama I, était l'endroit idéal pour un rendez-vous discret.

Lorsqu'il fut sûr que la femme de Viktor Bout n'avait pas été suivie, il l'entraîna jusqu'à une cafeteria.

— Tu vas à *Remond* demain ?

— Comme tous les jours.

La prison de Remond était la branche de Khlong Prem réservée aux détenus en préventive.

— *Karacho.* Tu vas dire à Viktor que tu m'as vu, que je vais le sortir de là.

Le piège de Bangkok

Pas oralement. Tu colles un mot en russe contre la vitre de séparation.

— C'est tout ?

— Qu'il tâte le gros Nigérien, tu sais le mec qui s'est fait piquer avec quarante kilos de dope, pour savoir s'il serait partant pour quelque chose. Toujours avec le même système. Des petits mots que tu brûles en revenant à l'hôtel. Ensuite, voilà ce que tu vas faire, toi.

Alla Bout l'écouta sans discuter. Ele aurait fait n'importe quoi pour récupérer son mari.

*

* *

— Je vais donc reprendre la surveillance de Dimitri Korsanov, conclut Malko lorsque Gordon Backfield eut terminé son exposé.

— Non, j'ai une meilleure idée, répliqua le chef de Station de la CIA. Dimitri Korsanov se méfie sûrement désormais et doit faire attention. Si ce malheureux Pisit a été tué, je pense que c'est qu'il se passe quelque chose à Pattaya, lié à Viktor Bout. Il faudrait découvrir quoi.

Le piège de Bangkok

— Comment ?

— Nous avons un point de départ : cette prostituée russe dont nous avons la photo et le téléphone. Ele était très probablement la complice de ceux qui ont tué Pisit. Ou, au moins, elle les a vus...

— Bien. En route pour Pattaya.

— Mai va venir avec vous. Elle sera très utile.

— Pas de problème.

Gordon Backfield demeura silencieux quelques instants puis avança timidement.

— Je crois que vous avez des relations intéressantes à Bangkok ?

Il fixait Malko avec un regard en coin. Celui-ci ne se troubla pas.

— Vous voulez parler de mon amie chinoise, Ling Sima ?

— Oui.

— Je ne pense pas qu'elle soit branchée sur les Russes.

— Elle connaît tout le monde à Bangkok, insista l'Américain. C'est un atout formidable.

— Bien, concéda Malko, je vais la contacter. C'est vrai qu'elle nous a déjà rendu beaucoup de services.

Le piège de Bangkok

Pratiquant l'hypocrisie comme un vrai diplomate. La première chose qu'il avait faite en arrivant à Bangkok avait été de téléphoner à Ling Sima, colonel du *Guoanbu*[1] chinois avec une couverture de bijoutière. Son activité principale consistait à contrôler le chef de la Triade chinoise Sun Yee On, Imalai Yodong, également colonel de la Police Royale Thaï. Bien entendu, les Services thaïs étaient au courant de son appartenance au *Guoanbu,* mais la Chine était un Grand Frère aux griffes très acérées, qu'on ne contrariait qu'en cas de nécessité absolue.

Hiératique, distante et sensuelle, Ling Sima tenait une bijouterie au cœur de Charing road et d'un petit *soi,* dans *Yeowarat,* le quartier chinois de Bangkok. C'est dans son appartement privé attenant que Malko l'avait rencontrée sept ans plus tôt. Normalement, pour qu'elle lui remette une lettre d'introduction pour un responsable de Triade aux Philippines[2]. Ce contact professionnel

_____
1. Services de Renseignement Chinois.
2. Voir SAS *Les otages de Jolo.*

s'était transformé sans que Malko ait rien prémédité, en une « brève rencontre ». En découvrant cette femme au port altier et aux pommettes saillantes qui lui don-naient l'air d'une princesse mandchoue, vêtue d'une sage tunique et d'un pantalon de cuir noir qui la moulait comme un gant, il s'était embrasé. Ling Sima avait dû éprouver une pulsion similaire car elle ne l'avait pas repoussé, lorsque, dans la petite pièce aux murs de laque noire utilisée pour les rencontres discrètes, il l'avait violée de toutes les façons, sans même échanger un baiser.

La Chinoise ne lui en avait pas voulu car, cinq ans plus tard, quand il était venu, à nouveau, lui demander un service[1], elle s'était encore offerte à lui. Cette rencontre-là avait duré plus longtemps. Lorsque, pour la remercier de lui avoir apporté l'aide de la triade Sun Yee On pour exfiltrer un défecteur nord-coréen, à travers la Chine, Malko lui avait offert un cœur en rubis, Ling Sima s'était enfin avoué à elle-même qu'elle était

_____
1. Voir SAS *Le défecteur de Pyong-Yang.*

96

tombée amoureuse de Malko, en dépit de tout ce qui les séparait.

Une troisième fois, deux ans plus tôt, alors qu'il se trouvait au Laos[1], elle lui avait pratiquement sauvé la vie.

Chacune de leurs rencontres se terminait toujours de la même façon, en étreintes passionnées.

À peine débarqué d'avion, Malko avait appelé Ling Sima, qui, au téléphone, arborait toujours une attitude distante, comme s'ils se connaissaient à peine.

Elle lui avait quand même donné rendez-vous pour dîner au Grand China Princess, sur Yeowarat road.

— De toute façon, précisa Gordon Backfield à Malko, vous partez demain matin pour Pattaya en compagnie de Mai. Il faut remettre la main sur Oksana, cette prostituée russe qui a sûrement assisté au meurtre de Pisit Aspiradee. Essayez quand même de contacter votre amie chinoise avant de partir.

*

* *

---

1. Voir SAS *Retour à Shangri-La.*

Le piège de Bangkok

Le grand China Princess Hotel faisait le coin de Yeowarat road et de Thanon Mangton. Malko bondit de son taxi, furieux. À cause du trafic, il avait près d'une heure de retard. Le restaurant se trouvait au dixième étage du China Princess et l'ascenseur grimpait avec une sage lenteur.

En passant la porte de laque rouge du restaurant, Malko eut un choc : la salle était totalement vide ! Il faut dire que sa Breitling indiquait neuf heures et que les Chinois dînent à sept heures... Il allait repartir, furieux et déçu – Ling Sima ne l'avait sûrement pas attendu – lorsqu'une serveuse surgit et s'inclina devant lui, lui faisant signe de la suivre... Ils passèrent devant la porte ouverte d'un salon particulier où une vingtaine de Chinois fêtaient un mariage en jouant au karaoké dans un vacarme infernal, puis la serveuse s'arrêta devant une porte où elle frappa un coup léger, s'effaçant ensuite pour laisser passer Malko.

C'était un tout petit salon particulier, avec une unique table ronde au plateau tournant, une grande banquette de bois

98

le long d'un mur et des sièges, une télévision et quelques gravures au mur.

Ling Sima était assise face à la porte, superbe dans une robe chinoise rouge sang, fermée au cou, pudique comme une nonne. Malko s'arrêta, un petit pincement au cœur : elle était toujours aussi belle, en dépit de son regard assombri par la fureur. Il eut du mal à distinguer le pendentif en rubis qu'il lui avait offert deux ans plus tôt, qui se confondait avec la robe.

La Chinoise lui jeta d'une voix furibonde.

— Tu me prends pour une bonne ? Cela fait une heure que je suis ici. Tu m'as fait perdre la face auprès du personnel. Ils vont me prendre pour une femme faible, esclave de ses sentiments, alors que j'ai voulu te rendre service.

La « face » pour les Chinois, cela comptait beaucoup. Malko s'inclina sur sa main et la baisa.

— Je te demande dix mille fois pardon, fit-il de sa voix la plus charmeuse. Dans le taxi qui se traînait à deux à l'heure, j'avais envie de m'arracher le cœur...

Le piège de Bangkok

Un peu de lyrisme n'avait jamais fait de mal et les Asiatiques adoraient le langage fleuri. Ling Sima, pourtant, ne se calma pas.

— La cuisine va fermer, menaça-t-elle ; je ne suis même pas certaine de pouvoir manger.

Comme pour la démentir, la serveuse surgit accompagnée d'un garçon portant plusieurs plats : d'abord la peau d'un canard laqué, accompagné de boîtes en bois contenant la sauce et des petites crêpes, puis un second plat contenant la viande du canard coupée en morceaux et enfin, des bols de soupe, pour terminer le repas. Et du thé, beaucoup de thé.

— C'est le meilleur canard laqué de Yeowarat ! lança Ling Sima. Mange !

Ce n'était pas très romantique, mais le canard était délicieux. Pendant quelques instants, ils le dégustèrent en silence.

Ling Sima mangeait comme tous ceux de sa race : rapidement et gloutonnement, sans un regard pour Malko.

Il n'y avait dans cet océan de froideur qu'une petite balise encourageante : le pendentif en rubis. Le jour où Malko l'avait offert à Ling Sima, sa carapace

100

Le piège de Bangkok

avait fondu et ils avaient fait l'amour jusqu'à l'épuisement. En dépit de son allure hiératique, Ling Sima était une femme de feu. Sept ans plus tôt, elle lui avait pardonné de l'avoir sodomisée sauvagement, alors qu'il la connaissait depuis une heure à peine.

C'était beaucoup moins grave que de la faire attendre dans un restaurant...

En vingt minutes, il ne resta plus rien du canard. Ling Sima semblait plus détendue. Pourtant, elle regarda sa montre.

— Il est tard, remarqua-t-elle.

— Pour moi, il n'est pas tard, à cause du décalage horaire...

Il se leva, fit le tour de la table et posa ses mains sur les épaules de la Chinoise.

— Je suis content de te retrouver...

Elle ne répondit pas mais ne chercha pas à se dégager. Enhardi, Malko laissa glisser ses mains, emprisonnant les seins moulés par la soie rouge, découvrant leurs pointes dures comme du jade.

— Tu es toujours aussi belle, dit-il doucement.

Ling Sima cracha furieusement.

— Je n'ai pas le temps, je dois rentrer.

Le piège de Bangkok

Comme elle esquissait le geste de se lever, il recula, lui barrant le chemin de la porte.

— J'ai eu une journée très fatiguante, dit Ling Sima. Puisque tu veux bavarder, je vais juste fumer quelques pipes d'opium pour me détendre.

Elle se leva, dépliant sa haute taille. Sa robe chinoise était fendue si haut qu'elle découvrait sa cuisse gauche pratiquement jusqu'à l'aine. Malko en eut des fourmis dans les doigts.

Ling Sima se dirigea vers la large banquette et fit basculer son plateau. Elle était creuse et la Chinoise sortit de ce placard improvisé une pipe à opium en ébène, avec un fourneau d'argent et une petite boîte contenant la pâte brune, et enfin un « oreiller » de bois en forme de billot.

— Tu vas vraiment fumer ici ? s'étonna Malko.

— Bien sûr. Tout est privé. Personne ne viendra me déranger, j'ai donné des ordres. Tu veux fumer aussi ?

— Non, déclina Malko, qui n'avait jamais aimé les paradis artificiels.

102

Le piège de Bangkok

— Alors, rends-toi utile ! lança sèchement Ling Sima, prépare-moi une pipe. Elle s'allongea sur le côté droit, le dos au mur, la tête calée sur le billot de bois peint, la jambe gauche découverte jusqu'à l'aine.

Malko alluma la petite lampe à huile et fit chauffer la pâte d'opium. On n'en trouvait pratiquement plus en Thaïlande, remplacé par l'héroïne. Ensuite, avec la longue aiguille d'or, il remplit le fourneau de la pipe et la tendit à Ling Sima. Celle-ci se mit à aspirer avidement la fumée à l'odeur douceâtre, les yeux clos. On n'entendait plus que le grésillement de la lampe et le bruit de leurs respirations. La pièce semblait flotter dans l'espace.

Malko, assis sur le bat-flanc, n'osait pas déranger cette harmonie. Pendant un temps qui lui parut très long, Ling Sima tira sur le bambou. Il la voyait se détendre presque à vue d'œil. À la quatrième pipe, il n'y avait plus d'opium. La Chinoise entr'ouvrit les yeux, posa la pipe et adressa à Malko un regard flou.

— Je me sens bien, dit-elle, je vais me reposer.

Elle referma les yeux.

Le piège de Bangkok

Il attendit un peu pour poser la main sur la cuisse découverte par la robe fendue. Ling Sima ne réagit pas ; il commença alors à la caresser doucement, puis remonta à la poitrine. Les seins tendus sous la soie rouge semblèrent s'animer, mais la Chinoise restait, extérieurement, de marbre.

Ce n'est que lorsque Malko atteignit le creux de son ventre dépourvu de toute protection, que la Chinoise réagit.

Ouvrant les jambes autant que le permettait la robe très ajustée.

Malko était déjà en train de caresser son sexe offert. Ling Sima émit un soupir, puis se mit sur le dos et remonta ses jambes, ce qui eut pour effet de la découvrir jusqu'au ventre. La toison noire, épilée soigneusement, brillante comme de l'astrakan, fascinait Malko. Sans qu'il y pense, son sexe avait gonflé brutalement et il avait désormais une érection violente, impérieuse.

Il était en train de libérer son sexe lorsque Ling Sima entr'ouvrit les yeux et murmura d'une voix rauque.

— Baise-moi un peu, maintenant. Doucement.

Le piège de Bangkok

Lorsqu'il entra en elle, millimètre par millimètre, la jeune femme frémit de tous ses muscles. Malko resta immobile puis commença un très lent mouvement de va-et-vient.

Ling Sima avait l'immobilité d'une statue mais Malko avait l'impression d'être plongé dans du miel brûlant...

Son absence de dessous était la preuve qu'elle était bien venue avec l'intention de faire l'amour, mais elle aurait préféré se faire couper l'auriculaire plutôt que de l'avouer.

La face, toujours.

Soudain, elle craqua. Avec un cri bref, ses bras se refermèrent sur le dos de Malko et elle ouvrit les cuisses si brutalement que sa robe se décousit sur vingt centimètres.

Malko s'enfonça en elle sauvagement et elle cria encore. Pendant quelques minutes, ils se cognèrent l'un à l'autre sur le bat-flanc, jusqu'à ce qu'il explose, lui aussi, avec un cri violent.

Ils restèrent dans la même position. Apaisée, Ling Sima avait repris une respiration normale, Malko toujours fiché en

Le piège de Bangkok

elle. Quand elle ouvrit les yeux, Malko demanda.

— Pourquoi as-tu voulu fumer ?

— Pour oublier toutes les femmes que tu as baisées depuis que nous nous sommes vus. Sinon, je n'aurais pas pu. J'ai honte de ce que tu m'as fait devenir. J'ai l'impression d'être une putain. Une femme faible.

— Tu es une femme forte, assura Malko. Très forte, même.

— Baise-moi encore un peu ! demanda soudain la jeune femme. Je suis bien. Avec l'opium j'ai l'impression que tu me pénètres partout à la fois.

Ils recommencèrent à faire l'amour.

Ling Sima eut un second orgasme, moins brutal que le premier, une sorte de vague de fond qui la laissa pante-lante. Lorsqu'elle rouvrit les yeux, elle dit d'une voix à peine teintée d'amertume.

— Si tu me respectes un peu, dis-moi pourquoi tu es venu me voir. En dehors de te servir de moi, comme une putain.

Malko sentit qu'il ne fallait pas mentir. Ling Sima l'écouta sans l'interrompre, superbe dans sa robe déchirée, les traits

106

marqués par le plaisir. Lorsqu'il eut terminé, elle dit simplement.

— Je connais l'homme le plus puissant du pays, le général Phra Samutprakan. Lui, peut *vraiment* t'aider. Mais c'est un homme dangereux, féroce, terriblement corrompu. Même un cobra fou est moins dangereux que lui.

— Présente-moi à lui, proposa Malko. Crois-tu qu'il soit au courant de l'affaire de Viktor Bout ?

Ling Sima eut un sourire ironique.

— Il est au courant de tout, le Premier Ministre lui mange dans la main. Donc, forcément de cette affaire. Mais il faut que tu sois très prudent.

CHAPITRE V

Viktor Bout comptait les minutes, accroupi au milieu des trente détenus qui partageaient son dortoir à la prison de Remond. De six heures du matin à quatre heures de l'après-midi, ils étaient regroupés dans une cour intérieure. Les deux autres *farangs* blancs, un Ukrainien et un Kazakh, étaient dans un autre dortoir.

Par contre, dans son groupe, il y avait aussi un Noir, gigantesque et taciturne, Oyo. Un Nigérien, interpellé à la douane avec quarante kilos d'héroïne... Son avenir était tout tracé : quarante ans de pénitencier.

C'est-à-dire qu'il y mourrait. Il était le seul à avoir les chevilles entravées par les larges menottes réunies par une chaîne qu'on leur mettait quand ils sor-

108

taient de la prison. Les gardiens thaïs avaient peur de lui. D'une seule main, il aurait pu en étrangler deux. S'il avalait deux comprimés de *Yaa Baa,* il risquait de devenir incontrôlable, comme un éléphant « amok ».

La voix nasillarde du haut-parleur troubla le silence de la cour. Viktor Bout ne comprenait pas les mots, n'ayant pas appris le thaï, mais savait que cela annonçait l'heure de la visite pour son groupe, les visites s'échelonnant de 9 h 15 à 14 h 50. Vingt minutes quotidiennes, sauf le week-end. Un gardien, qui parlait quelques mots d'anglais, commença à appeler les numéros.

Quand il entendit C. 829, Viktor Bout se leva et se dirigea vers le « parloir », un long couloir comportant neuf boxes. Le prisonnier s'asseyait sur un banc, face à une vitre épaisse le séparant des visiteurs. Une bande métallique semée de minuscules ouvertures faisait office d'hygiaphone.

Il entra dans le couloir, où un gardien en T-shirt blanc, un brassard rouge au bras droit, lui désigna sa place.

Le piège de Bangkok

Alla, sa femme, était déjà là, sur un tabouret. Ils se sourirent.

— Tu as l'air en forme ! cria-t-elle.

Avec sa chemise et son short orange, Viktor Bout avait presque l'air d'un vacancier, mais, en un an, il avait perdu quinze kilos. Bien que nourri quotidiennement de l'extérieur.

Il s'assit sur le banc et demanda :

— Tu es seule ?

Souvent, Evgueni, Dimitri ou d'autres amis russes venaient aussi partager les vingt minutes de parloir.

— Oui, dit Alla, mais j'ai deux messages pour toi.

Elle tira un papier de sa poche et le colla contre la glace. Il n'y avait qu'une seule phrase en russe : « Evgueni va te sortir de là. »

Il sourit et elle escamota le papier pour en coller un second contre la glace, avec un texte un peu plus long. Ce qu'il fallait dire à Oyo, le Nigérien.

Indifférent, le gardien, debout derrière Viktor Bout, bâillait aux corneilles. Tous les prisonniers communiquaient ainsi, afin de garder un peu d'intimité.

Le piège de Bangkok

Persuadés que des micros étaient dissimulés dans l'armature de la glace blindée...

Ce qui était probablement vrai, mais, comme on était en Thaïlande, ils ne fonctionnaient que par à-coups...

Viktor Bout regarda sa femme. Elle était toujours maquillée et soignée, quand elle lui rendait visite, ses courts cheveux bouclés, moulée dans un T-shirt rose et un jean serré. Cela faisait plus d'un an qu'ils n'avaient pas fait l'amour et, souvent, revenu dans sa « cage », Viktor Bout se masturbait comme beaucoup de ses co-prisonniers.

Il avait toujours refusé le *Yaa Baa* qui circulait dans la prison, de peur de péter les plombs et de ne plus pouvoir se retenir.

De nouveau, Alla était en train de griffonner quelques mots. Il lut le message plaqué contre la glace.

— Dis à Oyo de faire ce que lui dira sa femme.

Viktor Bout approuva de la tête et le papier disparut. Ensuite, elle lui donna des nouvelles de leur fille, Svetlana, demeurée seule à Moscou.

111

Le piège de Bangkok

À quatorze ans, elle souffrait beaucoup d'être séparée de son père et de le savoir en prison. Heureusement, sa mère ne lui avait jamais montré les journaux annonçant qu'il risquait une peine de trente ans de prison dans un pénitencier américain...

Depuis le 11 septembre 2001, les Américains bafouaient joyeusement les lois dès qu'on touchait au terrorisme. Guantanamo en avait été le meilleur exemple, mais au moindre soupçon de terrorisme, le seul but était de mettre les suspects hors de circuit. Viktor Bout ne se faisait aucune illusion : si les Américains réussissaient à le faire extrader, il était en route pour l'enfer. La discipline dans les pénitenciers américains, ce n'était pas cette prison assez bon enfant aux visites quotidiennes...

Le gardien lui tapa légèrement sur l'épaule et il se leva après un dernier sourire à sa femme, laissant sa place aux suivants.

Alla Bout sortit du box et s'assit dans l'espace réservé aux visiteurs face aux parloirs. Plusieurs rangées de chaises en plastique, occupées pour la plupart par

112

des femmes, parfois avec leurs enfants. L'une d'elles brandissait un bébé de quelques mois qui allait connaître son père. De grands ventilateurs sur pied entretenaient une température supportable. À l'entrée, un bouddha en bois peinturluré, des colliers de fleurs autour du cou, était censé porter chance aux prisonniers. Face aux parloirs, de l'autre côté des chaises, se trouvait un petit supermarché où les familles pouvaient se procurer des vivres pour les prisonniers.

Tout était calme, sans un cri, une exclamation. Alla Bout aperçut soudain celle qu'elle cherchait : une Noire aux proportions colossales, plus de un mètre quatre-vingts, serrée dans un boubou mauve qui moulait une énorme poitrine et une croupe incroyable. Le visage lisse comme une statue. L'épouse de Oyo le Nigérien. Elle aussi venait tous les jours. À son tour, elle gagna le box numéro 9. Alla Bout s'éloigna et alla s'asseoir sur un banc à l'extérieur. Une demi-heure plus tard, elle vit arriver la Nigérienne qui longeait d'un pas lent les bassins cernant l'extérieur de la prison. Elle la suivit et l'aborda.

Le piège de Bangkok

— *You, wife Oyo*[1] ? demanda-t-elle en anglais.

La Nigérienne s'arrêta et se retourna d'un bloc, l'enveloppant d'un regard méfiant.

— *You, who*[2] ?

— *My husband is inside. He knows your man*[3].

— *So*[4] ?

— *I want to talk to you*[5].

— *Go ahead*[6].

— *No, in my place*[7].

La Nigérienne eut un geste évasif.

— *OK.*

— *I have a taxi.*

Plusieurs taxis attendaient face aux bâtiments. Les deux femmes s'installèrent dans l'un d'eux et Alla Bout lança au chauffeur.

— Marway Garden Hotel.

---

1. Vous êtes la femme d'Oyo ?
2. Qui êtes-vous ?
3. Mon mari est en prison. Il connaît le vôtre.
4. Et alors ?
5. Je veux vous parler.
6. Allez-y.
7. Non, pas ici.

Le piège de Bangkok

Pendant le trajet, les deux femmes n'échangèrent pas un mot. Le Marway Garden Hôtel était un petit hotel en retrait de Phahalyothin road, dans le quartier de Chatuchai, surtout fréquenté par des Thaïs. Pas luxueux mais suffisant pour un long séjour. Et surtout, peu éloigné de la prison.

Les deux femmes gagnèrent la cafeteria Namania.

— *What do you want*[1] ? demanda alors la Nigérienne.

— Votre mari va être jugé, fit Alla, il risque plusieurs années...

Le visage de la Noire montra enfin quelque expression.

— Je sais, dit-elle, c'est pour cela que je viens tous les jours. C'est un homme bon. Il a pris des risques pour nourrir nos enfants. Il y en a huit...

La Russe hocha la tête, compréhensive.

— Que dit l'avocat ?

— *Bullshit*[2] ! cracha la Nigérienne. Il me prend du fric pour rien.

_____
1. Qu'est-ce que vous voulez ?
2. Foutaises.

— OK, fit Alla d'un ton apaisant. Devant la Cour, votre mari n'a aucune chance. Mais il y a peut-être une autre solution.

— Laquelle ?

Alla Bout baissa la voix et exposa ce que lui avait dicté Evgueni Makowski. Le plan A, au cas où les pressions sur les Thaïs ne suffiraient pas à faire libérer Viktor Bout. La Noire l'écouta sans l'interrompre, puis hocha la tête.

— Il faut que je réfléchisse. C'est dangereux.

— C'est vrai, reconnut Alla Bout, mais il n'y a pas d'autre alternative. On ne vit pas longtemps dans une prison thaïlandaise. Surtout si on est Noir.

*
* *

Le colonel Petcharat Rang Nam lança brusquement à son chauffeur :

— Arrête-toi là ! Au coin du *soi* 25.

Absorbé par une conversation sur son portable, il avait failli laisser passer l'endroit où il allait.

Le policier, au volant de la Bentley, se rabattit si brutalement sur la gauche qu'il

Le piège de Bangkok

manqua écraser un jeune couple. Le colonel Rang Nam avait déjà sauté à terre et s'enfonçait à pied dans l'étroit *soi* 25, laissant derrière lui le vacarme de Sukhumvit road. Avec sa silhouette frêle et son costume plutôt mal coupé, il ne payait pas de mine.

C'était pourtant un des officiers de la Police Royale Thaï les plus riches de Bangkok.

À la tête du Département « Immigration », il travaillait la main dans la main avec son collègue des douanes, ce qui permettait de juteuses combines. Sa magnifique Bentley, par exemple, avait été confisquée par la douane à un riche Chinois, puis mise aux enchères. Enchères remportées par le colonel Rang Nam pour 10 000 baths[1]. Environ la valeur de sa vieille Datsun marron de service qui frôlait les 200 000 kilomètres.

Le commissaire-priseur qui lui avait accordé ce petit plaisir, devait souvent se rendre à l'étranger et n'avait jamais de problème avec l'Immigration. Bien sûr, par pudeur, la Bentley avait été

___
1. Environ 300 dollars.

Le piège de Bangkok

enregistrée au nom de la sœur du colonel Rang Nam.

Grâce au même procédé, ce dernier s'était approprié un yacht d'un million de dollars utilisé pour le trafic d'héroïne et confisqué.

Cependant, ces heureux accidents n'étaient que la pointe de l'iceberg.

Les « vrais » revenus du colonel Rang Nam provenaient de sa protection tutélaire sur le plus important réseau de prostitution russe de Thaïlande. Normalement, la loi exigeait que les étrangers n'obtiennent que des visas d'un mois, obligés de ressortir du pays pour en obtenir un nouveau.

Toutes les prostituées russes munies de contrats de « danseuses » n'avaient pas à subir ces tracasseries. Un messager portait leurs passeports en quête de renouvellement au bureau de l'Immigration, *soi* Suan Phlu, d'où ils repartaient dûment tamponnés.

Ce qui était une grosse économie de temps et d'argent. En plus, le colonel Rang Nam s'était associé avec son collègue, responsable du 8e District, pour que les différents salons de massage,

118

Le piège de Bangkok

propriété de la mafia russe, n'aient jamais le moindre problème avec les autorités.

Grâce à cette bienveillance tous azimuts, il avait pu investir dans une centaine de bungalows pour touristes sur l'île de Sa Mui, quelques terrains le long du Mékong, une magnifique demeure à Chiang Mai où il avait installé sa seconde épouse, lui-même vivant avec sa première épouse et ses six enfants, dans le quartier de Bangna.

Ce qui s'appelait tirer le maximum de profits d'une solde de 35 000 baths[1].

Après une centaine de mètres dans le *soi* 25, le colonel poussa la porte d'une petite maison noyée de verdure, dont la façade blanche portait l'inscription en lettres vertes : DIVANA, massages et Spa.

Un des établissements les plus chers et les plus courus de Bangkok. Beaucoup de femmes de la bonne société venaient s'y faire une seconde jeunesse. Le prix d'un soin représentait environ le salaire mensuel d'une secrétaire...

---

1. Environ 1 000 $.

Le piège de Bangkok

Le colonel Rang Nam pénétra dans un minuscule salon de thé dont les baies donnaient sur un jardin très bien entretenu, enrichi d'un magnifique flamboyant. Des bâtiments bas couraient le long de cette pelouse, desservis par une galerie extérieure.

Ici, tout sentait le luxe et la propreté.

Un battant de teck s'ouvrit sur une ravissante hôtesse thaï pieds nus, vêtue de la tenue traditionnelle, caraco de soie très ajusté, séparé par une bande de peau nue de la longue jupe assortie, descendant jusqu'aux chevilles.

La jeune femme, cassée en deux, joignit ses mains devant son visage, pour un *wai* plein de respect.

— Vous êtes un peu en avance, *Khun* Petcharat, gazouilla-t-elle, voulez-vous prendre quelque chose pendant qu'on prépare votre cabine ?

Elle l'installa devant une table basse et s'esquiva. Quelques instants plus tard, une autre hôtesse apparut et s'approcha du colonel Rang Nam, à genoux sur la moquette et lui demanda ce qu'il désirait.

— Un bon *Mékong* ! dit-il.

Le piège de Bangkok

Le whisky thaïlandais, une horreur pour les étrangers, mais les Thaïs adoraient...

Quelques instants plus tard, elle réapparut, se déplaçant toujours à genoux, un verre de Mekong sur un plateau d'argent.

Au Divana, on avait le sens des traditions... Le colonel eut à peine le temps de boire son whisky : une troisième créature de rêve, maquillée comme les danseuses traditionnelles, s'inclina devant lui avec un *wai* profond.

— Votre cabine est prête, *khun* Petcharat.

Le colonel Rang Nam la suivit dans un étroit couloir au parquet de teck ciré et s'effaça pour la laisser entrer dans la « cabine ». En réalité, une grande pièce aux parois de bois, avec un jacuzzi, un canapé et une table basse, croulant sous les boissons et la nourriture. Le centre de la pièce était occupé par une grande natte sur laquelle était posé une sorte de matelas orange : la table de massage.

— Vous avez pris la formule n° 7, *Khun* Petcharat, gazouilla l'hôtesse. Vous avez raison, c'est la meilleure.

Le piège de Bangkok

Et la plus chère aussi ; pour les clients ordinaires, cela coûtait 7 500 baths[1] pour trois heures de détente absolue…

Or, le colonel Rang Nam venait au moins une fois par semaine…

L'eau bouillonnait dans le jacuzzi. Avec des gestes délicats, la jeune Thaï entreprit de déshabiller le colonel, posant ensuite ses vêtements, soigneusement pliés, sur une table basse.

Lorsqu'il fut entièrement nu, elle le conduisit jusqu'au jacuzzi et l'aida à s'y installer. À peine les jets d'eau commençaient à le fouetter qu'une servante silencieuse entra avec son verre de Mekong.

Dès qu'il l'eut terminé, il sortit du jacuzzi, on le sécha et on l'étendit sur le matelas. Deux masseuses en T-shirt blanc et jeans s'agenouillèrent à côté de lui, l'une lui massant les épaules, l'autre lui administrant un « foot-massage » particulièrement élaboré…

Ce n'était que le commencement du traitement.

_____

1. Environ 200 dollars.

Le piège de Bangkok

Mentalement, le colonel Rang Nam remercia le Bouddha de l'avoir réincarné dans la peau d'un officier de police. Il multipliait les offrandes à différents temples, espérant ainsi être réincarné pour sa prochaine vie, dans un éléphant ou un cobra : ce qu'on faisait de mieux.

*

* *

Evgueni Makowski continuait sa « tournée », afin de structurer son Plan A, la libération et l'exfiltration de Viktor Bout, avant son procès. Se déplaçant surtout en moto-taxi ou en BTS.

Il descendit à la station Thong La et s'enfonça dans un *soi* étroit zigzaguant derrière l'Emporium, jusqu'à un grand building tout blanc de 50 étages. Le vigile qui le connaissait, le salua d'un sourire. Le Russe prit l'ascenseur jusqu'au vingtième étage et sonna à l'appartement 2004.

Une brune de petite taille, vêtue d'une robe imprimée en coton, lui ouvrit. Le visage dur, pas maquillé, mais assez harmonieux.

123

Le piège de Bangkok

— *Dobredin*[1], Natalya, fit le Russe, j'espère que tu as quelque chose de frais à boire...

— *Tchai* glacé ? *Namanao ?* Soda.

— *Namanao.*

Il se laissa tomber dans le canapé de cuir blanc tandis que la jeune femme filait vers la cuisine.

Natalya Isakov était une des pièces maîtresses du dispositif russe en Thaïlande. C'est elle qui accueillait et dispatchait les filles arrivant de Moscou, d'Irkoutsk ou de Kiev, en logeant certaines, et, qui, en même temps, gérait les relations avec leur protecteur, le colonel Petcharat Rang Nam.

Discrète, effacée, parlant d'une voix douce, personne ne la soupçonnait de se livrer à ces activités.

Natalya Isakov réapparut avec son *Namanao* qu'il but d'un trait. En reposant son verre, il annonça.

— Il faut que je voie « Japonski ». Vite.

C'était le surnom du colonel Petcharat Rang Nam, en raison de sa ressemblance avec un Japonais.

_____
1. Bonjour.

124

Le piège de Bangkok

— C'est facile, affirma Natalya. Aujourd'hui, il fait sa visite hebdomadaire chez Divana, au *soi* 25. Tu veux que je vérifie s'il est là ?

— *Pajolsk*[1].

Elle appela la responsable du SPA et raccrocha quelques secondes plus tard.

— Il est en plein traitement. Si tu vas là-bas dans une heure et demie, ce sera parfait.

— *Spasiba*[2].

Evgueni Makowski en profita pour se détendre un peu. L'élément n° 1 de son Plan A était l'information sur le sort que les Thaïlandais réservaient à Viktor Bout. Si, comme il le craignait, ils décidaient de le remettre aux Américains, il devait impérativement le savoir bien avant.

Or, c'était un des secrets les mieux gardés de Thaïlande. Les Russes n'avaient aucune chance de le connaître, par les canaux officiels. Seul, un homme comme le colonel de l'Immigration pouvait peut-être le savoir.

_____
1. S'il te plaît.
2. Merci.

125

Le piège de Bangkok

Une fois l'information acquise, il ne resterait plus qu'à organiser, d'abord, l'évasion de Viktor Bout, et, ensuite, son exfiltration de Thaïlande.

Pour l'évasion proprement dite, Evgueni était en train d'échafauder un plan. Mais, ensuite, il faudrait gérer la situation ; pas question de faire sortir Viktor Bout de Thaïlande immédiatement.

Il fallait donc le planquer dans un endroit sûr, quelques jours ou quelques semaines.

Evgueni Makowski avait trouvé l'endroit idéal à Pattaya. C'est la raison pour laquelle il fallait, à tout prix, éloigner les Américains de la station balnéaire.

L'alter ego de Natalya Isakov, à Pattaya, s'appelait Igor Krassilnikov. Un intellectuel dévoyé, qui dirigeait à partir d'un condominium de luxe, le « Sea Orchid Apartments », l'antenne locale du réseau de prostitution. Les officiers supérieurs de la police et de l'armée thaï raffolaient des belles putes russes et il leur en fournissait toujours de nouvelles. Parfois, des rabatteurs lui amenaient une vierge laotienne qu'on vendait à prix d'or au général thaï commandant la Troisième Région. Il ado-

Le piège de Bangkok

rait les vierges et c'était un produit introuvable depuis longtemps en Russie.

L'idée d'Evgueni Makowski était donc de planquer Viktor Bout dans cet immense appartement, en toute sécurité.

Le général de la police royale thaï responsable de la Troisième Région touchait 500 000 baths[1] par mois pour protéger ce réseau de prostitution.

Viktor Bout serait aussi en sécurité dans les « Orchid Appartments » que dans un coffre-fort.

Ensuite, il restait l'exfiltration. Là aussi, Evgueni avait quelques idées, mais ce n'était pas mûr. Il avait quand même chargé Dimitri Korsanov de lui procurer un passeport vierge. On en trouvait, volés à l'aéroport international de l'île de Samui, et intelligemment maquillés.

Sans s'en rendre compte, Evgueni Makowski s'assoupit sur le canapé blanc, épuisé par la chaleur et la tension nerveuse.

*

* *

---

1. 15 000 $.

Le piège de Bangkok

Le colonel Petcharat Rang Nam était désormais allongé à plat dos sur le matelas orange, le corps et le visage recouverts de serviettes chaudes, ce qui lui donnait l'air d'une momie.

Trois masseuses s'activaient autour de lui, versant sur ses serviettes des huiles parfumées censées resserrer les pores de la peau. Et aussi, lui massant chaque muscle un par un. Des doigts agiles couraient sur sa nuque et il avait l'impression d'être réincarné en empereur. Une douce musique d'ambiance complétait l'atmosphère relaxée.

Après le jacuzzi, il avait eu une pause repas. Une autre délicieuse hôtesse lui avait apporté une bière et deux cornets de cafards frits encore chauds, achetés sur un stand de *Nana Plaza.* Ils craquaient sous les dents et le colonel Rang Nam en avait encore l'eau à la bouche.

Une voix douce murmura à son oreille.

— Nous avons terminé, *Khun* Petcharat. Nous vous souhaitons mille ans de félicité.

Pieds nus, elles se déplaçaient de façon totalement silencieuse et il ne les entendit pas sortir de la pièce. Il attendit,

128

le cœur battant, le meilleur moment de son traitement. Il avait beau s'y attendre, il sursauta lorsqu'une voix douce, à l'accent étranger, fit à voix basse :

— *Sawadee Haa, Khun* Rang Nam.

— *Sawadee Ka,* répondit-il.

Il se dit qu'il ne reconnaissait pas la voix de sa masseuse habituelle. Mais, quelle importance ! L'inconnue entreprit d'ôter les serviettes qui recouvraient son corps. Comme il effleurait celle posée sur son visage, la voix ordonna !

— Pas encore, *Khun* Rang Nam.

Il obéit. Chez Divana, il n'avait jamais eu de mauvaises surprises.

Des mains recommencèrent à l'effleurer, pour un nouveau massage. Un peu différent des autres : les doigts semblaient voler sur sa peau, s'attardant à sa poitrine, à son ventre, à ses cuisses. Et enfin, effleurant la serviette posée en travers de son bas-ventre. Immédiatement, il sentit son sexe durcir et se dresser, contenu par la serviette humide. Il sursauta quand une langue aiguë effleura un de ses mamelons, puis l'autre… Gémissant de désir, il envoya la main au hasard et se heurta à une blouse boutonnée. À

Le piège de Bangkok

tâtons, il glissa une main entre deux boutons et découvrit la tiédeur d'une peau de femme. Il descendit plus bas, rencontrant le renflement d'un sexe enfermé dans du nylon..

— Soyez patient, *Khun* Rang Nam, demanda sa masseuse.

Obéissant, il retira ses doigts. Comme pour le récompenser, il sentit qu'elle faisait glisser la serviette de son bas-ventre. Son sexe ne resta que quelques secondes à l'air libre. Entouré par une main douce, qui commença à l'enduire d'une crème odorante à base d'opium et d'un humidificateur végétal.

Maintenant, la main ne le massait plus, le serrant à la base de son pénis. Il avait l'impression que celui-ci allait exploser.

La voix annonça soudain.

— Je m'appelle Oksana, *Khun* Rang Nam, et je suis là pour vous détendre complètement.

La serviette glissa enfin de son visage et il découvrit deux yeux gris, une grande bouche très rouge et une poitrine magnifique, moulée par une blouse blanche. La masseuse défit lentement les boutons et

Le piège de Bangkok

apparut totalement nue, le pubis rasé. Le pouls du colonel Rang Nam fila vers le ciel.

Celle-là, il ne l'avait jamais vue ! Et il lui en fit la remarque.

— Je suis nouvelle, expliqua Oksana. J'arrive directement de Moscou. Mais je sais qui vous êtes et je connais vos goûts.

Sa bouche se pencha sur son sexe et l'avala lentement. La fellation ne dura pas longtemps. Juste le temps de l'amener au bord de l'explosion.

Oksana se redressa et, avec souplesse, enjamba alors le Thaï, s'agenouillant de façon à ce que son entrejambe se trouve exactement au-dessus du sexe dressé. Elle lui prit la main droite et la referma autour du membre tendu.

— Choisissez, *Khun* Rang Nam.

En même temps, elle commençait à descendre très lentement. L'officier thaï n'hésita que quelques secondes, tirant son sexe légèrement en arrière.

Il y eut une fraction de seconde éblouissante, au moment où le gland gorgé de sang atteignit le sphincter de la mas-

Le piège de Bangkok

seuse. Le colonel s'attendait à éprouver une résistance, mais son sexe fut avalé sans le moindre à-coup jusqu'à ce que les fesses d'Oksana se retrouvent en contact avec le ventre du colonel Rang Nam.

Comme elle s'était placée face à lui, il put refermer ses mains sur les seins pulpeux tandis qu'elle remontait avec douceur. C'est elle qui le guida alors vers l'ouverture de son ventre.

Ils continuèrent ainsi, alternant les deux orifices. Le colonel thaï avait l'impression qu'il allait mourir de plaisir. La pommade l'empêchait d'exploser immédiatement. Oksana se pencha sur lui.

— Dans quel orifice veux-tu te répandre ?

— Ta bouche, haleta Petcherat Rang Nam.

La jeune Russe se retira d'un mouvement gracieux et referma ses lèvres épaisses sur le membre au bord de l'explosion, tirant violemment la peau vers sa racine. Le colonel Rang Nam explosa dans un hurlement d'agonie. Oksana le maintenait dans sa bouche, avalant tout ce qui sortait de lui. Ensuite, elle l'essuya et remit sa blouse.

Le piège de Bangkok

Elle l'aida à se relever, puis à s'habiller et annonça ensuite :

— Quelqu'un vous attend dans le salon vert. Je vais vous y conduire.

Le colonel thaï se laissa faire, encore groggy et un peu surpris. Ce n'était pas le jour où Natalya lui remettait sa contribution mensuelle.

Un gros barbu, la chemise maculée de taches de sueur, boudiné dans un pantalon de toile trop serré, était affalé dans un fauteuil. Il se leva, adressa un *wai* respectueux à l'officier et annonça dans un thaï parfait :

— Je suis un ami de Natalya qui m'a dit que vous pourriez peut-être me rendre un service.

Le colonel Rang Nam sourit niaisement ; dans l'état de félicité où il se trouvait, il aurait dit « oui » à n'importe qui.

CHAPITRE VI

Des panneaux et des publicités en russe étaient placardés sur tous les murs du lobby du Royal Cliff Beach, le meilleur hôtel de Pattaya.

Étonnant...

Pas un chat en vue et le barman somnolait à son comptoir. Ici aussi, c'était la crise. Pourtant, à travers les immenses baies dominant les deux piscines, on apercevait le bleu engageant de la mer d'Adaman. Érigé sur la plus haute colline de Pattaya, le Royal Cliff en était le joyau hôtelier.

Malko sourit à Mai.

— Cela a bien changé. Avant, ici, tout était en anglais ou en thaï.

La jeune Thaï pouffa discrètement et gazouilla de sa voix imperceptible :

Le piège de Bangkok

— Les Russes aiment beaucoup Pattaya, *Khun* Malko. Il y a tellement de prostituées ! Ils peuvent rester mille ans sans les épuiser toutes…

Ils se dirigèrent vers la réception et Malko précisa :

— J'ai retenu deux chambres, bien entendu.

Mai émit un gazouillis embarrassé et dit :

— *Khun Malko,* cela va nous faire remarquer. Ici, quand un *farang* arrive avec une Thaï, ils prennent la même chambre. Cela ne me gêne pas.

Ses bonnes intentions n'étaient pas récompensées, pourtant, il n'avait aucunement l'intention d'abuser de la situation… Cependant, la remarque de Mai était pleine de bon sens. Le tourisme sexuel n'admettait pas les chambres séparées… Malko demanda donc une suite à l'étage le plus élevé et la réceptionniste fondit de bonheur : visiblement, les clients ne se bousculaient pas. Dès leur arrivée, une nuée de grooms s'était ruée sur leurs maigres bagages comme des vautours.

135

Le piège de Bangkok

On se serait cru au château de Marienbad. Le Royal Cliff était, de toute évidence, peu occupé.

— Vous avez beaucoup de Russes ? demanda espièglement Malko à la réceptionniste.

— Oh oui ! fit-elle, extasiée. Ce sont de très bons clients. D'ailleurs, la femme du directeur est consul de Russie à Pattaya.

Malko marcha jusqu'aux baies dominant la plus grande des piscines : pas un chat...

Pourtant, en arrivant par l'autoroute de Bangkok, prolongation de Sukhumvit road, il avait découvert un Pattaya bien différent du village de ses souvenirs. Des dizaines de condominiums flambant neufs, des boutiques à perte de vue, et des hôtels alignés le long de Sukhumvit road, au large des plages, et même, deux mosquées toutes neuves aux minarets bardés de haut-parleurs.

Désormais, au lieu de prendre trois heures, le trajet depuis Bangkok en demandait la moitié et la chaussée n'avait presque plus de trous. Quand on la quittait, c'était une autre paire de manches : les chemins escaladant la

Le piège de Bangkok

colline du Royal Cliff étaient presque tous en terre battue.

Ils gagnèrent enfin leur suite, escortés d'une meute d'employés, prêts à respirer à leur place. Tous les dix mètres, l'un d'eux s'inclinait profondément, demandant si la journée avait été bonne.

À peine seuls, Mai annonça :

— Je dormirai sur le divan du *sitting-room, Khun* Malko. Il est très large.

Étant donné son gabarit, tout lui paraissait immense...

Malko regarda la photo de la mystérieuse Oksana et demanda à Mai :

— Vous savez où se trouve le salon de massage où cette fille est censée travailler ?

— Oui. Sur Jomtien Beach road au coin du *soi* 11, juste avant le *Grand Jomtien Palace*. Vous voulez qu'on y aille ?

Malko ne put retenir un sourire.

— Mai, cela serait mieux si j'y allais seul. Je suis supposé être un *farang* en quête de chair fraîche... De votre côté, vous pourriez aller à Pattaya Beach, voir si vous pouvez glaner des informations sur les Russes. On se retrouve ici.

Le piège de Bangkok

*
* *

Le taxi descendait la plage de Jomtien, moins polluée que Pattaya beach, au nord, mais avec un environnement presque similaire : côté mer, des rangées de transats vides, côté « ville », une enfilade ininterrompue de bars, de restaurants, de salons de massage, de petits hôtels. Malko se fit déposer devant le *Grand Jomtien Palace* qui n'avait de palace que le nom. Quelques cubes blanchâtres en retrait de Jomtien beach. Il remonta à pied jusqu'au coin du *soi* 11. On ne pouvait pas rater le « Pink Paradise », le salon de massage conseillé par Oksana. Une petite baraque blanche aux vitrines couvertes d'annonces en anglais et en russe, vantant les qualités des prestations. Toutes les formes de massages, du « foot-massage » au « body-body », nettement plus sulfureux.

Il poussa la porte, déclenchant une sonnerie mélodieuse qui fit surgir une petite Thaï, entièrement refaite : lèvres gonflées au collagène, seins pointant comme des obus et une mini s'arrêtant juste en dessous du pubis. Après un *wai* cérémonieux, elle s'enquit de ses désirs, lui montrant les différents « programmes ». Malko choisit celui à 1 500 baths, et l'hôtesse lui manifesta aussitôt un respect à la hauteur du prix.

— Il y a beaucoup de clients ? demanda-t-il.

La Thaï arbora aussitôt une mine comiquement désolée.

— *Non, non beaucoup, no good season.*

Il la suivit dans une cabine de massage et lui tendit un album.

— *You make choice, all girls very good*[1].

Une galerie de Thaïes souriantes avec des ongles rouges interminables comme des griffes, moulées dans des blouses blanches guère plus grandes qu'un maillot de bain.

Malko lui rendit l'album et demanda :

— *No foreign ? I want foreign girl*[2].

---

1. Faites votre choix, toutes les filles sont très bonnes.
2. Pas d'étrangère ? Je veux une étrangère.

139

Le piège de Bangkok

À Pattaya, cela ne pouvait être qu'une Russe.

La Thaï manifesta une grande nervosité, puis se rua sur un téléphone pour une longue conversation en thaï, visiblement dépassée. Elle revint vers Malko, arborant un sourire ravi.

— *OK, foreign girl. Half hour. Now, you go with Kat. Kat, number one[1] !*

Kat surgit, tout sourire, la blouse gonflée par une poitrine fortement siliconée et aida Malko à se déshabiller. Comme il s'obstinait à garder son slip, elle lui tendit une serviette avec un rire complice, baissant pudiquement les yeux.

— *Body-body ?*

Sans attendre sa réponse, elle commença à l'enduire d'une huile odorante. Puis, elle fit glisser sa blouse et apparut, vêtue uniquement d'un minuscule slip noir qui ne devait pas peser plus de vingt grammes. Délicatement, elle le fit retourner et s'allongea sur lui, commençant à onduler de façon extrêmement suggestive. Il sentait la pointe de ses

---

1. OK, une étrangère, dans une demi-heure. Maintenant, vous prenez Kat. Kat est super.

Le piège de Bangkok

seins lui rayer le dos. L'impression de se trouver avec un petit animal affectueux.

Au bout d'un moment, il sentit une main se glisser entre le matelas et lui, puis se refermer autour de son sexe.

Kat sussura d'une voix caressante.

— *Special massage,* 500 baths.

— *Later*[1], déclina Malko.

Se demandant s'il allait voir surgir Oksana, celle qui avait entraîné le « stringer » de la CIA à la mort.

*

* *

Evgueni Makowski arrêta sa voiture en face de l'entrée de « Sea Orchids Appartments » et baissa sa glace, glissant au vigile :

— Je vais chez *Khun* Igor.

Le Thaï leva la barrière et le Russe se gara au pied de l'immeuble de 40 étages, à l'ombre. Il n'avait mis qu'une heure et quart pour venir de Bangkok, mais ce voyage plutôt agréable n'avait pas calmé ses angoisses. Pourtant, en

---

1. Plus tard.

Le piège de Bangkok

apparence, son entrevue de la veille avec le colonel Petcharat Rang Nam s'était plutôt bien passée.

Lorsque l'euphorie générée par la prestation exceptionnelle d'Oksana s'était dissipée, le colonel Rang Nam, flairant la bonne affaire, s'était mis à discuter férocement du montant de la « récompense ». Lorsqu'il avait annoncé le chiffre de six millions de baths[1], Evgueni Makowski s'était récrié.

Il avait essayé de discuter, mais, sans se départir de son sourire thaï, le colonel n'avait pas abandonné un bath. Sentant que son interlocuteur avait vraiment besoin de cette information... Évidemment, le Russe ne pouvait pas savoir qu'il s'agissait de régler une dette particulièrement criarde envers un « loan-shark » de Yeowarat qui menaçait de s'en prendre à l'intégrité physique du colonel...

Une fois d'accord sur le montant qui devait être versé le jour où il communiquerait l'information à Evgueni Makowski, mais le Russe vivait depuis assez longtemps Thaïlande pour savoir qu'un Thaï

_____
1. Environ 200 000 dollars.

Le piège de Bangkok

détestait perdre la face et disait toujours « oui », quitte à se rétracter ensuite, avec des explications fumeuses... Ensuite, la perspective de gagner six millions de baths, même en en rétrocédant un peu, pouvait lui faire perdre la tête.

Et lui faire dire n'importe quoi.

En dépit de ces réserves, Evgueni Makowski était bien obligé de se fier à sa « source ». Cette information était la base de toute l'opération.

Le plan A était quand même en préparation : l'évasion de Viktor Bout.

Il était à Pattaya pour en verrouiller la seconde partie. La planque de Viktor Bout et son exfiltration.

Il prit l'ascenseur jusqu'au 31e étage et sonna à une porte massive en teck sombre comme de l'ébène. Elle s'ouvrit quelques instants plus tard sur une blonde au regard assuré, à la bouche botoxée à mort, avec des épaules de docker, des fesses énormes et des jambes comme des poteaux, vêtue d'une robe de stretch noir guère plus large qu'une ceinture, pieds nus.

— Igor est là ? demanda Evgueni Makowski.

Le piège de Bangkok

— *Da.*

Il la suivit dans un grand penthouse dont les baies donnaient sur la mer d'Andaman. On pouvait même distinguer les îles de Koh Larn dans la brume de chaleur. La blonde s'éclipsa et le Russe s'installa sur un canapé défoncé, au milieu d'un désordre incroyable. D'abord des livres, des piles de livres, partout ! Des tableaux aussi, rangés le long des murs. Un aspirateur était abandonné au milieu de la pièce, comme un monstre foudroyé, des dessous féminins traînaient sur tous les meubles, au milieu de bouteilles vides et de cendriers pleins. Plusieurs bouteilles de bière avaient roulé sous la table basse. Une vague odeur de haschich flottait dans l'atmosphère.

Une voix lança derrière lui.

— *Dobredin* ! Evgueni.

Evgueni se retourna : Igor Krassilnikov, le maître des lieux, venait d'entrer, le visage bouffi d'alcool sous une tignasse grise en épis, débraillé, la chemise sur un pantalon sans forme, un vague air de savant fou... Ce qu'il avait été d'ailleurs, dans une autre vie : un brillant physicien

144

de l'Union Soviétique, mis au chômage à cause de la fermeture de son Institut.

Désormais, il était maquereau à plein temps et ses tendances intellectuelles s'estompaient à vue d'œil. Cet appartement avec cinq chambres à coucher était la tête de pont de l'organisation de prostitution russe à Pattaya. Igor abritait toujours une dizaine de filles fraîchement « importées » et pouvait faire appel au cheptel local en cas de surchauffe.

Il s'assit par terre, le dos appuyé à un fauteuil branlant et soupira :

— C'est le bordel ici ! Hier soir, il y a eu une petite fête avec le général commandant la Région 3 et trois de ses colonels : ils sont arrivés, bourrés de Viagra et se sont déchaînés sur les filles. Elles n'en pouvaient plus. J'ai dû faire appel à des putes du *soi* 13 pour les finir ! Enfin, ils ont laissé 5 000 dollars… J'espère que tu ne viens pas consommer, ajouta-t-il avec un sourire salace. Elles sont nazes. Il faut les laisser refroidir.

La blonde reparut, tenant deux bouteilles de vodka, qu'elle déposa sur la table basse.

Le piège de Bangkok

— Je te présente Lara, dit Igor. Les Thaïs raffolent d'elle.

Evgueni Makowski se dit que les Thaïs avaient de drôles de goûts.

— J'ai deux trucs à te demander, annonça Evgueni.

— Vas-y.

— Est-ce que je peux planquer quelqu'un ici, sans risque que personne ne vienne fouiner ?

Igor Krassilnikov vida un petit verre de vodka et laissa tomber :

— Le général nous prend 10 000 dollars par mois pour assurer notre tranquillité. J'ai tous ses portables et un numéro fixe qui a des instructions.

— Et la police ?

— Ils touchent aussi et le colonel qui a Jomtien en charge est un de nos meilleurs clients. Pourquoi ?

— Viktor Bout.

— Il a été libéré ?

— Non, mais il pourrait l'être, par nous.

— Je vois.

Igor Krassilnikov ne posa aucune question. La vie l'avait rendu prudent.

Le piège de Bangkok

Il se contenta de répondre avec un sourire.

— Viktor sera le bienvenu, et il pourra rattraper son retard de baise... *Compliment of the house*[1].

Les deux hommes rirent, un peu détendus.

— Seconde question, lança Evgueni Makowski. J'aurais éventuellement besoin d'un bateau. Style cabin-cruiser. Puissant et rapide, de préférence sans équipage thaï.

— Pour aller loin ?

— Assez, oui, mais retour dans la journée.

— Je connais un type sur le port, Sam Lo. Il loue des *speed-boats* équipés de deux Yamaha 200 chevaux. Des bombes. C'est pour de la drogue ?

— Non.

— OK. Voilà son portable, il parle anglais. Tu viens de ma part. Il fait des prix.

— Tu sais conduire ce truc ?

— Oui.

---

1. Gratuitement.

Le piège de Bangkok

— *Karacho,* je vais y aller. À tout à l'heure.

Il avait eu une idée pour exfiltrer Viktor Bout, à partir de Pattaya. Bien sûr, il pouvait le mêler à un groupe de touristes en partance pour le Laos, mais il y avait quand même un risque de contrôle à la frontière. Au contraire, son plan était presque dépourvu de risques.

Tous les jours, plusieurs bateaux quittaient le port de Pattaya à destination des îles voisines. Bien entendu, il n'y avait aucun contrôle, ces îles étant thaïlandaises et les touristes revenant le soir même.

Son idée était simple. Avec un bateau rapide, filant à 30 nœuds, il pouvait, en deux heures, se retrouver en pleine mer, hors des eaux territoriales. La suite dépendait de Moscou. Evgueni Makowski avait demandé si on pouvait affecter un sous-marin classique – classe Kilo – au sauvetage de Viktor Bout.

Certains étaient basés à Vladivostok et cela ne posait aucun problème technique de descendre jusqu'au large de la Thaïlande.

148

Le piège de Bangkok

Grâce au GPS, il serait possible de se fixer un rendez-vous précis, loin des côtes.

L'opération pouvait ne durer que peu de temps. Le sous-marin émergeait à l'endroit convenu, prenait Viktor Bout à son bord et repartait en plongée.

Tandis que le bateau qui l'avait amené repartait pour Pattaya.

Au moment où Evgueni se levait, une autre fille apparut, superbe, avec de longs cheveux auburn, un visage parfait et d'extraordinaires yeux gris bleu. Seules, ses jambes plutôt épaisses gâchaient sa silhouette.

— C'est Mariana, annonça Igor. Elle part travailler. Tu peux la descendre ? Ça évitera un taxi.

— Oui.

— Sur Jomtien Beach, on a un salon de massage là-bas, au coin du *soi* 11.

— *Vsié normalno*[1] ! lança Evgueni.

Mariana bâilla à se décrocher la mâchoire.

— J'espère que ce blaireau ne va pas me retenir longtemps, maugréa-t-elle.

---

1. Pas de problème !

Le piège de Bangkok

J'ai dormi trois heures. *Dobre.* Je vais prendre mon sac.

Quand elle fut sortie, Igor remarqua :

— Elle vient d'arriver de Moscou où son mec l'a plantée. Elle n'a pas bon caractère et elle n'aime pas sucer...

Evgueni était déjà debout.

— *Karacho.* Je vais voir le mec du bateau et je reviens avant de repartir pour Bangkok.

— Tu aurais pu rester un peu.

— J'ai des trucs à faire pour mon journal, soupira Evgueni Makowski.

Il prenait beaucoup de soin à préserver sa couverture. Des trois journalistes présents à Bangkok, il était le plus respecté.

*
* *

Malko était resté seul dans la cabine, abandonné par la masseuse thaï, déçue qu'il ait refusé son massage spécial...

La porte s'ouvrit soudain sur une créature ravissante dont le regard se posa sur lui, avec une indifférence manifeste. Vêtue d'une robe jaune boutonnée

150

Le piège de Bangkok

devant, d'une longueur normale ; elle lança à Malko.

— *Gavarit po russki*[1] ?

— *Da.*

Elle se détendit un peu, attira une chaise et défit posément les derniers boutons de sa robe, découvrant des cuisses charnues et l'amorce d'une culotte blanche.

— *Dobre,* annonça-t-elle, il paraît que tu as demandé une Russe pour te finir. C'est 10000 baths. Je ne suce pas et je ne baise pas. Ça te va ?

Un peu surpris, Malko sourit.

— *Da.*

Devant cette bonne volonté évidente, elle défit encore un bouton en bas et deux en haut avant de préciser.

— Tu peux mater si tu veux.

Déjà, elle lui avait empoigné le sexe. Les yeux dans les siens, elle se mit à le masturber, d'abord lentement, puis plus vite, le regard absent. Consciencieuse mais distraite.

Malko sentit quand même le plaisir monter ; elle s'en rendit compte, aussi,

_____
1. Vous parlez russe ?

151

Le piège de Bangkok

elle accéléra, le trayant comme une vache. Jusqu'à ce qu'il éjacule. Elle avait déjà retiré sa main. Elle se leva, reboutonna sa robe et lança :

— Tu paies à la caisse. Et ne déconne pas. Cela ne te réussirait pas...

— Attendez, demanda Malko, la dernière fois, j'avais eu une fille super, Oksana.

— Connais pas.

— Vous pouvez vous renseigner ?

La Russe resta à côté de la porte, hésitante et laissa tomber.

— Tu es à l'hôtel ?

— Oui. Royal Cliff.

Visiblement, il remonta un peu dans son estime.

— Quelle chambre ?

— 424.

— *Dobre.* Je vais voir si je peux te l'envoyer. *Do svidania*[1].

— Attendez, dit Malko, vous ne voulez pas venir prendre un verre ?

Elle se retourna avec un sourire ironique.

_____
1. Au revoir.

152

Le piège de Bangkok

— Pas le temps ! Si tu veux me revoir, tu viens ici et tu demandes Mariana.

*

* *

Mai se prélassait au bord de la piscine du Royal Cliff. Quand elle aperçut Malko, elle se leva et vint lui sauter au cou, se frottant longuement contre lui. Devant son geste de recul, elle murmura à son oreille.

— Il ne faut pas nous faire remarquer, *Khun* Malko, ici, les *farangs* qui sont avec des filles, c'est toujours pour faire boum-boum.

Elle pouffa, toujours collée à lui, avant de s'étendre à nouveau.

— Vous avez trouvé quelque chose, demanda-t-elle, au salon de massage ?

— Pas vraiment, reconnut Malko.

Elle écouta son récit et ajouta.

— On m'a dit en ville que beaucoup de filles russes sont regroupées dans un grand appartement, mais nul ne sait où il se trouve. Peut-être que cette Oksana s'y trouve aussi.

Le piège de Bangkok

— Demain, je vais retourner au salon de massage et demander cette Mariana. Pouvez-vous planquer et suivre les filles étrangères qui sortent ? proposa Malko.

— Je vais le faire, affirma aussitôt Mai. Avec une moto-taxi, c'est facile.

D'énormes gouttes commençaient à tomber. Ils se réfugièrent dans la piscine dont l'eau devait faire 30°.

*
* *

Lorsque Evgueni Makowski regagna l'appartement d'Igor, après s'être renseigné sur la location d'un bateau, trois filles papotaient dans le salon, en buvant du thé. Une habillée, les deux autres en slip et soutien-gorge.

Le Russe s'assit à côté d'elles.

— Igor est là ?

— Non, il est descendu en ville acheter des livres au nouveau Mall, « Le Central ». Tu veux du thé ?

Ils bavardèrent. Celle qui l'avait invité s'appelait Valerya, une splendide brune, visiblement intelligente, diplômée en puériculture, qui avait décidé de venir

Le piège de Bangkok

gagner sa datcha à Pattaya. La plus belle des trois était Mariana qui était revenue de Jomtien beach. Quand Valerya voulut la lui présenter, Evgueni précisa aussitôt.

— Nous nous sommes vus tout à l'heure. Elle allait faire un massage, ajouta-t-il en souriant.

La belle Russe eut une moue dégoûtée.

— Le massage n'est pas mon truc. J'ai l'impression d'être une fermière, au fond de l'Oural.

Valerya éclata de rire.

— C'est moins fatigant que de sucer des bites...

Mariana haussa les épaules et demanda à la cantonade.

— À propos, il y a une fille qui s'appelle Oksana, ici ?

Aucune des filles ne desserra les lèvres. Toutes avaient reçu des consignes d'Igor. Si qui que ce soit demandait des informations sur Oksana, elle n'avait jamais existé. Mais Evgueni faillit en renverser sa tasse de thé.

— Pourquoi demandes-tu cela ?

— Le type que j'ai massé a demandé après elle, fit Mariana.

155

Le piège de Bangkok

Le Russe sentit son pouls grimper au ciel. Impossible que ce soit une coïncidence : Oksana n'avait jamais travaillé au salon de massage. Elle était réservée aux colonels.

— C'est tout ce qu'il t'a dit ? demanda-t-il.

— Il m'a dit où il était : au Royal Cliff, chambre 424.

— Comment il est ?

— Plutôt beau mec, blond, il parle bien russe mais il n'est pas russe.

— *Spasiba,* fit Evgueni.

La porte claqua : Igor revenait avec un sac en plastique plein de livres. Aussitôt, Evgueni Makowski le prit à part, relatant sa conversation avec Mariana.

— Vérifie si ce type est déjà venu au massage, demanda-t-il.

Igor était déjà au téléphone avec le salon de massage. Lorsqu'il raccrocha, il annonça simplement :

— La réceptionniste m'a dit que ce type n'est jamais venu avant...

Evgueni Makowski ne répondit pas. Édifié : l'erreur de Dimitri Korsanov commençait à porter ses fruits, si on peut dire.

Le piège de Bangkok

— Tu as des types sûrs, ici ? demanda-t-il à Igor.

Le Russe leva son index et son majeur.

— Deux : Gleb et Boris.

— Ils sont vraiment sûrs ?

— Ils étaient avec Oksana et Dimitri, l'autre soir.

— Qu'est-ce qu'ils font d'habitude ?

— Un peu de tout. Ils transportent les filles, servent de body-guards, écartent les petits macs locaux, achètent du *Yaa Baa*. Pour le moment, ils dorment, en bas, à Pattaya. Ils ont des piaules sur Second road. Tu veux les voir ?

— Oui.

Si, comme il le craignait, le client du salon de massage venait enquêter sur Oksana, donc sur le meurtre du policier thaï, il ne fallait pas lui laisser le temps de remonter jusqu'à leur nid d'amour.

CHAPITRE VII

Une chaleur poisseuse écrasait les rares clients du « Best Friend », un grand bar-restaurant ouvert à tous les vents, au coin du *soi* 13/4 et de la promenade de bord de mer. Les ventilateurs avaient beau brasser paresseusement l'air empuanti par la fumée des cigarettes et les effluves d'alcool, la température ne baissait pas d'un degré. La chemise en voile de Malko était collée à son torse par la transpiration.

Alignées le long du bar ou installées aux grandes tables rectangulaires, des grappes de putes désœuvrées s'apprêtaient à fondre sur le moindre client. À côté d'eux, un gigantesque Australien avalait au goulot des bières qui semblaient distendre sa panse énorme, entouré d'une douzaine de filles cherchant à attirer son attention.

Le piège de Bangkok

Patientes, elles savaient qu'il finirait par céder à leurs avances.

Mai, juchée sur un tabouret aussi haut qu'elle, se pencha vers Malko.

— Vous voyez les deux types là-bas, *Khun* Malko ? Ce sont des Russes.

Les deux hommes étaient attablés à une table du fond devant des bières. L'un avait les cheveux réunis en catogan, le visage en lame de couteau, l'autre, le crâne rasé, massif, moulé dans un T-shirt à la propreté douteuse, évoquait un bûcheron.

— Des touristes ?

— Non, ils sont là très souvent, j'avais demandé hier soir. Ils habitent Pattaya, mais on ne sait pas où.

Une voiture de police passa lentement sur Pattaya Beach road et donna un coup de klaxon. Une des barmaids adressa un signe joyeux au chauffeur...

Bien qu'il y ait peu de *farangs,* la promenade grouillait de monde, entre les putes désœuvrées et les innombrables stands installés sur les trottoirs, offrant tout, des brochettes aux CD piratés. Pattaya attendait la fin de la mousson et de la crise, tournant au ralenti. La plupart

159

des hôtels étaient vides. Comme les centres commerciaux, tout neufs et les innombrables condominiums bâtis en retrait.

Le Blackberry crypté de Malko émit un couinement plaintif.

C'était Gordon Backfield, à qui il avait déjà parlé un peu plus tôt.

— J'ai une bonne nouvelle, annonça-t-il, vous allez recevoir du renfort.

— Quel renfort ?

— Chris Jones et Milton Brabeck. Langley m'a donné l'ordre de les expédier ici. La mort de Pisit Aspiradee a traumatisé l'Agence.

— Ils vont venir à Pattaya ? interrogea Malko, stupéfait.

— C'est là que cela se passe pour le moment. Vous m'avez dit tout à l'heure que votre enquête ne faisait que commencer... Ce n'est pas Mai qui va vous servir de « baby-sitter ». Si tout se passe bien, ils seront à Bangkok demain. Je leur donne un chauffeur et je vous les envoie.

Les joies du « Best Friend » épuisées, Mai et Malko descendirent de leurs tabourets, s'enfonçant dans le *soi* 13/4.

Le piège de Bangkok

Les néons criards flamboyaient de tous les côtés sur les salons de massage, les bars, les « live-show », les tatoueurs. Il fallait se faufiler entre des centaines de motos occupant l'étroite chaussée des deux côtés. Presque à chaque mètre, un rabatteur vous tirait par la manche. L'un d'eux accrocha Mai, murmurant quelques mots à son oreille.

— C'est une boîte de *Katoi,* expliqua-t-elle.

— Qu'est-ce que c'est ?

— Des transsexuels, il y en a beaucoup ici.

Malko avait ralenti. Il s'arrêta devant la vitrine du bar Las Vegas et vit passer derrière lui les deux Russes du « Best Friend » qui continuèrent en direction de Second road. Cela pouvait être une coïncidence ou autre chose. Était-il suivi ?

— On peut aller au casino où se trouvait cette Oksana ? demanda-t-il à Mai.

La Thaï eut un rire gêné.

— Ils n'acceptent pas les *farangs…*

— Pourtant, il y avait Oksana et ce Russe, Dimitri Korsanov.

Le piège de Bangkok

— Quelqu'un l'avait introduit. Quant aux prostituées, elles jouent beaucoup et perdent toujours.

Ils étaient désormais derrière les deux Russes. Ceux-ci tournèrent à gauche dans Second road et s'enfoncèrent dans une petite galerie marchande aux magasins fermés. Pour ne pas réapparaître.

— Où sont-ils passés ? demanda Malko.

— C'est là que se trouve l'entrée du casino « Number One » expliqua Mai.

— Allez vous renseigner, demanda Malko. Je vais attendre ici.

Lorsque Mai réapparut, tout excitée elle annonça :

— Ils sont bien dans le casino, j'ai parlé au videur, il m'a dit qu'il les connaissait. Ils viennent souvent, mais ce ne sont pas des touristes. Ils habitent un peu plus loin, dans Second road.

— Qu'est-ce qu'ils font ?

La Thaï eut un geste évasif.

— Rien, officiellement.

Ils arrêtèrent un taxi pour rentrer. Dans le hall du Royal Cliff, Mai prit ostensiblement la main de Malko en passant devant la réception, pour la lâcher ensuite dans l'ascenseur, en pouffant.

Une fois dans la suite, elle fila sur le balcon et Malko se coucha.

S'endormant sans même s'en apercevoir.

*

* *

Boris Titov et Gleb Papouchine n'étaient pas venus jouer mais rencontrer deux trafiquants de *Yaa Baa,* chez qui ils se fournissaient parfois. Des petits voyous thaïs, sournois, vicieux et méchants, qui faisaient un peu les macs à l'occasion. Fournissant alors des filles locales au réseau russe.

Ils buvaient des bières au bar, au milieu du brouhaha des joueurs.

À la troisième bière, Pichai, le « chef », demanda :

— *You need girls number one*[1] ?

Gleb secoua la tête négativement.

— *Niet.*

— *Yaa Baa ?*

_____

1. Vous avez besoin de filles « super » ?

Le piège de Bangkok

— No.

Devant l'incompréhension de Pichai, il lui expliqua ce qu'il voulait. Les deux voyous se consultèrent alors en thaï.

— 300 000 baths[1] conclut Pichai. La moitié d'avance.

*
* *

Malko se réveilla en sursaut. La première chose qu'il aperçut fut le minois souriant de Mai. La Thaïe était torse nu, ses petits seins pointus fièrement dressés, et annonça, confuse :

— *Khun* Malko, des gens te demandent à la réception.

Il jeta un coup d'œil à sa Breitling. Dix heures dix. Le décalage.

— Des gens ?

— Oui. Deux Américains, très grands.

Ce ne pouvait être que Chris Jones et Milton Brabeck !

Il empoigna son téléphone, appela la réception et demanda :

_____
1. 10 000 $.

Le piège de Bangkok

— Passez-moi les gens qui me demandent.

— Allo ! lança la voix mâle de Chris Jones, quelques instants plus tard.

— Chris, annonça Malko, je suis en bas dans trois minutes. Allez au bar et relaxez-vous...

Le « gorille » ricana.

— Après vingt-huit heures de vol, j'ai l'impression d'être mort. En plus, il fait une putain de chaleur ici et c'est plein de « gooks »[1].

— C'est leur pays, précisa Malko. L'hôtel est climatisé.

Il se jeta sous la douche.

*

* *

Avec leur costume clair froissé comme des chiffons, leur cravate de travers, leurs traits tirés, Chris Jones et Milton Brabeck, « gorilles » de choc de la Division des Opérations de la CIA, faisaient peine à voir. Affalés devant le bar, Chris

_____
1. Bougnoules.

Le piège de Bangkok

Jones se rua sur Malko et lui écrasa les phalanges.

— My God, on a cru jamais arriver ! Un « deputy » du COS nous a pris à l'aéroport pour nous conduire directement ici...

— On dormait dans la voiture, renchérit Milton Brabeck. Moi, je ne suis plus bon à rien. J'ai l'impression qu'on m'a démonté...

— Vous allez vous reposer à la piscine, conseilla Malko. Après, vous serez tout neufs.

— Je crève de faim, soupira Chris Jones. Il y a du manger de Blanc, ici ?

— Ils ont de très bonnes sauterelles grillées, affirma Malko. Du serpent, mais aussi, des pizzas et des hamburgers.

Mai venait d'arriver. Elle adressa un *wai* respectueux aux deux « gorilles » de la CIA, qui la regardèrent, estomaqués, les bras ballants.

— C'est notre interprète, précisa Malko.

Mai arrivait à peu près à la taille des deux hommes. Des masses de chair musculeuses, dévouées à la bannière étoilée et à Malko, ne craignant dans la vie que les insectes et les maladies tropicales... Généralement armés comme

166

de petits porte-avions, c'étaient les meilleures « baby-sitters » de l'Agence.

Pour eux, le monde s'arrêtait à la côte est des États-Unis. Après, c'était une planète inconnue.

Au moment où ils quittaient le bar, une blonde hallucinante de beauté déboucha de l'ascenseur : une poitrine à faire se pendre Marilyn Monroe, une croupe cambrée, la bouche botoxée à mort, de longues jambes émergeant d'un short microscospique et une démarche de vraie salope tropicale.

— *Holy cow* ! murmura Milton Brabeck. Je ne regrette pas le voyage.

Mai se tordait de rire.

— C'est un *katoi,* gazouilla-t-elle.

— Un transsexuel, précisa suavement Malko.

Les deux Américains faillirent en avaler leur cravate.

— Rendez-vous à la piscine dans une heure.

*

* *

Le piège de Bangkok

Sans même déjeuner, Mai était partie planquer devant le salon de massage du *soi* 11, chevauchant une moto-taxi payée à l'heure. Il lui avait fallu attendre deux heures, à l'ombre d'un bar voisin, pour voir enfin une *farang* sortir du salon de massage. Celle-ci avait arrêté un taxi et Mai avait suivi sur la moto-taxi.

Le taxi, après avoir cahoté sur un chemin de terre défoncé, s'était arrêté devant une somptueuse grille noire défendant l'entrée d'un condominium tout blanc, récemment sorti de terre. Lorsque Mai avait voulu y pénétrer, les vigiles thaïs l'en avaient empêchée.

Visiblement très méfiants, la prenant pour une prostituée. Elle avait un peu bavardé, prétendant aller voir une copine russe, Oksana, mais était repartie avec une seule information. Le nom du condominium, inscrit sur une plaque de cuivre « Sea Orchid Apartments ».

*

* *

Le téléphone sonna à côté du lit d'Igor Krassilnikov : le Russe émergeait des brumes de la vodka et mit quelque temps à comprendre ce qu'on lui voulait. L'appel venait d'un des vigiles postés à l'entrée du domaine.

— *Khun* Igor, fit celui qui parlait le mieux anglais, quelqu'un nous a posé des questions, demandant s'il y avait des Russes ici. Elle a prétendu avoir une copine habitant ici, une Russe, avec un nom russe.

— Oksana ? demanda Igor Krassil-nikov, complètement sorti de sa sieste.

— Oui, c'est ça, confirma le vigile.

— Elle est où, cette fille ?

— Elle est partie.

— C'est une Thaïe ?

— Oui.

— OK, si elle revient, tu me préviens.

Il la ferait monter chez lui et Boris et Gleb se feraient un plaisir de lui faire cracher ce qu'elle avait dans le ventre. Heureusement qu'il avait lancé une contre-offensive. Cependant, il n'aimait pas cela du tout. Après l'étrange client du salon de massage qui cherchait aussi Oksana, cela faisait beaucoup...

Il fallait prévenir Evgueni Makowski.

Le piège de Bangkok

*
* *

Chris Jones et Milton Brabeck avaient étalé sur la courte-pointe rose ornée d'éléphants le contenu d'une mallette métallique.

— On n'a rien pu amener de la Maison, soupira Milton Brabeck, c'est tout ce que nous a donné le « deputy » qui est venu nous chercher. En plus, il a fallu qu'on signe un reçu.

— Ces armes appartiennent à la Station de Bangkok, remarqua Malko, c'est normal.

Il y avait quand même deux Glock à quinze coups et deux petits revolvers Smith et Wesson « deux pouces » avec des étuis de cheville, plus quelques harnais. Pas la moindre grenade et pas d'Uzi ! C'était nettement en deçà de leur équipement habituel.

— Avec qui on va se battre ? demanda Milton, pragmatique.

— Peut-être avec personne, répliqua Malko. Nous sommes en période d'exploration.

170

Le piège de Bangkok

Il leur expliqua la situation. Au mot de « Russes », les visages des deux « gorilles » s'éclairèrent.

— Ah bon, c'est des Russkoffs ! Je pensais pas qu'ils étaient venus si loin. On se retrouve à la bonne vieille époque. Donc, ils sont toujours communistes, ces enfoirés.

Les communistes et les moustiques étaient ses deux hantises.

— Non, assura Malko, mais toujours aussi dangereux. Pour le moment, remettez votre équipement dans la boîte. Quand on sortira, vous mettrez un des Glock dans la ceinture, sous votre chemise.

Milton Brabeck le regarda, horrifié.

— Mais c'est les gangsters qui font cela, à Los Angeles ! Nous, on a des holsters.

— Portés sous une chemise, cela se remarque, observa Malko, et en dessus, encore plus. Or, ici, personne ne met de veste. Il suffit d'avoir des chemises assez amples. Moi, je prendrai un des « deux pouces ».

— Et votre copine, elle peut mettre des munitions dans son sac ?

171

— Ce n'est pas ma « copine », corrigea Malko.

Chris Jones étouffa un ricanement poli.

— Ah bon ? Vous êtes dans la même suite...

— C'est une couverture, protesta Malko. À Pattaya, la vertu n'est pas bien vue.

— On peut aussi avoir une « couverture » ? demanda Milton Brabeck qui se dévergondait.

— Ce soir, on essayera de vous en trouver une, promit Malko. Pour l'instant, on va à la piscine. Mai doit nous y rejoindre.

*

* *

Il faisait 47° à l'ombre et beaucoup plus au soleil...

D'ailleurs, la piscine était déserte. Chris et Milton, qui avaient voulu bronzer, ressemblaient à des écrevisses un peu trop cuites.

Mai surgit une demi-heure plus tard, une serviette autour du corps, s'en débarrassa et plongea dans la piscine.

Quand elle en ressortit, elle rejoignit Malko. Ses yeux brillaient d'excitation.

— Je sais où habitent les prostituées russes, annonça-t-elle.

Malko l'écouta : c'était un grand pas en avant.

— C'est formidable ! approuva-t-il.

— Ce n'est pas tout, compléta la Thaïe. Quand je suis rentrée, j'ai vu un des deux Russes d'hier soir. Il était au bar, tout seul.

— Ça n'est pas une coïncidence, conclut Malko. Ce soir, nous allons faire un tour du côté des « Sea Orchid Apartments ». Mais, avant, on va essayer de repérer ces deux Russes en bas.

— Il faudrait louer une voiture, suggéra Mai ; en taxi, ce n'est pas pratique.

— Vous savez conduire ?

— Bien sûr, fit la jeune Thaïe, vexée. J'ai aussi une voiture à Bangkok.

— On pourrait conduire, suggéra Chris Jones, traumatisé à l'idée d'être conduit par une femme, et asiatique, de surcroît.

— En Thaïlande, précisa suavement Malko, on roule à gauche...

Le piège de Bangkok

Les deux « gorilles » demeurèrent muets comme des carpes.

— On remonte s'équiper, annonça Chris Jones.

Ils étaient allés dans la boutique de l'hôtel « Jim Thomson » acheter des chemises hawaïennes qui les faisaient ressembler à des touristes en goguette.

*
* *

Igor Krassilnikov tendit à Boris Titov une liasse de billets de 10 000 baths.

— Tu ne leur donnes que la moitié d'avance, recommanda-t-il, ce sont de voyous.

Boris Titov enfouit les billets dans son jean. Il avait un peu grossi le montant de la prestation réclamée à Pichai, ce qui allait lui permettre de s'offrir quelques menus plaisirs. Igor Krassilnikov lui jeta un regard méfiant.

— Ils ne risquent pas de baver, ces types ?

— *Niet.* Ils savent qu'on les flingue-rait ; et ils savent aussi qu'on est bien avec les flics...

174

Le piège de Bangkok

— *Karacho.*

Il regarda les deux Russes se diriger vers la porte. Ils étaient bien utiles ; employés comme videurs dans un casino de Novy Arbat, à Moscou, ils avaient été obligés de quitter la Russie, après avoir tabassé à mort un tricheur. Ici, ils servaient un peu à tout. De temps en temps, on les laissait profiter d'une des filles hébergées par Igor, parce qu'ils n'aimaient pas les locales.

C'est eux qui avaient conduit Oksana à Bangkok, dans la voiture d'Igor, le lendemain du meurtre de Pisit Aspiradee.

Resté seul, Igor se versa une rasade de « Russki Standart ». Il n'aimait pas l'affaire Oksana. Il était venu à Phuket parce que c'était un job tranquille d'être maquereau dans ces conditions et qu'il gagnait bien sa vie. Les Thaïs se moquaient éperdument de la prostitution et, à condition d'être payés, leur laissaient une paix royale.

Ce qui permettait à Igor Krassilnikov de lire beaucoup, sa passion. Il n'aurait jamais pensé être mêlé à un meurtre. Seulement, il ne pouvait rien refuser à Evgueni Makowski qui était son « kri-

Le piège de Bangkok

cha[1] » vis-à-vis des autorités russes. Dimitri Korsanov ne lui avait jamais inspiré confiance : trop exalté, mythomane, tordu et, surtout, violent, ne sachant pas se contrôler ; il y avait des façons plus discrètes de se débarrasser de l'homme attaché à ses basques. Et, maintenant, c'était lui, Igor, qui était chargé de gérer le problème qui se compliquait tous les jours. Prévenu, Evgueni Makowski lui avait enjoint de faire le nécessaire pour supprimer le problème.

*
* *

Milton Brabeck, au milieu du *soi* 13/4, tomba en arrêt devant l'enseigne du « Cock and Pussy bar[2] » et s'exclama :

— *Holy shit* ! Même à Vegas, je n'ai pas vu cela.

Les deux gorilles écarquillaient les yeux devant les néons agressifs, les filles assises devant les bars, rameutant les passants, les aboiements des haut-

_____

1. Sa protection.
2. Bar de la bite et de la chatte.

176

parleurs, offrant des prestations pour tous les sexes. Tout ce stupre étalé, sans gêne aucune, dans cette chaleur moite. Les hordes de prostituées les suivaient comme des coyotes.

Toutes les horreurs du monde, à des prix très abordables.

Mai avait loué une grosse Toyota Accord blanche qu'ils avaient garée dans Second road, dans un terrain vague entre le *soi* 13/4 et le *soi* 13/3.

Chris se rapprocha de Malko.

— J'ai l'impression que tout le monde voit nos flingues.

Ils avaient chacun glissé un Glock dans leur ceinture, à la hauteur du nombril, dissimulé sous la chemise. Malko en avait fait autant avec le « deux pouces » et le sac de Mai était bourré de chargeurs de rechange.

— Tout le monde s'en moque, assura Malko. Les gens sont là pour s'amuser.

Un couple passa près d'eux : un vieil homme chauve tenant par la main un adolescent qui ne devait pas dépasser quinze ans...

Il n'y avait pas que les petites paysannes qui se prostituaient.

Le piège de Bangkok

Ils avaient eu beau traîner dans les *soi,* et sur Pattaya Beach road, ils n'avaient pas revu les deux Russes. Mai avait été jeter un œil au casino « Number One », sans plus de succès.

— On rentre ? suggéra Chris Jones.

— Vous ne voulez pas une couverture ? ironisa Malko.

Le gorille en eut un haut-le-cœur.

— Je suis sûr qu'elles ont toutes le sida.

— Pas toutes, assura Malko. Si vous en prenez une de treize ou quatorze ans, il y a de bonnes chances de passer à travers.

Ils étaient arrivés sur Second road. Dès que le petit Thaï à la peau sombre qui avait garé la Toyota, les aperçut, il courut dégager la voiture et l'amena à la sortie du parking, portières ouvertes, moteur en route. Malko lui glissa 100 baths et il se cassa en deux de bonheur, s'éloignant ensuite entre les voitures.

Mai prit le volant, Malko à côté d'elle, les deux gorilles à l'arrière.

Ils allaient démarrer quand Chris Jones lança :

178

Le piège de Bangkok

— Hé ! On dirait qu'il y a quelqu'un dans le coffre !

Malko tendit l'oreille. Effectivement, des bruits sourds provenaient du coffre, comme si quelqu'un cherchait à s'en échapper. Il sortit de la Toyota, s'immobilisant à côté du coffre. À l'extérieur, le bruit était encore plus fort : des coups sourds.

Malko, intrigué, tapa sur le coffre et cria.

— Il y a quelqu'un ?

Pas de réponse.

Le gardien du parking s'était volatilisé. Mai descendit à son tour.

— C'est quelqu'un qui a fait une blague, avança Chris Jones.

Mai s'avança, les clefs de la voiture à la main.

— Je vais ouvrir.

À leur tout, Chris Jones et Milton Brabeck étaient sortis de la voiture. Malko était intrigué mais pas vraiment inquiet. Qu'est-ce qui pouvait arriver à trois hommes armés et sur leurs gardes, en plein Pattaya ?

Une voiture bleue et grise apparut, remontant lentement Second road. Mai

Le piège de Bangkok

s'avança vers elle et lui fit signe. La voiture s'arrêta et un policier en sortit, puis un second.

— Expliquez-leur ce qui se passe, dit Malko.

Mai engagea la conversation avec les policiers, se tournant ensuite vers Malko.

— Ils disent qu'on vous a fait une blague. On a dû enfermer un chien errant dans votre coffre. Il n'y a qu'à l'ouvrir.

Les deux policiers s'étaient avancés jusqu'à l'arrière de la grosse Toyota. Comme la clef était déjà dans la serrure du coffre, un des policiers la tourna, soulevant le couvercle du coffre. Dans la pénombre, Malko aperçut une masse noire qui occupait tout le coffre, agitée de mouvements ondulatoires.

Ce n'était pas un chien.

Soudain, un long trait noir jaillit du coffre verticalement !

Un serpent.

Celui-ci oscilla quelques fractions de seconde, puis se projeta en avant, à une vitesse stupéfiante.

Un cobra royal.

180

Le piège de Bangkok

Un des policiers poussa un hurlement : le cobra venait de le mordre à la joue ! Déjà, il reculait et se préparait à mordre de nouveau. Malko, horrifié, aperçut d'autres cobras qui se dressaient hors du coffre. Celui-ci en était plein. Une demi-douzaine. L'un d'eux commença à se balancer, prenant son élan, pour se projeter sur celui le plus proche de lui. Malko.

La morsure d'un cobra de cette taille ne pouvait être que mortelle. Terrifié, Malko plongea la main sous sa chemise, pour attraper le « deux pouces ».

Juste au moment où la tête triangulaire plongeait vers lui.

CHAPITRE VIII

Tout en arrachant le revolver de sa ceinture, Malko, instinctivement, fit un bond en arrière. Déséquilibré, le cobra plongea sur le sol. À un mètre devant lui. Un second, puis un troisième, se dressèrent dans le coffre, cherchant qui frapper. Puis, un quatrième se jeta comme un fou en direction de Mai, qui recula avec un hurlement. Comme Malko visait au jugé le cobra en train de se redresser devant lui, une détonation lui fit exploser le tympan et la tête du cobra se désintégra.

Chris Jones n'avait pas perdu la main.

À son tour, Malko visa un des cobras en train de sortir du coffre.

Pendant quelques instants, les détonations se succédèrent, comme dans un stand de tir. Milton Brabeck et Chris Jones vidaient les chargeurs de leurs

Le piège de Bangkok

Glocks sur les grands serpents noirs qui continuaient leur attaque.

Le second policier thaï, penché sur son collègue étendu à terre, se tordant de douleur, brandit à son tour son pistolet de service et vida son chargeur au jugé dans le coffre.

La fusillade s'arrêta d'un coup, faute de cibles. Tous les cobras étaient morts. La carrosserie de la Toyota était criblée de balles et les serpents gisaient un peu partout, dans le coffre et par terre. Une odeur âcre flottait dans l'air brûlant : celle du venin. Mai tremblait convulsivement, pleurant à chaudes larmes, ne quittant pas des yeux les longs cylindres noirs tordus devant elle.

Malko reprit son sang-froid. Lui aussi avait vidé son barillet.

— My God ! My God ! répéta à mi-voix Milton Brabeck.

Il était blanc comme un linge et Chris Jones ne valait guère mieux. Avec des gestes machinaux, ils rechargèrent leurs armes, désormais inutiles.

Malko s'approcha du policier allongé à terre. Son visage avait doublé de volume. Il était secoué de tremblements convulsifs ; à côté de lui, son collègue criait, pleurait, maudissant les serpents.

Les badauds commençaient à se rassembler autour de la voiture. En Thaïlande, l'usage des armes à feu est assez rare. Le policier survivant abandonna le blessé et se rua dans sa voiture, appelant au secours par radio.

Chris Jones s'approcha de Malko et dit d'une voix blanche.

— On aurait dit qu'ils étaient fous ! J'avais jamais vu ça, même au cinéma.

Malko ne répondit pas. Deux voitures de police arrivaient, sirènes hurlantes. Elles bloquèrent Second road. Plusieurs policiers, armes au poing, entourèrent le petit groupe, les interpellant en thaï. Heureusement, Mai se mit à expliquer ce qui s'était passé, de sa voix aiguë.

Menaçants, les policiers semblaient prêts à tirer et Malko se demanda si, après avoir échappé aux cobras, ils n'allaient pas tomber sous les balles de la police thaï.

Avec des gestes volontairement très lents, il sortit son Blackberry crypté et

appela le numéro de Gordon Backfield,
heureusement en mémoire.

— Gordon, lança-t-il, dès qu'il eut le
chef de Station de la CIA, on vient
d'avoir un gros problème. Il faut que
vous interveniez auprès de la police
locale, que vous leur expliquiez qui nous
sommes.

Il n'eut pas le temps d'en dire plus :
un des policiers venait de lui arracher
son portable, tandis que deux autres le
menottaient.

Une ambulance était arrivée et deux
brancardiers y enfournèrent le policier
mordu au visage, qui semblait incons-
cient. Le véhicule démarra dans un hurlement de sirène. Les badauds contem-
plaient les sept cobras gisant sur le sol
du parking, la tête éclatée, avec un
mélange de crainte et d'admiration : en
Thaïlande, le cobra est un animal sacré.
Le vœu de tout Thaï est de se réincarner dans un cobra royal...

Mai continuait à glapir quand on les
poussa tous dans un fourgon bleu de
police. Menottés et désarmés. Impossible de s'expliquer.

Le piège de Bangkok

On entoura la voiture et les serpents morts d'un ruban jaune, interdisant l'accès du site. Assis sur le banc du fourgon, Malko regarda ses mains et vit qu'elles tremblaient.

*
* *

Cela faisait deux heures qu'ils étaient assis sur le banc d'une cellule de la Police Station du *soi* 9, dans une odeur d'urine, de vomi et de chou pourri, partageant les lieux avec un drogué, tassé dans un coin, et deux putes thaïes qui les regardaient avec incrédulité.

Le commissariat était en ébullition. Sans arrêt, des policiers en uniforme venaient contempler les « *farangs* ». L'histoire avait fait le tour de Pattaya. Malko regarda sa Breitling : minuit dix. Pourvu que Gordon Backfield ait pu intervenir ! Sinon, ils étaient bons pour passer la nuit sur place...

Vers une heure du matin, deux policiers ouvrirent enfin la porte de la grande cellule, s'approchèrent d'eux et, posément, leur enlevèrent leurs menottes, avant de lancer quelques mots à Mai.

— Leur chef est arrivé, annonça la Thaïe, le colonel Lek Suppathorn. Il parle anglais.

Ils gagnèrent un bureau climatisé, au fond du commissariat, décoré d'un portrait du roi et de photos de cérémonies officielles. Un Thaï maigrelet, en uniforme, les accueillit avec un sourire crispé, jetant immédiatement quelques mots à Mai qui traduisit.

— Le policier qui a été mordu vient de mourir. On n'a pas pu le sauver, le venin avait déjà attaqué le cerveau. Il est très triste. C'était un bon policier.

Connaissant la mentalité thaïe, Malko dit aussitôt :

— Puisqu'il est intervenu pour nous sauver, nous veillerons à ce que sa famille touche un dédommagement important.

Le colonel ne répondit rien mais se détendit imperceptiblement : ces *farangs* savaient vivre.

— Que s'est-il passé ? demanda-t-il à Malko. On vient de m'appeler de Bangkok pour me dire que vous faites partie

Le piège de Bangkok

d'une équipe d'agents secrets à la recherche de trafiquants de drogue.

— C'est exact, confirma Malko.

— Qui vous a attaqués ?

— Nous n'avons vu personne, à part les serpents. Nous avions garé notre voiture sur ce parking avec l'aide d'un gardien. Nous arrivions du Royal Cliff et le coffre était vide. C'est cet homme qui avait gardé les clefs de la voiture. Ce serait sûrement utile de l'interroger.

Le colonel Suppathorn hocha la tête.

— Il n'y a jamais de gardien sur ce parking et nous n'avons retrouvé personne.

Ce qui signifiait qu'on les avait suivis et profité de leur balade pour enfourner les cobras dans le coffre de la voiture...

— Vous avez une idée de ceux qui ont organisé cela ? enchaîna le Thaï.

— Oui, dit Malko. Ceux que nous surveillons sont des Russes qui vivent dans le condominium « Sea Orchid Appartments » mais nous ignorons où exactement... Ils s'occupent de prostitution et de trafic de drogue.

Le colonel thaï demeura de marbre.

Le piège de Bangkok

— Il n'y a pas de prostituées étrangères à Pattaya, annonça-t-il, froidement.

Malko et lui se défièrent du regard.

— Peut-être, répliqua ce dernier, mais ce sont les seules auxquelles nous nous intéressons… Quelque chose m'intrigue. Pourquoi ces cobras étaient-ils comme fous ? Dès que nous avons ouvert le coffre, ils ont bondi sur nous.

Le colonel thaï hocha la tête et lança avec son accent haché.

— Vous avez eu beaucoup de chance… Ces cobras étaient drogués. Si vous n'aviez pas ouvert le coffre, ils auraient défoncé la paroi séparant celui-ci de l'habitacle et se seraient jetés sur vous. Dans cet espace restreint, vous n'aviez aucune chance. Vous seriez tous morts.

Malko en eut la chair de poule, imaginant l'irruption des reptiles pendant qu'ils roulaient. Effectivement, ils n'auraient eu aucune chance de leur échapper.

— Colonel, dit-il, vous me dites qu'ils étaient drogués. C'est incroyable ! Comment est-ce possible ?

— On leur a donné du *Yaa Baa,* expliqua le colonel thaï. À haute dose. Cela les rend fous et terriblement agressifs.

Le piège de Bangkok

— Mais le *Yaa Baa* se vend en comprimés, objecta Malko.

Il voyait mal un cobra avalant de bonne grâce un comprimé.

— On dissout le comprimé dans de l'eau et on l'injecte avec une seringue dans l'anus du serpent, expliqua le colonel d'une voix lasse.

Nouveau mystère : Malko ne voyait pas les Russes utiliser ce procédé.

— Cela arrive souvent ? demanda-t-il.

— Quelquefois, laissa tomber le colonel Suppathorn. Quand on a des dettes.

Évidemment, c'était plus efficace qu'un huissier.

L'officier de police thaï regarda sa montre, étouffa un bâillement et annonça :

— Vous êtes libres. Je vais vous faire raccompagner à votre hôtel. Nous gardons vos armes pour le moment. La voiture est hors d'usage. Il faudra remplir un procès-verbal demain.

Personne ne posa de questions. Chris Jones et Milton Brabeck ressemblaient à des somnanbules. Dans le fourgon de police, ils n'échangèrent pas un mot jusqu'au Royal Cliff.

190

Arrivé à l'hôtel, Chris Jones frotta machinalement ses poignets et lança :

— Je n'aurais jamais cru voir un truc pareil ! C'est dingue.

— Ce sont les serpents qui l'étaient, corrigea Malko.

Une fois dans la suite, il appela Gordon Backfield qui semblait encore sous le coup de l'émotion. L'Américain annonça immédiatement.

— Je serai là demain matin. D'ici là, j'aurai fait appeler le colonel Suppathorn pour qu'il vous rende vos armes.

Malko n'avait pas envie de discuter. Il se jeta sous une douche. Comme s'il était imprégné du venin des serpents.

Il y était encore lorsqu'il vit surgir Mai entièrement nue, le regard flou. Sans un mot, elle se glissa dans la douche, à côté de lui.

Pendant un moment, ils n'échangèrent pas un mot, encore choqués. Il n'y avait d'ailleurs rien de sexuel dans l'attitude de Mai. Malko sortit le premier de la douche et alla s'allonger sur le lit. Les longs serpents noirs dansaient encore devant ses yeux ; il sursauta en sentant un contact tiède : ce n'était que Mai, enveloppée dans une serviette de bain, qui venait se lover contre lui, tremblant de tous ses membres.

— J'ai eu si peur ! fit-elle d'une voix minuscule. J'ai toujours eu peur des cobras. Quand j'étais petite, il y en avait un au fond du jardin, mais les bonzes interdisaient qu'on lui fasse du mal parce qu'il était sacré. Ils venaient le nourrir régulièrement.

— Calmez-vous ! dit gentiment Malko, en lui caressant le dos. C'est fini. Vous avez été très courageuse.

— Demain, fit-elle, il faudra aller porter des offrandes au temple et allumer des bâtonnets d'encens pour remercier le Dieu des serpents de nous avoir protégés.

Plus superstitieux que les Thaïs, c'est impossible...

Malko était vidé. Allongé sur le dos, il sentit ses muscles se détendre progressivement et s'endormit sans même s'en rendre compte.

C'est une caresse très douce qui le réveilla : il faisait nuit. Mai se frottait doucement à lui, ses deux cuisses refermées autour d'une des siennes. Il sentait son

Le piège de Bangkok

sexe chaud frotter contre sa peau. Elle était en train de se caresser, sans rien demander, comme un petit animal en quête d'affection. Réalisant que Malko était réveillé, elle effleura sa poitrine d'une caresse presque irréelle. Sa respiration s'était accélérée et, tout à coup, elle frémit de tout son corps puis se détendit : elle venait de se donner discrètement du plaisir. Elle demeura encore quelques instants contre lui, puis se leva et disparut sans un mot.

Malko n'en revenait pas ! Le manège de Mai déclencha chez lui une érection puissante. Il se leva à son tour et passa dans le *sitting room.* Mai était sur le canapé. En le voyant, elle murmura.

— Pardon, je ne voulais pas vous réveiller ! Mais j'avais eu si peur. Il fallait que je fasse partir les mauvais esprits.

Ce n'est qu'alors qu'elle parut remarquer le sexe dressé à quelques centimètres de son visage. Malko n'eut aucun geste à faire. La petite Thaï s'agenouilla sur le canapé et l'enveloppa de sa bouche. Toujours debout, il ferma les yeux tant sa caresse était parfaite : elle

Le piège de Bangkok

remuait la tête d'avant en arrière, avec douceur.

Comme un cobra.

Mais un cobra très doux.

C'était si excitant qu'il voulut repousser sa tête pour lui faire l'amour, mais elle s'accrocha à sa hampe, n'interrompant sa fellation que pour murmurer.

— Non, je ne veux pas, je suis vierge.

Elle replongea sur lui, accélérant son rythme et Malko, quelques instants plus tard, se répandit dans sa bouche avec un cri sauvage.

Comme il titubait encore, foudroyé de plaisir, Mai répéta, têtue.

— Demain, il faudra aller au temple.

*

* *

Le colonel Suppathorn était dans une fureur indescriptible. Après avoir bu une demi-bouteille de *Mekong* il avait commencé à tirer des coups de feu dans les murs de son bureau, pour soulager ses nerfs. Comme il était coutumier du fait, aucun de ses subordonnés ne s'inquiétait trop. On respectait la douleur du chef.

Ce dernier était déchiré entre deux fidélités. Samai, le policier tué par le cobra, venait du même village que lui. En plus, il avait toujours versé scrupuleusement la part réservée au colonel des sommes extorquées lors des divers rackets de la *Police Station* du *soi* 9.

Normalement, sa mort appelait une vengeance. Grâce aux premières déclarations des victimes, le colonel Suppathorn avait facilement identifié les commanditaires de l'opération et confirmé ses soupçons grâce à une enquête ultra-rapide menée en pleine nuit.

Pattaya était quand même une petite ville. Vers quatre heures du matin, deux de ses hommes lui avaient amené Pichai, un jeune homme menotté, marbré de coups, car les policiers s'étaient défoulés sur lui, le colonel ayant interdit de le tuer. On avait découvert une douzaine de cobras lovés dans une fosse creusée dans le sol de sa masure du *soi* Yume. C'est lui qui fournissait les reptiles drogués aux trafiquants de *Yaa Baa* voulant se venger d'un mauvais payeur.

Le piège de Bangkok

Pour la modique somme de 10 000 baths.

Les cobras ne lui coûtaient rien. Il les attrapait dans les collines et la dose de *Yaa Baa* injectée, guère plus de 100 baths. Ce qui laissait une belle marge.

Battu comme plâtre, recroquevillé dans sa cellule, Pichai attendait, terrifié, le verdict du colonel. Lorsque les policiers venus l'arrêter lui avaient appris qu'il avait involontairement tué un des leurs, il avait été atterré. Se demandant pourquoi ils ne lui avaient pas déjà tiré une balle dans la tête.

Une telle mansuétude était miraculeuse et suspecte...

Le colonel Suppathorn posa son pistolet sur son bureau et hurla :

— Qu'on m'amène Pichai.

Trente secondes plus tard, deux policiers projetaient le coupable dans le bureau, le visage déformé par les coups. Il se laissa tomber devant le colonel Suppathorn et se traîna à genoux jusqu'à lui, les deux mains réunies au-dessus de la tête, en un *wai* suppliant.

Le colonel le repoussa brutalement.

196

Le piège de Bangkok

Saisissant son pistolet, il posa l'extrémité du canon sur le front de Pichai.

— Tu as tué un de mes policiers, dit-il, je vais te tuer.

Le prisonnier s'accrocha à ses jambes, suppliant, s'excusant, promettant n'importe quoi.

— Qui t'a payé pour mettre les cobras dans la voiture ? demanda le colonel Suppathorn, quand il le jugea à point.

Pichai n'hésita pas une seconde.

— Un *farang*. Boris. Il est russe.

— Comment le connais-tu ?

— Il m'achète du *Yaa Baa.*

— Il t'a payé combien pour les cobras ?

— 10 000 baths.

— Comment tu as trouvé la voiture ?

— Il m'a appelé. Je crois qu'il la suivait. Il m'a dit de me tenir prêt avec les serpents et d'aller au parking comme si je m'en occupais. Quand les *farangs* sont arrivés, j'ai garé leur voiture pour eux. Il m'a appelé de nouveau pour me dire de mettre les serpents dans le coffre. Après, je suis parti.

— Où il habite, ce Boris ?

— Je ne sais pas, je le vois au « Number One ».

197

Le piège de Bangkok

Le colonel Suppathorn ne fit aucun commentaire mais son pouce ramena en arrière le chien extérieur de son pistolet. Un claquement sec qui retentit dans la tête de Pichai comme un glas.

— Ceux qui lui donnent des ordres habitent dans un condominium blanc avant le Royal Cliff, bredouilla-t-il.

— À quel étage ? insista le colonel Suppathorn.

— Je ne sais pas.

C'était un vrai cri du cœur. Il avait trop peur pour mentir.

Le colonel n'insista pas, Pichai confirmait ce qu'avaient déclaré les victimes. Les gens responsables de la mort de Samai étaient aussi ceux qui le nourrissaient. En tant que responsable du centre de Pattaya, il touchait d'eux 500 000 baths par mois et avait le droit de se servir des filles de temps en temps.

C'était un vrai conflit d'intérêt : même en Thaïlande, on ne mord pas la main qui vous nourrit.

Il ne réfléchit pas longtemps. Saisissant Pichai par ses cheveux noirs, il lui jeta :

Le piège de Bangkok

— Tu vas repartir chez toi. Tu reviens demain soir avec 20 000 baths. Sinon, j'envoie mes hommes t'enfoncer une anguille dans le cul. Elle te bouffera vivant ! Fous le camp !

C'est à quatre pattes que Pichai s'enfuit du bureau. Le colonel hurla un ordre bref pour qu'on le laisse passer. Jamais, il ne ferait état de cette conversation. Les *farangs* n'avaient pas à connaître les histoires des Thaïs.

On lavait son linge sale en famille.

À peine seul, il reprit sa bouteille de *Mekong* et en avala une longue rasade. Il avait un vrai problème. Vis-à-vis de ses hommes, il ne pouvait pas laisser la mort de Samai impunie. Mais il ne voulait pas, non plus, tuer la poule aux œufs d'or.

Il trouva la solution dans la dernière goutte de son whisky. Après tout, c'était une histoire de *farangs* : il n'avait pas à s'en mêler ou alors, juste un peu.

Il prit une feuille de papier et écrivit, en s'appliquant, quelques mots :

« Appartement 310, 31e étage, Ascenseur de droite. Résidence Sea Orchids Appartments. »

Le piège de Bangkok

Ensuite, il demanda à un de ses hommes de lui apporter le sac où on avait mis les armes confisquées. Il y glissa le papier, soigneusement plié et referma le sac... Il savait qu'il allait devoir rendre ces armes. Les *farangs* qui avaient échappé aux cobras voulaient aussi certainement se venger. La petite indication qu'il avait glissée au milieu de leurs armes, les y aiderait certainement.

CHAPITRE IX

Jamais du champagne n'avait paru aussi exquis à Malko. Installé avec Mai, Chris Jones et Milton Brabeck sous des grands parasols au bord de la piscine du Royal Cliff, il laissait les bulles glacées du Taittinger Comtes de Champagne rosé glisser sur sa langue.

C'est lui qui avait tenu à fêter leur « victoire » sur les cobras...

Mai, qui semblait boire du champagne pour la première fois de sa vie, était euphorique.

Une silhouette apparut en haut des escaliers menant au lobby. Gordon Backfield, en chemise, un gros sac à la main.

Il se laissa tomber sur une des chaises, transpirant à grosses gouttes.

— *My God* ! lança-t-il. Dieu était de votre côté, hier soir. Je sors de chez le

Le piège de Bangkok

colonel Suppathorn : il m'a dit que le Bouddha vous avait protégés. On ne survit normalement jamais à ce genre d'attaque...

Malko voulut lui verser du champagne mais s'aperçut que la bouteille était vide.

Il héla le garçon, tapi dans un coin d'ombre, et commanda une seconde bouteille de Comtes de Champagne rosé.

Gordon Backfield s'essuyait le front.

— C'est une méthode courante chez les voyous, dit-il. Le cobra et le *Yaa Baa* sont des matières premières bon marché en Thaïlande.

— Pas en Russie, corrigea Malko. Cela signifie que les amis de Viktor Bout ont des complices locaux. Et qu'ils savent que nous sommes derrière eux...

Le garçon revenait avec une bouteille de Taittinger dans un seau à glace grand comme lui. Pendant qu'il faisait sauter le bouchon, Gordon Backfield soupira :

— Vous ne devriez plus y être... La piqûre d'un cobra de cette taille est mortelle dans 90 % des cas.

Il y eut une minute de silence pendant qu'il vidait sa première flûte.

202

Le piège de Bangkok

— *My God* ! soupira le chef de Station de la CIA, je ne regrette pas d'avoir fait le voyage. Avec cette chaleur, c'est génial, ce champagne.

Quand ils eurent fortement entamé la seconde bouteille de Comtes de Champagne, Malko demanda :

— Quel est le programme maintenant ? La police locale va faire une enquête ?

— Le colonel Suppathorn, en me rendant vos armes, m'a précisé que l'enquête serait longue et difficile. C'est-à-dire qu'ils vont régler leurs comptes entre eux. En ce qui concerne la partie thaïe, du moins.

— Et les Russes ? demanda Malko.

— Nous savons que ce sont eux, mais sans la moindre preuve. Les Thaïs ont horreur de se mêler des affaires des *farangs* ; ils ne feront aucune enquête de ce côté-là.

Mai, dont les yeux brillaient à cause du champagne, approuva le chef de Station.

— *Khun* Gordon a raison. Le colonel Suppathorn va punir les Thaïs mais pas les Russes.

— Donc, conclut Malko, il faut continuer. Jusqu'à ce qu'on remonte à cette Oksana.

Gordon Backfield fit la moue.

— À mon avis, elle a quitté Pattaya depuis longtemps, ils ne sont pas fous.

Il ramassa le sac de toile qu'il avait amené et le posa sur la table, à côté du seau à champagne.

— Voilà votre artillerie. Le colonel Suppathorn avait reçu des ordres de Bangkok. Vous ne serez pas inquiétés. C'était juste un incident regrettable. J'ai promis au colonel que la famille du policier mort allait être indemnisée, puisqu'il avait été tué en défendant des citoyens américains.

Il regarda sa montre.

— OK, je dois retourner à Bangkok. Je pense que le mieux, c'est de « démonter ». Pour reprendre l'enquête à Bangkok en s'occupant des visiteurs de Viktor Bout à la prison.

Il faisait trop chaud pour rester longtemps dehors et ils remontèrent dans la suite de Malko où il vida le sac sur son lit, effectuant ensuite la distribution des armes et des chargeurs. En même temps que les armes, un papier plié s'échappa du sac.

Malko le déplia.

Quelques mots en thaï étaient écrits dessus et il le tendit à Mai.

— Qu'est-ce que c'est ?

La jeune femme y jeta un œil rapide et sursauta.

— C'est une adresse : appartement 310, 31ᵉ étage Résidence Sea Orchid Appartments.

C'est là où habitent les Russes !

Malko sentit son pouls s'envoler : ou c'était une erreur, ou quelqu'un avait voulu les aider... dans les deux cas, c'était inespéré.

— *Well,* fit-il, nous allons à la chasse aux cobras. Je pense que les Thaïs ne nous ennuieront pas.

Chris Jones était déjà en train de remplir un chargeur avec des gestes amoureux. Il n'avait jamais eu aussi peur de sa vie et il fallait que quelqu'un paye.

— Je vais louer une autre voiture ? demanda Mai.

— Non, trancha Malko, on ne perd pas de temps. On prend une voiture de l'hôtel.

Le piège de Bangkok

*
* *

Le téléphone sonnait depuis un moment dans la chambre d'Igor Krassilnikov quand il arriva à le prendre à tâtons. Il avait peu et mal dormi. La nouvelle du ratage de l'opération réclamée par Evgueni Makowski n'était pas de nature à lui donner un sommeil de plomb.

— *Da ?* fit-il en décrochant.

— Igor.

— *Da.*

— C'est Elena. Mes clients sont en route pour aller chez toi.

Igor Krassilnikov eut l'impression qu'on lui versait de l'acide dans l'estomac.

— Comment...

Elle avait déjà raccroché. Elena était la femme du directeur du Royal Cliff et aidait le réseau de prostitution en lui signalant les clients éventuels. Quand le concierge avait appris où allaient les survivants de l'attaque des cobras, il l'avait immédiatement prévenue.

206

Le piège de Bangkok

Igor Krassilnikov bondit de son lit, en short, et fonça vers les chambres des filles, en glapissant.

— Les filles, levez-vous !

En plus, Boris Titov dormait à poings fermés dans la chambre de Lara, après avoir vidé une bouteille de vodka. Pour le récompenser de sa prestation, il avait eu droit à une étreinte gratuite.

Comme un fou, Igor se rua sur son portable et appela Evgueni Makowski.

Répondeur.

En Thaïlande, on ne peut pas laisser de messages.

Il raccrocha, mort de trouille et vit Mariana surgir, enveloppée dans un peignoir bleu, les yeux gonflés de sommeil.

— Qu'est-ce qui se passe ?

— Une merde ! fit sobrement Igor Krassilnikov. Va t'habiller. Et file !

*

* *

Le vigile thaïlandais s'approcha de la voiture du Royal Cliff et demanda avec un sourire :

— Où allez-vous ?

207

Le piège de Bangkok

— Chez les Russes du 310, répondit Mai en thaï.

— OK, je vais les prévenir.

Il se dirigeait déjà vers sa guérite quand Chris Jones jaillit de la voiture. En deux enjambées, il le rattrapa et le saisit par le col de sa chemise. Il était à peu près deux fois plus grand que lui... Le Thaï commença à se débattre, affolé.

Heureusement, Mai avait sauté de la voiture à son tour. Elle se précipita, une liasse de billets de 100 baths à la main et la fourra dans celle du vigile.

— Il ne faut pas les prévenir, lança-t-elle en thaï.

Chris Jones lâcha le vigile qui enfouit les billets dans sa poche. Ravi.

Ils se garèrent au pied du building de quarante étages, flambant neuf. Personne dans le hall. Ils tenaient à peine dans le petit ascenseur. Il faut dire que les deux gorilles occupaient les trois quarts de l'espace.

Arrivés sur le palier du 31e étage, ils n'eurent même pas à se poser de problèmes. Une porte, en face de l'ascenseur, venait de s'ouvrir sur Mariana, la « masseuse » de Malko ! Celle-ci

Le piège de Bangkok

demeura figée sur place, puis voulut faire demi-tour. Elle n'eut pas le temps de rentrer dans l'appartement. Chris Jones l'avait devancée et bloquait la porte.

Malko adressa un sourire ironique à la Russe.

— Mariana, puisque vous partiez, ne vous gênez pas...

Sans un mot, la Russe plongea dans l'ascenseur et ils entrèrent dans l'appartement : le living, en désordre, était vide.

Automatiquement, les deux gorilles avaient sorti leurs Glocks. À tout hasard.

Une fille surgit d'un couloir, en jean et T-shirt et fit demi-tour, affolée.

Remplacée par un homme aux cheveux en bataille, qui sortait visiblement de son lit, et qui interpella Malko.

— Q'est-ce que vous faites ici ? Qui êtes-vous ? Comment êtes-vous entré ?

— Par la porte, dit Malko, elle était ouverte.

— Que voulez-vous ?

— Savoir où se trouve une certaine Oksana.

— Connais pas !

209

Le piège de Bangkok

Il défiait Malko, visiblement décidé à ne rien lâcher.

— Chris, ordonna ce dernier, fouillez l'appartement.

Chris Jones s'enfonça dans le couloir. Malko fit face au Russe et lui dit dans sa langue :

— Hier soir, on a essayé de nous assassiner avec des cobras drogués. J'ai de très bonnes raisons de croire que c'est vous le commanditaire.

— Vous êtes fou ! protesta le Russe. Je vais appeler la police.

— Bonne idée, approuva Malko. Un policier thaï a été tué par un de ces serpents. Je pense que les policiers thaïs seront heureux de vous entendre.

Il ne put continuer, sa voix couverte par des glapissements aigus, un bruit de lutte, des cris de femme.

Chris Jones ressurgit du couloir, traînant par son catogan un homme en caleçon d'un blanc douteux.

— Regardez ce que j'ai trouvé dans une chambre avec une bonne femme, lança-t-il triomphalement. Le type qui nous espionnait hier soir !

210

C'était juste le petit morceau de puzzle qui manquait à Malko.

— Comment vous appelez-vous ? demanda-t-il au Russe, surgi le premier.

— Igor.

— Igor, dit-il, je veux savoir où se trouve Oksana. Et vous allez le dire, sans appeler la police.

Igor Krassilnikov le toisa et lâcha :

— J'ai fait deux ans de goulag, alors je vous emmerde ! Mais vous allez avoir de gros problèmes. De très gros problèmes.

Malko sentit que le Russe ne se laisserait pas démonter et changea de tactique.

— Chris, dit-il, pouvez-vous demander poliment au garçon que vous avez sorti du lit s'il sait où se trouve cette prostituée.

Cela se passa très vite. Chris Jones poussa sur le canapé l'homme au catogan. De la main gauche, il lui tira la tête en arrière, et, de la droite, lui plaqua le canon de son Glock sur la bouche.

Comme il avait cogné assez fort sur ses incisives, le Russe poussa un cri de douleur. Ce qui permit à Chris Jones d'enfoncer une bonne partie du canon de son arme dans la bouche du Russe. Celui-ci émit un son inarticulé, des larmes plein les yeux.

— Chris, reprit Malko, prenez un coussin, il ne faut pas faire trop de bruit.

Obéissant, le gorille retira son arme de la bouche du Russe, l'allongea sur le canapé, lui plaqua un coussin en soie rouge décoré d'un éléphant sur le visage et y enfonça le canon du Glock, assis sur le torse de sa victime.

Comme Igor esquissait un geste, Milton Brabeck s'interposa avec un sourire et son Glock. Très menaçant.

Malko se pencha sur l'homme allongé sur le divan.

— Je compte jusqu'à dix, annonça-t-il. Ensuite, mon ami vous fait sauter la tête. Cela poussera peut-être Igor à retrouver la mémoire.

Il commença à compter, à haute voix.

À six, l'homme du divan émit un bruit étouffé, Chris Jones souleva légèrement le coussin et l'homme glapit.

— À Bangkok. Elle est à Bangkok !

— Bon début, approuva Malko. Où, à Bangkok ? Il y a douze millions d'habitants.

Le piège de Bangkok

— Je ne sais pas, gémit le Russe au catogan. Je vous le jure.

D'après son air affolé, c'était peut-être vrai. Malko se retourna vers Igor, son « deux pouces » braqué sur son ventre.

— Igor, dit-il, votre ami est intelligent, ne soyez pas stupide.

Comme le Russe demeurait muet, il repoussa le chien du « deux pouces » et précisa.

— Je vais d'abord vous tirer une balle dans le genou. Il paraît que cela fait horriblement mal. Où est-elle, à Bangkok ?

Igor regarda le canon de l'arme, puis le regard doré et glacial fixé sur lui. Il avait l'habitude de la vie et savait distinguer les gens vraiment dangereux.

— Chez une copine, dit-il. Natalya Isakov. Elle habite dans un grand condo derrière l'Emporium de Sukhumit.

— Son nom.

— Je ne sais pas. C'est le plus grand. Cinquante étages.

— À quel étage habite cette Natalya Isakov.

— Appartement 2004.

Livide, il bredouilla :

— Ils vont me tuer.

213

Le piège de Bangkok

— Qui « ils » ?

Cette fois, il ne répondit pas. Sa bouche semblait avoir disparu, tant il se la mordait. Redressé sur le canapé, l'homme au catogan ressemblait à un lapin affolé. Malko se dit qu'il fallait en profiter. Tourné vers lui, il lança.

— C'est vous qui avez tué Pisit Aspiradee, le policier thaï qui est sorti du « Number One » avec Oksana ?

Le Russe blêmit et Malko fut certain qu'il avait touché juste.

— Non, jeta l'homme au catogan, je n'ai rien fait, c'est Dimitri.

Tilt !

— Dimitri Korsanov ?

Le Russe inclina la tête sans un mot. Évidemment ce serait dur de le faire témoigner.

Malko aperçut soudain deux filles blotties dans l'ombre du couloir, visiblement terrifiées et se tourna vers Igor Krassilnikov.

— Quel est le nom d'Oksana ?

— Fibirova.

— Qu'est-ce qu'elle faisait à Pattaya ?

Le Russe haussa les épaules.

— Comme les autres filles.

214

Le piège de Bangkok

— La pute ?

Il inclina la tête affirmativement. Malko était un peu désarçonné, il était visiblement tombé sur un vrai réseau de prostitution. Rien à voir avec les activités de Viktor Bout. Et pourtant, l'affaire du cobra était bien partie de cet appartement...

— Pour qui travaillez-vous ? demanda-t-il.

Pas de réponse.

— Vous connaissez Viktor Bout ?

— De nom.

Il n'y aurait plus rien à en tirer. Malko remit son arme dans sa ceinture et conclut froidement.

— Igor, contentez-vous d'être maquereau, à l'avenir. Ne touchez plus aux choses dangereuses. Et surtout, refrénez vos envies d'appeler vos amis de Bangkok, dès que nous serons partis.

C'est dans un silence de mort qu'ils quittèrent l'appartement. Dans l'ascenseur, Chris Jones lança, tout guilleret :

— C'était extra ! Le type sur le canapé, il va faire des cauchemars. C'était comme à Guantanamo.

Il avait des joies simples.

215

Le piège de Bangkok

*
* *

Igor Krassilnikov avait bu trois vodkas coup sur coup. Encore sous le choc. Les pensées s'entrechoquaient dans sa tête. D'abord, qui les avait balancés ? Les *Amerikanski* n'avaient pas pu trouver l'appartement seuls...

Valerya, une des prostituées, se glissa dans la pièce et demanda :

— Qu'est-ce qu'on fait ?

— Vous bossez ! lança Igor, passant sa hargne sur elle. Il y a encore beaucoup de queues à sucer à Pattaya.

Il regrettait amèrement de ne pas s'en être tenu à son rôle de mac. Seulement, il ne pouvait rien refuser à Evgueni Makowski, son *kricha*...

*
* *

Les cocoteraies et les rizières défilaient à toute vitesse, de chaque côté de la route. Ils avaient loué une voiture, pour gagner plus vite Bangkok. Mai

Le piège de Bangkok

conduisait. Encore traumatisée, mais, au fond, ravie.

— On va direct au grand condo ? demanda Chris Jones, émoustillé.

— Pas tout de suite, tempéra Malko. On va d'abord procéder à une enquête d'environnement. De toute façon, ils auront eu le temps de mettre Oksana à l'abri. Mais on a un fil à tirer.

Un fil dangereux comme un panier de cobras.

CHAPITRE X

— Il faut, plus que jamais, découvrir ce que les Russkofs préparent pour sortir Viktor Bout d'affaire, martela Gordon Backfield. En tout cas, mon intuition ne m'avait pas trompé pour Pisit. Ni pour Dimitri Korsanov.

— On ne peut pas demander aux Thaïs de nous retrouver Oksana Fibirova ? interrogea Malko.

L'Américain secoua la tête.

— *No way* ! Ils ne veulent pas se mêler de cette affaire. Nous ne pouvons compter que sur nous-mêmes.

Ils s'étaient tous réunis dans le bureau du chef de Station, pour un breafing complet.

— Alors, allons rendre visite à Natalya Isakov, même s'il est certain que nous n'y trouverons pas Oksana. Cela va

Le piège de Bangkok

donner un coup de pied dans la fourmi-
lière... De toute façon, ils savent que
nous sommes sur leur piste.

— Comme vous voudrez, conclut Gordon Backfield.

— Et les deux autres Russes ? interrogea Malko. Dimitri Korsanov et, surtout, Evgueni Makowski, l'homme du
FSB. Vous ignorez où ils se trouvent et
ce qu'ils font ?

— Nous avons l'adresse de Dimitri,
répondit le chef de Station. On peut mettre une planque devant chez lui, mais je
pense qu'il s'est mis au vert. Quant à
Evgueni Makowski, nous ignorons où il
habite vraiment. Auprès des autorités
thaïes, il a donné l'adresse de son
bureau, le building Esmeralda, dans le
soi Ngamdullee, en prétendant qu'il dormait sur place. Je suis certain qu'il a une
autre planque, mais il faudrait tout un
dispositif que nous n'avons pas pour le
surveiller. Il se déplace à pied, en moto-
taxi et en voiture qu'il conduit lui-même.

— Si on envoyait Mai planquer chez
Dimitri ? suggéra Malko.

— Pourquoi pas ? Mais je n'y crois
pas trop.

Le piège de Bangkok

— Il y a la prison aussi, avança Malko. C'est un point de passage obligé pour les amis de Viktor Bout.

Gordon Backfield sourit.

— Elle ne peut pas se couper en deux. On fait le point dans quarante-huit heures, conclut le chef de Station.

— Et nous ? demanda Chris Jones.

— Vous restez avec moi, dit Malko, au cas où nous croiserions d'autres cobras.

*
* *

Evgueni Makowski donnait des coups de poing sur son volant, fou furieux. L'expressway s'était transformé en parking géant ! Sur trois kilomètres. Impossible d'en sortir et, par moments, il avait envie de sauter en contrebas, en abandonnant sa voiture.

Depuis le coup de fil d'Igor Krassilnikov, il avait paré au plus pressé, donnant des consignes à Natalya Isakov qui avait mis Oksana à l'abri. Désormais, elle dormait à l'institut Divana, là où elle travaillait. Évidemment, le plus simple eût été de la faire sortir de Thaïlande pour la renvoyer à Moscou. Mais, c'était prendre un risque. Si les Américains avaient convaincu les Thaïs qu'elle était mêlée au meurtre de Pisit Aspiradee, ils pouvaient l'arrêter à l'aéroport.

Fâcheux, car elle parlerait sûrement.

Donc, la situation actuelle était la meilleure : désormais, il était suspendu aux informations du colonel Rang Nam, qui devait le renseigner sur le sort officiel de Viktor Bout. Pourvu qu'il obtienne l'information...

En attendant, il fallait tout préparer, comme si... Hélas, après ce qui s'était passé à Pattaya, il fallait trouver une autre planque pour Viktor Bout et, probablement aussi, une autre méthode d'exfiltration.

Comme si les choses n'étaient pas assez compliquées, il avait reçu un message codé lui annonçant que le « spetnatz » envoyé pour, le cas échéant, liquider Viktor Bout, était arrivé et se trouvait au Novotel, chambre 128.

Il devait donc passer le voir.

Les voitures avancèrent de quelques mètres, son cœur battit, mais tout se gela de nouveau.

Le piège de Bangkok

Son portable sonna : c'était Dimitri Korsanov.

— J'ai reçu les « rock lobsters » annonça-t-il. On peut les bouffer quand tu veux.

Evgueni Makowski le coupa vivement.

— OK. On se voit demain là où on mange les anguilles. Midi. Je suis arrivé.

Il avait toujours peur que cet excité parle trop. Son coup de fil signifiait qu'il avait le passeport destiné à Viktor Bout.

Il alluma une cigarette, rongeant son frein, se demandant où les Américains allaient frapper. À Bangkok, il ne disposait d'aucune force de frappe, sauf l'incontrôlable Dimitri. Il pouvait faire de la résistance passive, mais rien d'actif. Il se dit qu'il allait faire venir Boris Titov et Gleb Papouchine de Pattaya.

Une violente averse se déclencha : la pluie martelait le toit de la voiture. Il avait envie de hurler.

*
* *

Le piège de Bangkok

Ling Sima arriva en courant, escortée de son chauffeur sourd-muet, qui replia son parapluie. Il tombait des cordes.

— J'ai failli ne pas trouver, fit-elle. Je n'aime pas cet endroit !

Elle avait horreur de sortir de Yeowarat, mais, en même temps, n'aimait pas s'y afficher avec un *farang.* Les Triades avaient des milliers d'yeux dans son quartier.

— Moi aussi, j'ai eu du mal à trouver, avoua Malko.

À peine rentré de Pattaya, il l'avait appelée, ayant hâte de savoir si son ami, le général Samutprakan lui avait donné des informations sur le sort de Viktor Bout. Et aussi, pour le plaisir de la retrouver. Il lui avait donné rendez-vous à un restaurant à la mode, le ZEN, au 16ᵉ étage de l'ancien World Trade Center, une immense ruche commerciale, avec ses centaines de boutiques, ses dizaines de restaurants.

Ils débouchèrent sur la terrasse. La pluie avait cessé et on y avait une vue magnifique sur Bangkok. Malko commanda une bouteille de Taittinger Brut

Le piège de Bangkok

millésimé. Avec le cognac, c'était le seul alcool que la Chinoise buvait.

Celle-ci s'était vêtue à l'européenne, avec un chemisier ivoire, sur lequel se détachait le pendentif de rubis, et une courte jupe noire.

— À quoi penses-tu ? demanda-t-elle.

— À toi, dit Malko. Je suis heureux de te retrouver.

E lle lui adressa un sourire venimeux.

— Tu n'as pas trouvé chaussure à ton pied, à Pattaya ? Ce ne sont pourtant pas les filles qui manquent...

Il fallait toujours qu'elle agresse Malko, même si elle fondait dès qu'elle était dans ses bras.

Le champagne était meilleur que la nourriture. Après les crevettes piquantes, il osa demander :

— As-tu eu des nouvelles du général Samutprakan ?

Ling Sima lui jeta un regard noir.

— C'est pour cela que tu voulais me voir... Oui, il doit me rappeler. Je pense qu'il va t'aider. Bon, maintenant que tu sais ce que tu veux, tu peux me raccompagner...

Toujours odieuse.

Il paya et ils gagnèrent l'ascenseur.

— J'ai envie de toi, dit Malko. Tu es toujours aussi belle.

— Je ne veux pas aller au Shangri-La, fit-elle fermement. J'ai l'impression d'être une putain. Si quelqu'un me voit avec toi là-bas, je suis déshonorée.

— On ne peut pas faire l'amour dans l'ascenseur...

— On peut aussi ne pas faire l'amour...

Furieux, Malko passa une main décidée sous sa courte jupe noire et appuya sur son sexe, à travers le nylon de sa culotte.

— Je vais te violer ! menaça-t-il.

Elle recula si violemment que toute la cabine en trembla.

— Tu es fou ! Si quelqu'un nous voyait !

Dans une cabine d'ascenseur, il y avait peu de chances. Malko sentit toutefois que ce bref contact l'avait ébranlée.

Ils sortirent du World Trade Center et Malko aperçut la limousine noire de Ling Sima au bord du trottoir. Le chauffeur se précipitant déjà pour ouvrir les portières.

— Très bien, dit la Chinoise, tu vas me raccompagner.

Le piège de Bangkok

Dans la voiture, Malko laissa une main posée très haut sur sa cuisse, pour ne pas rompre le charme. Quand il vit la voiture s'arrêter à l'entrée du *soi* menant à son bureau attenant à la bijouterie, il comprit.

Le *soi* était désert. Lorsqu'ils entrèrent, une forte odeur d'opium lui sauta aux narines. Ling Sima avait ses petits vices.

Elle alluma et se tourna vers lui.

— Qu'est-ce que tu veux boire ? Je n'ai pas de champagne.

Malko répondit en l'enlaçant. D'abord, elle tenta de reculer mais il déboutonna posément les boutons de son chemisier et commença à lui caresser la poitrine.

— Arrête ! fit-elle, mais son ventre continuait à s'appuyer au sien.

Leur baiser dura une éternité. Ling Sima ne protesta pas quand Malko fit descendre le zip de sa jupe qui tomba mollement sur le tapis chinois. Le slip noir suivit. Par le chemisier ouvert, il pouvait jouir de ses seins gonflés. Maintenant, il avait très envie d'elle. Il la poussa doucement sur le canapé en L et l'y agenouilla.

Le piège de Bangkok

Debout derrière elle, il n'eut plus qu'à s'enfoncer dans son ventre d'une poussée lente qui arracha un long soupir à Ling Sima. Désirant prendre son plaisir autrement, il s'arrêta et fit pivoter la Chinoise. Lorsque celle-ci vit le sexe dressé à quelques centimètres de sa bouche, elle cracha comme un chat en colère :

— Je ne suis pas une putain !

Il sourit, se rapprocha encore. Alors, elle entr'ouvrit la bouche, découvrant deux rangées de canines éblouissantes et murmura :

— Vas-y, mais ce sera la dernière fois de ta vie.

Elle était parfaitement capable de le mordre jusqu'au sang.

Malko n'insista pas. Pour une raison mystérieuse et probablement culturelle, Ling Sima assimilait la fellation à une humiliation.

Il ne restait plus qu'à la « punir ». Ce qu'elle espérait probablement. Il eut à peine à forcer pour l'installer sur le canapé noir, prosternée, sa croupe magnifique offerte. Quand elle le sentit se rapprocher, elle lança à voix basse :

— Non, je ne veux pas !

Le piège de Bangkok

C'était déjà trop tard. Malko avait forcé son sphincter. Il lui sembla beaucoup plus serré que le dernière fois. Ling Sima n'avait pas pris de *Yaa Baa* pour se désinhiber.

— Retire-toi, ordonna-t-elle de sa voix de colonel du *Guoambu,* tu vas me faire mal ! Je déteste ça !

Cette remarque agaça Malko. Dès leur première rencontre, il avait sodomisé Ling Sima. Jusqu'à la garde. Et elle avait beaucoup apprécié... L'hypocrisie était un vilain défaut.

Il passa le bras gauche autour de sa taille, la collant à lui, et donna un féroce coup de rein. Son sexe s'enfonça à moitié dans Ling Sima qui poussa un hurlement sauvage. Mais, immobilisée, elle était impuissante. Malko reprit son souffle et, cette fois, fit pénétrer son sexe aussi loin qu'il le pouvait. Jusqu'à ce que leurs peaux soient en contact. C'était délicieux de sentir les courbes des fesses de Ling Sima contre son ventre.

— Salaud ! murmura la Chinoise, plus quelques injures chinoises.

Il se retira partiellement et continua à la sodomiser, sans soucis de ses protes-

Le piège de Bangkok

tations qui diminuèrent progressivement. Sa muqueuse, assouplie, le laissait désormais coulisser presque trop facilement. Il se pencha à son oreille.

— Tu sens comme cela rentre bien...

Elle ne répondit pas mais, sa croupe déjà dressée, se cambra imperceptiblement, comme pour l'encourager. C'en était trop, en quelques coups de reins, il arriva à son plaisir et la laissa s'aplatir sur le canapé, encore fiché en elle.

Entre les murs de laque noire, le silence était absolu. On n'entendait que leurs respirations.

— Tu as eu ce que tu voulais ! siffla Ling Sima, tu peux me laisser dormir, maintenant. J'ouvre la bijouterie très tôt demain pour un gros client qui vient de Chieng Rai.

— Non, je n'ai pas tout à fait ce que je veux, répliqua Malko, vexé par cet entêtement dans l'hypocrisie.

— En plus du général Phra Samutprakan, je voudrais que tu demandes à tes amis de la Sun Yee On ce qu'ils savent sur la prostitution russe à Bangkok.

Elle se retourna, le regard flamboyant, alors qu'il s'arrachait d'elle.

229

— Pourquoi ? Tu veux une femme plus docile...

— La prochaine fois, je t'attacherai ! fit-il simplement. Je t'invite à dîner demain. J'espère que tu auras ces informations.

Il était déjà à la porte lorsqu'elle le rattrapa. Il se retourna et la Chinoise se colla à lui, l'embrassant violemment. Quand elle se détacha, elle dit à voix basse.

— Je ne comprends pas ce que j'ai avec toi ! Si un autre homme me traitait de cette façon, je le ferai châtrer.

— À demain, dit-il, avec un chaste baiser ; je compte sur toi, c'est important...

Il dut parcourir cinq cents mètres dans les rues sombres et désertes de Yeovarat avant de trouver un taxi.

*
* *

Evgueni Makowski sonna à la porte de la chambre 128 et attendit. Il avait traversé le Novotel sans rien demander à personne. Le hall était désert et les clients faisaient la queue à la réception

Le piège de Bangkok

pour payer. Fréquenté par une clientèle moyenne, avec beaucoup de Russes, l'hôtel était toujours plein.

Une voix de femme demanda à travers la porte, en anglais :

— Qui est-ce ?

Le Russe se crispa.

— Rien, c'est une erreur.

Il s'éloigna aussitôt et, redescendu dans le lobby, consulta le télégramme reçu de Moscou. Le « spetnatz » qu'on lui avait envoyé devait bien se trouver à la chambre 128.

Il gagna la réception.

— J'attends un ami qui arrive de Russie, dit-il à l'employé thaï. Il doit être à la chambre 128.

Le Thaï consulta son écran.

— Yes Sir, elle est là, dit-il. Chambre 128. Tatiana Mira.

Il n'avait plus qu'à remonter. Il frappa au battant et, dès qu'il entendit des pas, lança en russe.

— C'est moi, Evgueni.

La porte s'ouvrit sur une apparition inattendue : Miss Piggy ! Une femme aux courts cheveux blonds, avec un regard très bleu, un visage carré et hom-

Le piège de Bangkok

masse, des épaules de bûcheron sibérien et trente kilos de trop. Sa mini découvrait des cuisses monstrueuses, ce qui ne semblait pas la gêner.

— Tatiana Mira, fit-elle simplement en russe. J'appartiens au 8ᵉ bataillon de la 34ᵉ armée. J'ai servi en Tchétchénie. J'ai abattu plus de quarante *boiviki*[1].

Donc, c'était bien une « spetnatz ». Après tout, elles étaient quelques-unes dans l'armée russe.

— Bienvenue à Bangkok ! dit Evgueni aimablement. C'est toi qui as choisi ta mission ?

— *Da.* On m'a dit qu'ici les filles se défendaient bien. J'en ai marre de crapahuter dans le Caucase pour une poignée de roubles. Ici, je pourrai mieux gagner ma vie.

Inattendu. Pute et spetnatz à la fois, ce n'était pas courant.

Evgueni Makowski se dit, qu'avec son physique, elle risquait de mourir de faim.

— Cela va être difficile de s'entraîner à Bangkok, remarqua-t-il.

---

1. Rebelles tchétchènes.

Le piège de Bangkok

Tatiana Mira protesta fermement.

— Je n'ai pas besoin d'entraînement. Je vais recevoir par la valise diplomatique mon arme personnelle. Il suffira de la remonter.

— *Dobre.* Dans ce cas, je vais t'emmener, afin que tu repères les lieux.

Elle prit son sac et descendit avec lui. Elle avait vraiment l'air d'une pute. Et pas vraiment sophistiquée.

En ouvrant la portière de sa voiture, il se dit que Tatiana Mira pouvait ne pas seulement servir à liquider Viktor Bout.

CHAPITRE XI

Viktor Bout respira avec délices l'air pourtant brûlant et imprégné d'humidité de la cour de la prison de Remond. Comme tous les jours, on venait de les faire sortir pour quelques heures et ils pouvaient faire autre chose que fabriquer des yoghourts. Ce grand dortoir, où ils dormaient, vivaient et travaillaient avait une atmosphère tellement empuantie qu'un nouveau venu suffoquait au bout de quelques minutes.

Il laissa les groupes de prisonniers se former, puis se dirigea vers Oyo, l'immense Nigérien assis sur ses talons, à l'écart, et lui offrit une cigarette.

L'autre accepta sans un mot. Viktor Bout le laissa l'allumer puis s'assit en face du Nigérien.

— Tu passes quand ?

L'autre leva un regard torve.

— Je ne sais pas. Je dois voir mon avocat demain.

— Tu es optimiste ?

— *Fuck you* ! Avec un *lawyer* pourri et un tribunal aux ordres… Moi, je n'appartenais pas à un des grands réseaux protégés par la police ou l'armée. Alors, personne ne m'a proposé une libération conditionnelle.

— Tu penses prendre combien ?

— Vingt ans, ou plus…

Viktor Bout demeura silencieux quelques instants. Il réfléchissait avant de sauter le pas. Certes, le Nigérien n'avait rien à perdre. Cependant, il pouvait aussi être tenté de négocier une information sensible pour être jugé avec plus d'indulgence… Or, Viktor Bout savait qu'il ne pouvait pas se passer de lui pour une évasion. Alors, il se lança…

— Ça te dirait de sortir avant. Très vite ?

L'Africain le fixa, avec incrédulité.

— Comment ? Je ne suis pas un oiseau…

— Par la porte.

Le piège de Bangkok

Il lui expliqua son plan. Se dévoilant complétement. Dans le fourgon qui les transportait au tribunal, il y avait toujours deux gardiens armés à l'arrière, avec les prisonniers, et, dans la cabine avant, le chauffeur et son assistant, non armés. C'étaient les deux premiers qu'il fallait neutraliser. Seul, un homme aussi fort qu'Oyo le Nigérien, pouvait y parvenir, même avec des chaînes aux pieds.

— Et ensuite ? demanda Oyo.

— Une voiture nous attendra dehors. Et après, un bateau.

— Un bateau ? Il n'y a pas la mer à Bangkok !

— Il y a la mer un peu plus loin, assura Viktor Bout.

Sans lui donner plus de détails ; il fallait quand même se préserver au cas où le Nigérien ne suivrait pas ou serait empê-ché par une circonstance imprévue.

Oyo écrasa sa cigarette sur le sol.

— OK, je vais réfléchir.

— Ne réfléchis pas longtemps, insista Viktor Bout. Il y a une condition essen-tielle. À travers ton avocat, tu dois t'arranger pour que nos deux affaires

Le piège de Bangkok

soient jugées le même jour. La mienne passe le 11. Dans deux jours.

— Ça va coûter de l'argent, et je n'en ai pas.

— Alla, ma femme, en donnera à la tienne. C'est prévu.

Le haut-parleur appelant à la visite résonna de sa voix criarde dans la cour et ils se levèrent.

— Je vais voir, fit simplement le Nigérien.

Viktor Bout le regarda s'éloigner. Se disant qu'il y avait de grandes chances pour qu'il accepte.

Évidemment, il fallait que l'équipe du FSB remplisse sa part du contrat. Heureusement, il avait confiance dans son ancien Service. Au KGB ou au FSB, on ne laissait pas tomber les anciens camarades. Par fidélité d'abord, et aussi, parce qu'un homme frustré peut se révéler dangereux.

Or, Viktor Bout savait beaucoup de choses et se doutait que l'acharnement du FSB et du gouvernement russe à le tirer d'affaire, n'était pas seulement dicté par la fidélité.

Le piège de Bangkok

*
* *

Assourdi par les aboiements de ses chiens qui se déchaînaient chaque fois qu'un piéton passait devant la grille, Dimitri Korsanov broyait du noir, vexé de ne pouvoir se rendre à la prison. Ordre d'Evgueni.

Or, il s'était pris d'affection pour Viktor Bout, marginal comme lui, un bon Russe, qui avait servi sa patrie. Il ne s'en voulait aucunement d'avoir tué à coups de pied cette petite larve thaïe, mais en voulait à Evgueni de l'ostraciser et de le voir désormais au compte-gouttes, uniquement pour des raisons précises. Comme le rendez-vous d'aujourd'hui au cours duquel Dimitri Korsanov allait lui remettre un magnifique passeport allemand dérobé sur l'île de Samui à un touriste, « nettoyé » et prêt à servir avec un autre nom.

Il venait de le récupérer sur une péniche remontant le port de Bangkok.

Deux mille dollars.

Il ne demanderait pas un sou. Ce serait sa contribution à l'effort de guerre. Il sortit

Le piège de Bangkok

par la porte donnant sur le *soi* 40, assailli par la chaleur étouffante. Personne en vue, à l'exception du conducteur d'une moto-taxi en train de réparer sa machine, sa passagère debout à côté de lui, le houspillant d'une voix criarde.

Dimitri savait qu'il avait à marcher cinq cents mètres avant de pouvoir trouver un taxi, mais se lança courageusement dans la fournaise, sa sacoche contenant le passeport volé à Samui accrochée à l'épaule. Comme pour se donner du courage, il avait pris aussi son vieux Makarov 9 mm, contemporain de l'Union Soviétique, seul lien avec son ancienne vie.

Il trouva un taxi sur Phaholyonthin road et lui donna l'adresse : Sukhumvit et *soi* 23.

Une heure plus tard, avant d'entrer dans le boui-boui il fit tout un tour à pied.

Par sécurité.

Evgueni Makowski n'était pas encore là. Il n'arrivait jamais le premier...

Lorsqu'il surgit, vingt minutes plus tard, et rejoignit Dimitri, installé dans l'arrière-salle, invisible de la rue, Dimitri lui tendit le passeport destiné à Viktor Bout.

239

Le piège de Bangkok

— Voilà, il est allemand. Mais Viktor parle allemand.

Il y avait beaucoup de touristes allemands en Thaïlande. Physiquement, Viktor Bout pouvait parfaitement passer pour l'un d'eux. Ce passeport était authentique, volé à l'arrivée de l'aéroport international de Samui.

— Combien ? demanda Evgueni.

— Rien.

L'agent du FSB demeura impassible.

— *Spasiba. Spasiba bolchoi.* Si on ne l'utilise pas, je te le rendrai. Tu pourras le revendre facilement.

Le pouls de Dimitri Korsanov accéléra.

— Tu crois que ton plan va marcher ?

— J'espère. Les *Amerikanski* mettent une pression d'enfer sur les Thaïs pour qu'ils le leur livrent. Alors, il faut prévoir.

Le serveur arriva, lui demandant ce qu'il voulait manger. Au Tong-la, il n'y avait pas de carte.

— Rien, fit le Russe. Je n'ai pas le temps.

Cinq minutes plus tard, il repartait comme il était venu, laissant Dimitri Korsanov en tête-à-tête avec son anguille.

Celui-ci, furieux, se dit qu'il pouvait quand même faire quelque chose : prévenir Alla, la femme de Viktor Bout, de la bonne nouvelle du passeport.

*
* *

Après s'être perdu deux fois, agoni d'injures par Dimitri, le chauffeur s'arrêta enfin en haut de la rampe desservant le Marway Garden Hotel et se retourna vers son passager avec un sourire ravi.

— Marway Hotel ! lança-t-il triomphalement.

Ils avaient bien fait dix kilomètres de trop. Dimitri lui abandonna 150 baths et pénétra dans le lobby. Gagnant les « home telephones » sur la droite, il appela la chambre 730.

Pas de réponse.

Il gagna alors la partie gauche du lobby et s'installa dans un fauteuil d'où il pouvait surveiller l'entrée. Alla devait encore se trouver à la prison, mais elle ne tarderait pas, passant ses journées à l'hôtel à envoyer des mails partout pour réclamer de l'aide… Il était fier d'avoir

241

Le piège de Bangkok

pu trouver ce passeport, en réactivant ses anciennes filières, ce qui représentait pourtant un risque.

Alla Bout apparut une heure plus tard et son visage s'éclaira en reconnaissant Dimitri. Elle avait beau savoir qu'il était un peu allumé, c'était un homme sincère qui avait toujours proposé son aide.

Ils s'embrassèrent chastement et s'installèrent à une table plus discrète.

— *Tchaï*[1] ?

Alla approuva de la tête et laissa tomber :

— C'est dur d'aller là-bas.

Depuis quatorze mois, elle avait tout abandonné, même sa fille de quatorze ans, pour venir soutenir son mari. Passant ses journées entre ce petit hôtel modeste et sans charme, la prison et les rendez-vous avec les avocats.

— Comment va-t-il ? demanda Dimitri.

— Ça va, fit Alla évasivement.

Elle ne voulait pas dire à Dimitri que Viktor Bout reprenait espoir grâce à son projet d'évasion. Celui-ci grillait de se

_____
1. Thé ?.

242

faire valoir. Il se pencha à l'oreille d'Alla et souffla.

— J'ai remis un passeport vierge à Evgueni, aujourd'hui. Je crois qu'il a quelque chose en cours...

Alla en resta muette. C'était à lui, surveillé par la CIA, notoirement allumé, qu'on avait fait appel ! Comme si le FSB n'avait pas de spécialistes !

— Ah bon ! fit-elle simplement. J'espère quand même que les Thaïs vont le libérer et l'expulser vers la Russie. Son avocat est optimiste.

Elle mentait effrontément. Maître Lak Nitiwak se montrait au contraire de plus en plus évasif et réclamait toujours plus d'argent pour des démarches qui restaient fumeuses. Dimitri regarda sa montre et dit.

— *Dobre.* J'y vais. Dis à Viktor que je l'aime.

Elle le regarda s'éloigner à grandes enjambées. Par économie, il allait marcher près de deux kilomètres pour regagner sa tanière du *soi* 40.

*

* *

Le piège de Bangkok

Malko se trouvait avec Gordon Backfield, faisant le point de la situation lorsque Mai fit dire qu'elle était en bas.

Dès qu'elle entra dans le bureau, la jeune femme annonça, triomphante.

— J'ai suivi Dimitri Korsanov ! Il s'est rendu dans un petit restaurant du *soi* 23 où Evgueni Makowski l'a rejoint. Il est reparti très vite et, ensuite, Dimitri a été passer un moment avec Alla Bout, à son hôtel.

Elle en aurait pleuré de fierté.

— Il ne vous a pas repérée ? s'inquiéta Malko.

— Non, je ne pense pas. J'étais en moto-taxi.

— Donc, ce Dimitri est toujours dans le coup, conclut Malko.

Pour qu'un homme aussi prudent qu'Evgueni Makowski rencontre Dimitri Korsanov, il fallait que ce soit pour une raison sérieuse, sachant ce dernier surveillé par les Américains.

— Il faut continuer à surveiller Dimitri, conseilla Malko et tenter de localiser la planque d'Evgueni Makowski. En attendant, il y a encore une porte à fermer.

244

Le piège de Bangkok

— Laquelle ? demanda le chef de Station.

— L'appartement de Natalya Isakov, où est censée vivre Oksana. Dans le grand « condo » de cinquante étages, derrière l'Emporium. On va y aller.

— Ils vous attendent sûrement...

— Chris et Milton viendront avec moi. Et Mai, jusqu'au rez-de-chaussée, pour nous aider.

*
* *

Tatiana Mira était partie à la découverte de Bangkok, après sa tournée avec Evgueni, en reconnaissance d'objectif. Notant l'itinéraire de la prison au Palais de Justice, afin de voir d'où elle pouvait opérer...

Pour l'instant, elle se détendait et découvrait, qu'aux yeux des Thaïs, elle était, certes grosse, mais aussi, très exotique.

Les regards que certains lui lançaient étaient souvent très explicites. Ce qui lui ouvrait des horizons. Il faut dire que sa façon de s'habiller, provocante, contri-

245

Le piège de Bangkok

buait à la faire passer pour ce qu'elle n'était pas encore.

Épuisée par la chaleur lourde, mourant de faim, elle se jeta dans un taxi et lui montra la carte de l'hôtel. Ne parlant ni thaï ni anglais, elle était légèrement handicapée. Pendant la course, elle repéra le regard du chauffeur, posé par l'intermédiaire du rétroviseur, sur ses énormes cuisses roses.

Le lobby du Novotel était délicieusement frais et l'orchestre philippin, juché sur une estrade au fond, se déchaînait déjà.

Tatiana Mira s'assit à une table près du bar et commanda une bière. Moins de vingt minutes plus tard, un Thaï à la peau plutôt sombre, bien habillé, s'assit à une table voisine et lui adressa un sourire...

Tatiana Mira n'en revenait pas, ignorant que l'hôtel était le QG de toutes les putes russes de la ville, dont une bonne partie était logée là ! Le manège l'intriguait. Aussi, prenant ostensiblement sa clef magnétique en main, elle se dirigea vers l'ascenseur après avoir payé. L'inconnu la suivit. À peine dans l'ascen-

246

Le piège de Bangkok

seur, il lui adressa un nouveau sourire et demanda : *boum-boum, how much*[1] ?

Tatiana Mira ne comprit pas les paroles mais leur sens était clair. Indiciblement flattée, elle leva deux doigts en l'air, au hasard. Aussitôt, le Thaï sortit de sa poche une liasse de billets et en sortit deux de cent baths qu'il fourra dans la main de la Russe.

Ils sortirent ensemble de l'ascenseur et se dirigèrent, l'un suivant l'autre, vers sa chambre. Tatiana Mira ignorant évidemment que le tarif minimum des prestations sexuelles était de 500 baths.

C'étaient les soldes avant l'heure.

Son « acheteur » ne perdit pas de temps : à peine dans la chambre, il la bouscula, pétrissant fébrilement ses seins énormes. Tatiana Mira ne trouva pas cela désagréable, mais déjà, le Thaï abandonnait sa poitrine pour fourrager sous sa mini. Il n'eut pas à aller bien loin pour trouver sa culotte et la faire descendre le long de ses cuisses grasses.

Tatiana Mira avait l'impression de se retrouver en Tchétchénie avec ses collè-

_____
1. C'est combien pour baiser ?

Le piège de Bangkok

gues « spetnatz » quand, après avoir vidé deux bouteilles de vodka, ils auraient baisé une chèvre.

Un crissement de zip. Le Thaï exhibait un sexe modeste mais, apparemment prêt à servir. Devant une invite aussi explicite, Tatiana recula jusqu'au lit et s'y laissa tomber, relevant la mini sur ses hanches, découvrant son ventre et sa toison blonde.

Le Thaï demeura figé quelques secondes. C'était la première fois qu'il voyait une vraie blonde ! Du moins, de près. Il revint vite de son admiration et se rua sur Tatiana, écartant les énormes cuisses.

Tatiana le sentit à peine, mais, à ses gestes convulsifs et aux cris de souris qu'il poussa ensuite, elle comprit qu'il était satisfait...

Il ne s'attarda pas. Se rajusta et gagna la porte avec un sourire ravi... Tatiana Mira ramassa sa culotte, se disant qu'elle avait trouvé un pays de cocagne !

Jamais, elle n'aurait pensé faire commerce de son corps. Même en Tchétchénie, elle avait du mal à trouver des partenaires.

248

*

*   *

Le majestueux condominium blanc brillait sous le soleil, derrière l'Emporium, à une centaine de mètres de Sumkhumvit. Malko, accompagné de Mai et des deux gorilles, s'était fait déposer devant l'Emporium. Ils pénétrèrent dans l'énorme lobby de marbre, réfrigéré comme une chambre froide. Un vigile thaï, à la réception, veillait devant ses écrans de contrôle. Mai se dirigea vers lui, escortée des trois hommes, s'approcha et annonça :

— Nous allons chez Natalya Isakov, appartement 2004.

Le Thaï était en train de décrocher l'interphone quand Malko déposa sur le bureau un billet de cent baths. En plus, le Thaï croisa le regard de Chris Jones et choisit la prudence. Le billet fut avalé aussi vite que par la langue d'un gekko.

— Mai, dit Malko, on se retrouve au café italien de l'Emporium.

Dans l'ascenseur, Chris et Milton vérifièrent leurs Glocks et firent monter une

Le piège de Bangkok

balle dans le canon. L'épisode des cobras les avait rendus prudents.

Il n'y avait que deux portes sur le palier, sans indication. Malko choisit celle de gauche et sonna.

Ils attendirent le cœur battant, déployés sur le palier.

— Si c'est un serpent qui ouvre, murmura Milton Brabeck, je le coupe en rondelles.

Le battant d'acajou s'ouvrit. Pas sur un cobramais sur une jeune femme aux cheveux auburn, plutôt petite, sagement vêtue d'un chemisier opaque et d'une jupe au-dessous du genou.

— Qui demandez-vous ? demanda-t-elle en anglais, avec un accent chantant russe.

— Vous êtes Natalya Isakov ?

— Oui.

Surpris par son calme, Malko enchaîna :

— Je cherche une certaine Oksana Fibirova.

Sans s'étonner de voir trois inconnus débarquer chez elle, le sourire de la jeune femme s'élargit et elle ouvrit la porte toute grande.

Le piège de Bangkok

— Elle n'est pas ici, annonça-t-elle, mais je peux peut-être vous aider. Entrez, je vous prie.

Ils étaient tellement stupéfaits qu'ils mirent quelques secondes à la suivre dans un immense living-room au sol de marbre recouvert de tapis chinois. Des meubles modernes, de bon goût. De grandes baies. Un appartement luxueux, sans clinquant.

— Excusez-moi, fit Natalya Isakov, je reviens.

Elle disparut dans un couloir. Discrètement, Chris Jones coinça son Glock entre deux coussins de cuir.

Quelques instants plus tard, ils entendirent un martèlement de hauts talons dans le couloir. La Russe revenait. Malko sentit son pouls s'accélérer et Chris Jones posa la main sur la crosse du Glock.

On pouvait craindre le pire.

CHAPITRE XII

Le bruit des talons résonnait sur le marbre dans un silence de mort. Les trois hommes crispés, avaient les yeux fixés sur l'entrée du couloir.

Natalya Isakov réapparut, sans arme ni cobra, mais avec un gros album qu'elle déposa sur la table basse, avec un sourire engageant. Elle l'ouvrit, découvrant la photo d'une splendide blonde en bikini. Un nom : Irina, et ses mensurations étaient calligraphiées sous la photo.

— Voici ce que je peux vous offrir à la place de Oksana, annonça-t-elle, le regard fixé sur Chris Jones.

Celui-ci s'empourpra, muet de réprobation.

Malko laissa tomber :

— Vous gérez un réseau de prostitution…

Le piège de Bangkok

— D'hôtesses, corrigea avec un sourire innocent la Russe. Je pensais que vous le saviez. Ici, cela n'a rien de vraiment illégal. Il suffit de payer un *kricha*.

Les deux gorilles ne savaient plus où se mettre. Chris Jones essayait de dissimuler avec sa grosse patte le Glock enfoncé entre deux coussins du canapé. Malko, impassible, se mit à feuilleter l'album, sous le regard réprobateur de Chris et de Milton. Une fille superbe s'étalait à chaque page. Il referma l'album et demanda à la Russe.

— Oksana n'est pas là. On m'a dit qu'elle était très belle.

La Russe arbora aussitôt un air désolé.

— Ah oui ! Oksana ! C'est vrai, elle est très belle. Malheureusement, je ne la « commercialise » plus.

— Pourquoi ?

— Elle est retournée en Russie, elle ne se plaisait pas ici. Elle a travaillé quelque temps à Pattaya, puis a laissé tomber. Cependant, j'ai beaucoup d'autres filles aussi belles et il en arrive chaque jour de nouvelles.

253

Le piège de Bangkok

Son regard innocent et son sourire commercial opposaient un mur infranchissable aux questions de Malko.

Ce dernier comprit qu'il était inutile d'insister.

— Tant pis, dit-il.

Il se leva, imité par les deux gorilles. Natalya prit une carte et la lui tendit.

— Si vous changez d'avis, n'hésitez pas à me téléphoner. Je ferai tout pour vous satisfaire. Ces messieurs aussi.

Milton Brabeck et Chris Jones baissèrent la tête, honteux. C'était un coup à se faire dégrader sur le front des troupes.

Sur le palier, Chris Jones interpella Malko.

— Qu'est-ce que vous en pensez ?

— Elle attendait notre visite. Mais c'est un *vrai* réseau de prostitution. Auquel se superposent d'autres activités.

— On aurait pu la secouer un peu, cette mère maquerelle, regretta Milton Brabeck.

— Elle aurait appelé la police, dit Malko, en souriant. En Thaïlande, la prostitution n'est qu'un métier comme un autre. Cette visite n'est pas inutile : ceux que nous

Le piège de Bangkok

cherchons risquent de s'affoler et de commettre des erreurs.

— Pourquoi est-elle si importante, cette Oksana, interrogea Milton Brabeck. C'est une pute, c'est tout.

— Exact, reconnut Malko, mais une pute qui a été complice d'un meurtre commandité par ceux qui s'occupent de Viktor Bout. Sans que nous sachions exactement ce qu'ils font. Cependant, s'ils ont supprimé le « stringer » de Gordon Backfield, c'est qu'ils avaient quelque chose à cacher. Il ne nous reste plus comme piste que Dimitri Korsanov. Ce n'est pas fameux. Il faut se concentrer sur lui. Qui peut nous mener au véritable « opérateur », très probablement Evgueni Makowski. Qui, lui, est un *Silovik*[1].

*
* *

Evgueni Makowski effaça le long texto envoyé par Natalya Isakov, pensif. La visite des gens de la CIA n'était pas une surprise, mais démontrait qu'ils ne

---

1. Membres des Services.

lâchaient pas prise. Or, c'était très fâcheux. D'abord, parce que Oksana était toujours à Bangkok et, ensuite, organiser l'évasion éventuelle de Viktor Bout avec une équipe de la CIA sur le dos, c'était limite...

Dans n'importe quel autre cas de figure, il aurait « démonté ».

Là, il n'avait pas le choix. Si le colonel Petcharat Rang Nam lui apprenait que les Thaïs avaient décidé d'extrader Viktor Bout aux États-Unis, il ne lui restait que neuf jours pour s'organiser.

Le bon sens consistait donc à acheter du temps. Il savait comment travaillait la CIA. C'était une administration aussi lourde que la sienne.

Si le chef de mission affecté au cas Viktor Bout disparaissait, cela prendrait du temps pour le remplacer. Sûrement plus de dix jours. Ensuite, ce Malko Linge, une des bêtes noires de son Service, était particulièrement accrocheur. Il risquait d'être remplacé par moins bon que lui.

Il n'y avait qu'une seule conclusion.

Il tapa un court texto à l'intention de Dimitri Korsanov :

Le piège de Bangkok

« Huit heures au "Bei Otto" » et l'envoya.

Le « Bei Otto » était un restaurant allemand – le seul de Bangkok – que les Russes adoraient, y retrouvant la lourde nourriture d'Europe centrale.

Cela faisait bien longtemps qu'il n'avait pas déjeuné et dîné le même jour avec Dimitri, mais c'était pour la bonne cause.

*

* *

Gordon Backfield, le teint toujours aussi jaunâtre, décrocha son téléphone.

— Je vais demander immédiatement à notre contact à l'Immigration s'ils ont enregistré le départ du territoire d'Oksana Fibirova.

— Ce serait récent, objecta Malko, tout n'est peut-être pas enregistré.

— Les Thaïs sont entièrement informatisés, répliqua l'Américain. Tous les mouvements de passagers sont regroupés dans un fichier, en temps réel.

Son interlocuteur décrocha et, après quelques salamalecs, le chef de Station

Le piège de Bangkok

de la CIA posa la question qui l'intéressait, épelant le nom de la prostituée russe. Il lui manquait, hélas, sa date de naissance.

— Il me rappelle dans une demi-heure, annonça-t-il, après avoir raccroché. Vous voulez un thé ou un café ?

— Vous avez du Coca ? demanda timidement Chris Jones.

Ça, au moins, ce n'était pas une boisson exotique... Milton Brabeck soupira en regardant le ciel plombé et le thermomètre annonçant la température extérieure, 37°.

— Dire qu'il va falloir ressortir ! On est bien ici.

Malko revint à son analyse.

— Les gens du FSB qui s'occupent de Viktor Bout s'appuient sur un réseau russe local de prostitution. Comme la femme que nous avons vue. On ne leur sortira rien.

— Je me demande ce qu'ils préparent, soupira Gordon Backfield. Ils doivent exercer des pressions féroces sur les Thaïs.

— Vous n'avez pas de nouvelles officielles ? demanda Malko.

Le piège de Bangkok

— Rien. Je fais téléphoner tous les jours au Premier ministre. J'ai fait passer le message qu'on pourrait l'avantager sur un prochain contrat d'armes. Cela ne coûterait pas un sou au contribuable américain.

Ils eurent le temps de boire plusieurs cafés avant que la ligne directe de Gordon Backfield ne sonne. La conversation fut brève, et quand il raccrocha, il avait le visage grave.

— Aucune Russe du nom d'Oksana Fibirova n'est sortie de Thaïlande au cours des dernières semaines, annonça-t-il. Ils ont trouvé trace de son arrivée, il y a trois mois. D'après mon correspondant, elle se trouve toujours en Thaïlande.

— Elle n'avait pas donné une adresse ? demanda Malko.

— Si, celle du condominium où vous avez rencontré Natalya Isakov. Bien entendu, la police thaïlandaise sait qu'il s'agit d'un réseau de prostitution mais ferme les yeux, les paupières alourdies par des liasses de billets…

— Donc, sauf si elle est repartie clandestinement, elle se trouve toujours ici.

Le piège de Bangkok

Vraisemblablement à Bangkok, conclut Malko.

— Pour une fille comme elle, c'est difficile de sortir clandestinement du pays, remarqua le chef de Station. Sauf par le Laos, mais, ensuite, elle risque de se retrouver coincée là-bas. Il faut donc tout faire pour la retrouver.

— Elle n'est sûrement pas dans un hôtel, remarqua Malko. On peut surveiller l'appartement de Natalya Isakov, mais je n'y crois pas. Elle doit être planquée chez un ami, comme Dimitri Korsanov. Si elle ne sort pas, ce sera difficile de la trouver.

Malko se leva et demanda :

— Que les Thaïs vous dressent la liste des endroits fréquentés par les Russes. Je vais voir ce que je peux trouver de mon côté.

*

* *

L'enseigne annonçait : *Schwartzwald Stube*[1]. On aurait dit une taverne bava-

---

1. Auberge de la Forêt Noire.

Le piège de Bangkok

roise, avec ses tables et ses bancs de bois, à l'extérieur et sa façade évoquant un chalet.

Seulement, on n'était pas à Munich, mais dans le *soi* 20 à Bangkok.

« Bei Otto[1] » était la coqueluche des Russes. Faute de restaurant russe, ils s'étaient rabattus sur cet îlot d'Europe, plein au déjeuner comme le soir.

Evgueni Makowski poussa la porte, face au grand bar carré où trois barmen thaïs débitaient des bières à la chaîne. L'éclairage était succinct et le restaurant, bondé. Une foule bruyante, attablée aux grandes tables de bois devant des monceaux de charcuteries importées à prix d'or. Les innombrables photos tapissant les murs ajoutaient une touche intime. Pas des célébrités, simplement les meilleurs clients.

Le Russe aperçut enfin Dimitri Korsanov sur une des banquettes du fond, se glissa à côté de lui et commanda immédiatement une bière.

Dimitri, visiblement inquiet, demanda :

---

1. « Chez Otto ».

Le piège de Bangkok

— Pourquoi voulais-tu me voir ? On s'est vu tout à l'heure. Quelque chose ne va pas avec le passeport ?

Evgueni attendait que le garçon se soit éloigné pour dire à voix basse.

— Non, non, mais j'ai un service à te demander. Pour Viktor.

Le visage de Dimitri Korsanov s'éclaira.

— Tu sais bien que je ferais n'importe quoi pour lui, fit-il avec chaleur.

— Tu as une arme ou tu peux t'en procurer une ? demanda Evgueni Makowski.

— J'en ai une. Mon Makarov. Pourquoi ?

— À la suite de l'incident de Pattaya, nous avons la CIA sur le dos. Malko Linge, un de leurs agents particulièrement teigneux. Il est venu en Thaïlande spécialement pour Viktor. Il nous gêne. Beaucoup.

— Tu veux que je le tue ? demanda avec simplicité Dimitri Korsanov.

Il rayonnait intérieurement, à l'idée de se rendre utile, d'être reconnu.

— Ce serait bien, reconnut Evgueni Makowski.

Dimitri lui jeta un regard soudain méfiant.

262

Le piège de Bangkok

— Pourquoi me demandes-tu ça, à moi ? Il y a des dizaines de Thaïs qui le feront pour 100 000 baths.

L'agent du FSB n'hésita pas.

— Parce que j'ai besoin de quelqu'un d'absolument sûr. Un type qui ne s'allonge pas à la moindre gifle. Les Thaïs sont brutaux. Tu sais ce que c'est...

Dimitri Korsanov savait. Lors de son arrestation, il avait été battu comme plâtre avec des Bottin téléphoniques, des coups de pied...

Le silence retomba. Evgueni recommanda deux bières.

Dimitri demanda.

— Où est-il ton Malko ?

— Il loge au Shangri-La, suite 2521, dernier étage. Il est probablement armé et a deux gardes du corps. Des Américains.

— Tu as une photo ?

— Plusieurs.

Il lui tendit une enveloppe. Des documents envoyés de Moscou et récupérés à l'ambassade russe.

— Mon Service ne l'aime pas, ajouta Evgueni Makowski. Il nous a fait beau-

Le piège de Bangkok

coup de torts. Si tu prenais soin de son cas, on t'en serait très reconnaissant à Moscou. Cela pourrait t'aider à obtenir un nouveau passeport. Tu as toujours ta mère à Petrograd ?

— Oui.

Evgueni Makowski savait que Dimitri envoyait des textos à la vieille femme presque tous les jours.

Dimitri Kirsanov était mort de fierté. Après toutes ces années d'errance, il se retrouvait investi d'une mission officielle, comme au temps béni où il travaillait pour le GRU... Evgueni Makowski vit la lueur de fierté dans ses yeux et dit à voix basse.

— Je vais faire part à Moscou de ta réaction. J'en suis fier. *Dobre,* je vais partir le premier.

*

* *

Cette fois, Ling Sima avait consenti à rejoindre Malko au restaurant chinois de l'hôtel Oriental, dont la pénombre et les boxes discrets protégeaient sa réputation. Elle s'était habillée comme une Chinoise d'opérette, avec une robe verte ras du cou, fendue presque jusqu'à la hanche, un chignon où étaient piquées de longues épingles d'or et des escarpins de quinze centimètres.

Elle repoussa son assiette, l'air dégoûtée et soupira.

— Un jour, je te ferai de la bonne cuisine chinoise ! Ici, c'est pour les Américains.

Malko prit la bouteille de Taittinger Comtes de Champagne Blanc de Blancs dans son seau à glace et remplit leurs flûtes. Il adorait la cuisine chinoise, mais, avec du thé, c'était trop triste. Il leva sa flûte pleine de bulles.

— Au prochain dîner préparé par toi ! Mais, tu sais que je ne te vois pas pour tes talents culinaires.

Ling Sima lui jeta un regard noir.

— Non, c'est vrai ! Pour les informations que je te donne. Tu me traites comme une « source »...

Malko faillit lui faire remarquer qu'il ne sodomisait pas toutes ses sources, mais se tut pour ne pas envenimer l'atmosphère.

265

Le piège de Bangkok

— Quand j'étais au Laos, remarqua-t-il, je ne t'ai rien demandé. C'est toi qui m'as contacté.

— C'était pour te sauver la vie, parce que tu es un idiot ! Tu connais le proverbe américain : « Fools die[1] ».

Une longue Chinoise diaphane surgit avec la carte des desserts et Ling Sima l'interpella d'une voix furieuse.

La serveuse s'enfuit littéralement. Malko était stupéfait.

— Qu'est-ce que tu lui as dit ?

— Qu'elle devrait avoir honte de travailler dans un endroit où la cuisine est aussi mauvaise !

— Tu exagères ! reprocha Malko.

Le regard de Ling Sima flamboyait. Il lui sourit.

— Tu es encore plus belle quand tu es en colère...

— Tu dis ça parce que tu as envie de me baiser...

Malko décida de la choquer.

— Non, répliqua-t-il, ce soir, je voudrais jouir dans ta bouche, toi agenouillée devant moi.

---
1. Les imbéciles meurent.

Il crut que la Chinoise allait lui sauter à la gorge. Elle se pencha au-dessus de la table.

— Jamais ! Même si je vis dix mille ans ! Ce sont les putes qui font cela. Si c'est ce que tu veux, tu vas pouvoir le faire ce soir.

— Avec toi ?

Nouveau regard furibond.

— Tu m'as demandé des informations sur les prostituées russes, non ? Eh bien, elles sont regroupées tous les soirs au sous-sol de l'hôtel Novotel, dans une sorte de boîte qui s'appelle « Le Bas ». Tu y trouveras tout ce que tu veux. Je peux même te donner les tarifs...

— Merci.

— Et si tu veux te faire « masser » par une Russe, continua Ling Sima, il y a trois SPA, la chaîne « Divana », qui appartiennent aux Russes, associés avec des policiers thaïs. Là, c'est du haut de gamme. Jusqu'à 1 000 dollars. Mais tu peux te payer cela sur tes notes de frais...

Malko, agacé, réclama l'addition d'un geste. La Chinoise maigrissime surgit

Le piège de Bangkok

quelques instants plus tard et déposa une boîte en laque noire sur la table, avec force *wais.* Malko l'ouvrit : la boîte était vide, à l'exception d'une magnifique orchidée. La serveuse chinoise se mit à pépier comme un oiseau des îles, cassée en deux devant Ling Sima. En dépit de cette soumission, la Chinoise semblait furieuse.

— Que se passe-t-il ? demanda Malko. C'est à cause de ta remarque sur la nourriture ?

— Non, ils m'ont reconnue… Ils refusent de me faire payer. À cause de la Sun Yee On.

— C'est sympathique.

— Non ! Je suis déshonorée. Tout Yeowarat va savoir que je baise avec un *farang.*

— C'est mal ?

— Non, c'est pire… Je vais perdre la face. Mes clientes de la bijouterie me demanderont la taille de ta queue, comment tu me fais l'amour, combien de fois ? Tu ne connais pas les Chinoises. Elles ne pensent qu'à ça…

Ils gagnèrent la sortie, sous les *wais* de tout le personnel. L'air était toujours

268

aussi tiède, avec un vent léger. Quelques chauffeurs de taxis les hélèrent, mais Malko repéra dans un coin d'ombre un Sam-Lo, dont le conducteur dormait en équilibre sur son siège.

— Tu as vu le film « Emmanuelle » ? demanda-t-il à Ling Sima.

— Oui, pourquoi ?

— On pourrait faire un tour dans ce Sam-Lo.

Seuls, quelques touristes novices utilisaient encore les « *tuk-tuk* », tricycles pétaradants qui avaient succédé aux authentiques Sam-Los, tirés par un cycliste. Dans le film « Emmanuelle », l'héroïne traversait Bangkok, blottie au fond d'un Sam-Lo, tandis que son amant la caressait.

Ling Sima jeta à Malko un regard à le réduire en cendres. Elle se retourna, leva le bras et Malko vit une limousine noire garée en face de l'Oriental, se mettre doucement en route. La Chinoise était venue avec son chauffeur sourd-muet. Pendant qu'il lui ouvrait la portière, elle lança à Malko.

— Amuse-toi bien au Novotel.

CHAPITRE XIII

« Putes de tous les pays, unissez-vous » pensa Malko en arrivant au « Le Bas ».

Cela tenait du « pool-room[1] » des petites villes américaines, du bar branché à cause des télévisions accrochées partout, de la discothèque, par la musique techno assourdissante et, surtout, de la boîte à putes.

Des putes, il y en avait partout. Assises sur des tabourets, en train de danser dans des coins sombres, de boire à des tables, de se promener dans les allées, ou de regarder les joueurs de billard... Elles grouillaient ; des Thaïes, des Européennes, dans toutes les tenues, attaquant les nouveaux venus avec une

---

1. Salle de billard.

Le piège de Bangkok

audace incroyable... Malko avait déboursé 500 baths pour avoir accès à ce paradis dont l'animation contrastait avec l'atmosphère mortifère du lobby. Là, sur une grande estrade, deux chanteuses philippines accompagnées d'un pianiste, s'égosillaient pour quelques rares spectateurs. Vraisemblablement, ceux qui ignoraient l'existence du bas...

Jusqu'au rez-de-chaussée, le Novotel paraissait être un hôtel très convenable.

Malko se dirigea vers un des bars. On n'y voyait pas beaucoup et il se demanda s'il allait reconnaître Oksana, vue seulement sur une photo, au cas où elle serait ici. Des Russes, il y en avait partout. Une grappe entourant ce qui semblait être la caricature d'un juif new-yorkais avec d'énormes lunettes d'écaille, un crâne dégarni et des traits bouffis d'alcool.

Il lorgnait sur l'énorme poitrine de sa voisine, probablement née entre l'Oural et Vladivostok...

Un peu plus loin, le long d'un bar, une longue fille blonde embrassait à perdre haleine un Sikh barbu, en turban...

Le tout dans une musique d'enfer. Le départ brusque de Ling Sima l'avait

Le piège de Bangkok

poussé à exploiter immédiatement les informations qu'elle lui avait fournies.

Au moment où il atteignait un des bars, il repéra une véritable créature de dessin animé : Miss Piggy, la cochonne de Tex Avery. Des cheveux courts tombant en frange nette, des yeux très bleus, un visage carré, un haut blanc porté sans soutien-gorge et une mini qui semblait faite avec une ceinture... Monstrueusement grosse, elle devait friser les 80 kilos, mais ne semblait pas s'en soucier, dévisageant les hommes sans ciller, visiblement à la recherche d'un client.

Comme on ne servait que du Chivas Regal, Malko en commanda une bouteille à un des bars, observant la salle.

Les clients étaient étrangers, des expats, des Russes, et quelques Thaïs...

Trois petites Thaïes s'approchèrent de lui, détaillant dans un anglais sommaire ce qu'elles avaient à offrir. C'est-à-dire tout ce que l'imagination d'un obsédé sexuel peut concevoir. Devant le peu d'intérêt de Malko, elles glissèrent vers une autre proie, un expat de nationalité

Le piège de Bangkok

indéterminée, qui commença à les peloter discrètement.

La grosse blonde continuait à naviguer entre les tables. Elle se rapprochait de Malko. Leurs regards se croisèrent et il se dit qu'il fallait bien commencer par quelque chose.

À la première esquisse de sourire, elle fondit sur lui.– *You buy drink*[1] ? hurla-t-elle, pour couvrir le bruit de la musique.

Malko lui désigna la bouteille de Chivas Regal et demanda un verre au barman. La Russe avala sa rasade à tuer un mammouth d'une seule traite, et ses yeux bleus s'embuèrent légèrement. Malko lui versa une seconde dose et ils devinrent vraiment amis...

La conversation était impossible à cause du bruit et la Miss Piggy lui prit la main pour l'entraîner sur des petites pistes de danse.

Ils commencèrent à s'agiter, à un mètre l'un de l'autre, mais, profitant d'un changement de rythme, la Russe se rapprocha, collant un ventre impérieux à

---

1. Vous m'offrez un verre.

Le piège de Bangkok

Malko. Pas longtemps. Le visage levé, elle hurla à nouveau.

— *You come my room,* 500 baths[1].

Elle avait enfin assimilé les tarifs en vigueur. Malko fit comme s'il n'avait pas entendu. Sa Russe répéta son offre alléchante.

— *Your name ?* demanda-t-il pour gagner du temps.

— Tatiana. *You come. Bang-Bang.*

Son anglais était très limité. À côté, le Sikh commençait à défaillir sous la caresse vigoureuse de la blonde accrochée à lui. Celle-ci, qui pensait à l'avenir, lança quand même une œillade à Malko, tout en frottant fiévreusement le ventre de son copain.

Une saine ambiance de patronage

Devant le peu d'enthousiasme de Malko, Tatiana, Miss Piggy, se fondit dans la foule. Il ne resta pas seul vingt secondes. Une liane blonde, infiniment plus sexy, s'approcha de lui avec un sourire engageant.

— *Good evening* !

―――――――――
1. Vous venez dans ma chambre.

274

Le piège de Bangkok

Son anglais paraissait meilleur, mais la lueur dans son regard suintait le stupre. Malko attaqua de nouveau la bouteille de Chivas.

— Je m'appelle Svetlana, cria la blonde, mais tout le monde m'appelle Sweti.

— Que faites-vous à Bangkok ?

Elle eut une moue amusée.

— Une copine qui a une agence de mannequins m'avait trouvé un contrat, mais il n'a duré que deux mois. Après, il a fallu que je me débrouille. Je n'ai pas envie de retourner en Russie. Ici, au moins, il y a le soleil et la chaleur. Et on rencontre des gens comme vous.

C'était gros comme une maison, mais Malko arriva à sourire.

— Votre copine, celle de l'agence, ce n'est pas Natalya Isakov ?

— Vous la connaissez ?

— Un peu.

Le « boum-boum-boum » de la techno s'était un peu calmé. La Russe se rapprocha de Malko, littéralement collée à lui, les bras noués autour de sa nuque. Puis elle colla sa bouche à l'oreille de Malko et dit, en pouffant de rire.

275

Le piège de Bangkok

— J'ai vu cette grosse truie de Tatiana vous draguer. Elle ne doute de rien...

— Si elle est venue à Bangkok, c'est qu'elle y croit, remarqua Malko.

Svetlana s'éloigna un peu pour lâcher d'une voix méchante.

— Elle n'est pas venue pour ça.

— Pourquoi, alors ?

— Je ne sais pas... Elle reste toute la journée dans sa chambre et vient seulement ici le soir. Les filles ne l'aiment pas.

— Pourquoi ?

— On l'a vue avec un drôle de type, un Russe qui prétend être journaliste mais tout le monde sait qu'il fait autre chose. Un gros barbu chauve, assez sale, négligé, qui a les mains moites.

Immédiatement, Malko fit le rapprochement avec Evgueni Makowski, l'agent du FSB à Bangkok.

La Russe, habillée pour l'hiver, Svetlana revint aux choses sérieuses.

— On monte ? suggéra-t-elle. J'habite l'hôtel.

— Vous connaissez une fille qui s'appelle Oksana ? demanda Malko. Oksana Fibirova.

Le piège de Bangkok

*
* *

Chris Jones et Milton Brabeck s'ennuyaient comme des rats morts, au bar du Novotel. L'orchestre philippin continuait à brailler, rien que pour eux. Cependant, l'idée de redescendre dans la fournaise sexuelle du sous-sol était au-dessus de leurs forces...

Ils suivirent des yeux un homme de haute taille qui venait de pousser la porte du lobby. Un grand blond, une sacoche accrochée à l'épaule. Il traversa le lobby sans les remarquer et s'engagea dans l'escalier menant au sous-sol.

— Encore un qui va baiser, ricana Milton Brabeck. Pourtant, c'est un beau mec...

*
* *

Dimitri Korsanov se présenta à l'entrée de la discothèque, salué de *wais* respectueux. Sa copine philippine, Per-

Le piège de Bangkok

lita Patik, travaillait dans la boîte, afin de compléter son maigre salaire de vendeuse à la librairie Kunikawa. Le Russe avait dû s'en accommoder, ne pouvant l'entretenir convenablement. Il lui avait simplement enjoint de toujours utiliser un préservatif. La Philippine exerçait sa seconde profession avec la même indifférence. Totalement détachée.

Dimitri s'arrêta à côté du premier billard et parcourut la table du regard, découvrant sa copine assise sur un tabouret, un peu plus loin. Il allait la rejoindre quand son regard repéra, au bar, un homme blond comme lui, en train de discuter avec une fille. Il était de profil, mais tourna la tête et le pouls de Dimitri monta brusquement : cet inconnu ressemblait furieusement aux photos de l'agent de la CIA qu'il devait abattre, remises par Evgueni Makowski. Or, Dimitri ignorait si sa « cible » le connaissait physiquement. Il ressortit vivement et lança à la fille de l'entrée.

— Dis à Perlita que je l'attends en haut. J'ai un coup de fil à donner.

Dans l'escalier, il se dit qu'il avait son Makarov dans sa sacoche et que le ciel

Le piège de Bangkok

lui envoyait peut-être une occasion merveilleuse : lorsqu'il sortirait, l'agent américain serait une proie facile. Deux balles dans le dos et Dimitri se perdrait dans le dédale des petits *soi* du quartier.

Remonté dans le lobby, il s'installa loin de l'orchestre et alluma une cigarette.

Cinq minutes plus tard, Perlita arriva, essoufflée, pimpante et amoureuse.

— Il est tôt, fit-elle. Tu veux déjà rentrer ?

— Finalement, pas tout de suite, fit le Russe. J'attends quelqu'un. Si je ne te donne pas signe de vie, tu prends un taxi.

Il lui tendit 200 baths : il habitait loin.

Perlita Patik resta quelques minutes avec lui, puis redescendit. Aussitôt, Dimitri Korsanov se dirigea vers les toilettes. Là, à l'abri dans une cabine, il inspecta son Makarov et fit monter une balle dans le canon. Il aurait bien voulu l'essayer, car cela faisait longtemps qu'il n'avait pas fonctionné, mais cela aurait risqué d'attirer l'attention.

Il regagna son fauteuil du lobby. Il n'avait plus qu'à attendre.

Le piège de Bangkok

*
* *

— Oksana ? non, je ne connais pas, répondit Svetlana, toujours collée à Malko comme un timbreposte. Elle est belle ?

— Il paraît.

— Alors, elle travaille peut-être dans le circuit des SPA. Tu n'as qu'à la demander au Spa Divana, dans le *soi* 25 de Sukhumvit.

— Qu'est-ce que c'est « Divana » ?

— Des Spa haut de gamme achetés par des Russes. On y fait de tout : soins de beauté pour les femmes thaïes, massages et le reste. Il paraît que des riches Thaïes viennent se faire sauter par de jeunes voyous, aussi. Mais, surtout, dans celui du *soi* 25, tu peux te taper des filles russes. Évidemment, c'est cher, 500 dollars. Oksana travaille peut-être là-bas.

— Pourquoi vous n'y travaillez pas ?

Svetlana eut une moue dégoûtée.

— Natalya est trop gourmande. Ici, je suis à mon compte.

Voyant que son manège laissait Malko de marbre, elle conclut avec une pointe d'amertume :

— *Dobre,* je ne suis pas assez bandante pour toi. *Tchao-Tchao.*

Elle s'enfonçait déjà dans la pénombre. Malko décida qu'il en avait assez. Le tuyau de Svetlana recoupait l'information donnée par Ling Sima. Il n'y avait plus qu'à l'exploiter. Il paya et se dirigea vers la surface.

*
* *

Dimitri Korsanov se raidit : l'homme qu'il avait repéré dans « Le Bas » émergeait de l'escalier du sous-sol. Il le laissa parcourir quelques mètres dans le lobby, puis se leva. Il avait fait passer sa sacoche du côté droit, et allongé la courroie.

D'un geste très naturel, il avait la main plongée dedans, serrant la crosse du Makarov.

Il lui suffisait de suivre sa « cible », de tirer et de s'enfuir. Certes, les détonations s'entendraient mais qui allait le

Le piège de Bangkok

poursuivre dans le dédale des *soi* autour de Siam Plaza ?

Il adressa un sourire à la barmaid thaïe et emboîta le pas à l'homme qui traversait le lobby. Il avait décidé d'attendre qu'il soit tout près de la porte pour frapper.

Encore quinze mètres et quelques secondes.

CHAPITRE XIV

Malko était presque arrivé à la porte du lobby lorsque Chris et Milton, qui ne l'avaient pas vu passer, sautèrent de leurs fauteuils pour le rejoindre. Sans prêter attention à Dimitri, qui marchait à une dizaine de mètres, derrière Malko.

Le Russe vit les deux hommes passer devant pour encadrer l'agent de la CIA et s'arrêta net, comprenant que son idée de tuer sa « cible » sur place et de filer ensuite n'était pas une bonne idée... Il resta au milieu du lobby, laissant sortir les trois hommes, le cœur battant la chamade. À quelques secondes près, il se faisait tuer sur place...

*

*   *

Le piège de Bangkok

— C'était intéressant en bas ? demanda Chris Jones avec une pointe d'ironie.

— Très, répondit Malko. Je sais peut-être où se trouve Oksana.

— Où ?

— Elle travaillerait dans un salon de massage, Divana, dans le *soi* 25 de Sukhumvit, qui appartient au réseau de prostitution russe. On va y aller demain.

Le lobby du Shangri-La était désert comme un cimetière et ils gagnèrent leurs chambres respectives. Malko trouva un message de Ling Sima. Ironiquement, elle lui demandait s'il avait passé une bonne soirée.

Bonne, peut-être pas, mais utile sûrement...

Il allait jouer les clients au Spa « Divana ». S'il retrouvait Oksana, il aurait fait un pas de géant dans la lutte féroce qui l'opposait au FSB pour récupérer Viktor Bout. S'il pouvait arriver à impliquer le réseau russe du FSB à Bangkok dans le meurtre d'un policier thaïlandais, les Russes seraient sérieusement handicapés.

*
* *

Oksana Fibirova n'arrivait pas à trouver le sommeil sur le lit étroit et dur qu'on lui avait assigné dans une dépendance du Spa Divana. Depuis qu'on l'avait forcée à quitter Pattaya, elle avait l'impression de ne plus s'appartenir. Elle regrettait amèrement d'avoir accepté la proposition de Dimitri Korsanov : séduire le policier thaï et l'entraîner sur la plage. Il lui avait juré que c'était pour une simple correction, pas pour un assassinat sauvage.

Elle avait accepté de rendre ce service à Dimitri Korsanov parce qu'il lui plaisait bien. Elle avait eu une brève aventure avec lui et ils se parlaient souvent quand il était à Pattaya.

Ce jour-là, il lui avait expliqué qu'il devait absolument se débarrasser du Thaï qui le suivait, parce qu'il préparait une opération audacieuse pour faire évader Viktor Bout, dont il était la cheville ouvrière.

L'idée était d'attaquer le fourgon de police entre la prison et le Palais de Justice, car il n'avait aucune escorte.

Le piège de Bangkok

Oksana ne l'avait cru qu'à moitié, connaissant son côté mythomane, mais avait accepté de lui donner un coup de main, ce soir-là.

Bien entendu, lorsqu'elle avait appris la vérité, de retour à Bangkok, son premier réflexe avait été de quitter la Thaïlande, mais Natalya Isakov l'en avait dissuadée... Expliquant que les Thaïs l'avaient sûrement identifiée lors de leur enquête à Pattaya. Ils se moquaient des manips des *farangs,* mais pas du meurtre d'un de leurs collègues. Oksana Fibirova ne serait pas la première *farang* à être condamnée à une lourde peine en Thaïlande. Et à l'exécuter. À l'idée de se retrouver dans un pénitencier thaï, elle en avait des cauchemars.

Sachant qu'elle n'y survivrait pas.

Elle se sentait complètement prise au piège. Elle était venue en Thaïlande pour amasser l'argent nécessaire à de « vraies » études pour décrocher un job qui lui permettrait de vivre correctement. Le fait de se prostituer dans ce pays lointain ne la gênait pas. Plus tard, personne n'en saurait rien...

Le piège de Bangkok

Seulement, elle n'aurait jamais pensé être mêlée à un meurtre. Même si Dimitri Korsanov ne lui avait donné que des explications succinctes, elle savait que cet assassinat était lié à Viktor Bout. Le Russe lui avait dit aussi que les Américains étaient impliqués dans l'affaire...

Après avoir bu un verre d'eau, elle essaya de faire le point.

Impossible d'aller voir la police thaïe.

Les Russes ne prendraient pas le mal de la faire sortir de Thaïlande clandestinement. Cela coûtait trop cher. Donc, seuls, les Américains pouvaient l'aider. Elle se dit qu'elle en savait assez pour échanger une protection contre son témoignage.

Seulement, comment entrer en contact avec eux ? Si elle quittait le Spa, elle risquait d'être suivie et elle ne savait même pas où se trouvait l'ambassade américaine.

Il n'y avait plus qu'une solution : le téléphone.

La Russe sortit de sa chambre et suivit la galerie extérieure jusqu'au petit salon de thé du Spa attenant à la réception. Là, elle trouva un annuaire en anglais, avec la liste des ambassades et leurs numéros

Le piège de Bangkok

de téléphone. Elle retourna dans sa chambre et composa le numéro trouvé dans l'annuaire. Se disant naïvement que les espions devaient sûrement travailler aussi la nuit. Donc, le fait qu'il soit une heure du matin, n'était pas gênant.

Au second essai, elle tomba sur une voix neutre qui annonça, en anglais, avec un fort accent thaï.

— *American Embassy, who do you whant to speak to*[1] ?

— Quelqu'un de la Central Intelligence Agency, répondit sans hésiter Oksana Fibirova.

Il y eut un silence assez long, puis la même voix demanda :

— Puis-je avoir votre nom ?

— Oksana Fibirova.

— Votre adresse.

Prise de court, Oksana Fibirova demeura muette, brusquement paniquée. Si les Américains débarquaient au Spa Divana, les Russes sauraient qu'elle les avait trahis.

Sans répondre, elle raccrocha.

---

1. Ambassade américaine. À qui voulez-vous parler ?

288

*

* *

En lisant le texto de Dimitri Korsanov lui apprenant que l'agent de la CIA Malko Linge se trouvait la veille au soir dans la boîte du Novotel, Evgueni Makowski sentit ses cheveux se dresser sur sa tête.

Comment était-il arrivé là ?

Ce ne pouvait pas être une coïncidence. Le chef de mission Malko Linge n'avait pas le profil d'un amateur de putes... Donc, il cherchait quelque chose ou quelqu'un dans cette boîte. Coûte que coûte, il devait en savoir plus. Une seule personne pouvait, éventuellement, lui fournir des informations : Tatiana Mira, la « spetnatz » venue, en principe, liquider Viktor Bout, qui avait décidé de troquer son fusil Dragonov de précision pour une carrière de pute.

Il effaça le texto, se disant que son idée de « neutraliser » cet agent de la CIA se révélait de plus en plus utile. En attendant, il devait en savoir plus pour prendre, éventuellement, des contre-mesures.

Le piège de Bangkok

Il acheva de s'habiller, puis sortit dans la cour de sa petite maison. Il habitait une très vieille maison thaï en bois, qui tombait un peu en ruines, aux volets perpétuellement fermés, afin de faire croire qu'elle était inhabitée, dans un petit *soi* voisin de Thanon Khao San, où se tenait une foire aux puces permanente. Dès qu'il rentrait sa voiture dans la cour, il la recouvrait d'une bâche et personne, dans le quartier, ne savait qu'un *farang* vivait dans ce quartier de Banglampho, tout au nord de Bangkok, non loin de la rivière. Il sortit. Ferma le cadenas de la porte principale, ôta la bâche de sa Toyota et démarra.

*
* *

Tatiana Mira se rongeait les ongles, l'air boudeur, dans sa tenue de pute de province.

— Combien de temps je vais attendre ? demanda-t-elle.

Evgueni Makowski décida de ne pas la brusquer.

Le piège de Bangkok

— Cela ne dépend pas de moi, affirma-t-il. J'attends le Dragonov qui doit arriver à l'ambassade. J'ai autre chose à te demander. Hier soir, dans la discothèque, tu as parlé à un étranger, paraît-il.

— Oui.

— Comment était-il ?

— Grand, blond, bien bâti.

— Il ne t'a pas parlé d'Oksana Fibirova ?

Elle était toujours aussi boudeuse.

— Il a parlé à d'autres filles ?

— Oui, une conne qui s'appelle Svetlana. Celle-là, je vais lui péter la gueule, elle passe son temps à se foutre de moi.

— Elle habite ici ?

— Oui. Chambre 214.

— *Dobre.* Je reviens te voir.

Il dut pratiquement défoncer le battant de la chambre 214 avant de voir surgir une tête ébouriffée blonde qui le toisa en bâillant.

— Qu'est-ce que tu veux ?

— Te parler, fit-il, en se glissant dans la chambre où régnait un désordre incroyable ! Toutes les possessions terrestres de la jeune pute étaient étalées sur la moquette verdâtre fortement tachée.

— Tu as parlé à un étranger, hier soir, lança Evgueni Makowski. Un grand blond. Qu'est-ce qu'il voulait ?

La bouche de Svetlana se tordit en une grimace amère.

— En tout cas, il ne voulait pas me sauter… Il m'a parlé d'une certaine Oksana, que je ne connaissais pas. Alors, comme je suis bonne fille, je l'ai orienté sur le Spa Divana.

Evgueni Makowski sentit de nouveau ses poils se hérisser d'horreur.

— Tu lui as dit qu'elle travaillait là ?

— Oui, que ça pouvait se faire. Pourquoi ?

— Pour rien.

Il était déjà parti. Direction l'appartement de Natalya Isakov. Celle-ci l'accueillit avec son sourire commercial habituel.

— *Tchai* ? Café ? Tout va bien ?

— Non. J'ai un problème. Les *Amerikanski* sont sur la piste d'Oksana. Ils savent qu'elle travaille au Spa. Il ne faut pas qu'ils la trouvent. Où peut-on la planquer ?

Le piège de Bangkok

— Ici ?

— Surtout pas, tu es sûrement surveillée...

La mère maquerelle s'assit pour réfléchir et rabattit sa robe sur ses genoux ronds. Toujours très pudique.

— Pour longtemps ? demanda-t-elle.

— Quelques jours.

Après un long silence, Natalya laissa tomber.

— J'ai reçu une demande du concierge du *Windsor Suite Hotel.* Il voulait une ou deux filles pour une bande d'Arabes qui arrivent du Golfe et veulent s'amuser.

— Bonne idée.

Natalya secoua la tête.

— Pas sûr. Ils traitent les filles comme des animaux. Ils ont loué tout un étage. Seuls, les garçons sont thaïs. La plupart de mes filles refusent d'aller là-bas, même s'ils paient 5 000 dollars par jour.

— Pourquoi ?

— La dernière fois, il nous en ont rendu une en très mauvais état. Lacérée par des coups de cravache, violée avec des bouteilles. Défigurée par les coups parce qu'elle avait résisté. Une fille de Vladivostok.

Le piège de Bangkok

— Qu'est-ce qu'elle est devenue ?

— Elle n'a pas survécu. Les Arabes ont payé 50 000 dollars qu'on a envoyés à la famille en disant qu'elle avait eu un accident.

— Les flics ne viennent jamais dans cet hôtel ?

Natalya Isakov eut un sourire ironique.

— C'est dans le 8e district. Colonel Pathorn, un des plus pourris de tous. Les Arabes le couvrent d'or. Une fois là-bas, c'est comme si elle était en prison.

— *Karacho,* approuva Evgueni Makowski. Tu la transfères là-bas le plus vite possible.

— J'y vais, fit simplement Natalya Isakov.

Après être passée par les mains des Arabes, Oksana aurait envie de changer de métier.

— Je viens avec toi, avança Evgueni Makowski.

Ils décidèrent de gagner le *soi* 25 à pied. Cela irait plus vite qu'en voiture.

*

* *

Le piège de Bangkok

La voix de Ling Sima était douce comme du miel. C'était rare qu'elle appelle Malko.

— J'ai pensé à toi, dit-elle d'emblée. J'espère que tu as trouvé chaussure à ton pied au Novotel.

— C'est pour me dire cela que tu m'appelles ?

— Non, je t'attends à sept heures au *Grand China Princess.* Nous allons dîner à trois.

— Qui est le troisième ?

— Un ami de la Sun Yee on, qui est aussi le cousin du chef d'État-Major, le général Phra Samutprakan. C'est lui qui gère le dossier Viktor Bout. Je lui ai parlé de ton souci et il souhaite te rencontrer.

Le pouls de Malko bondit au ciel.

— Il est fiable ?

— Avec moi, oui. Il va te dire la vérité.

À peine eut-il raccroché que Malko fonça chez le concierge du Shangri-La, lui donna 5 000 baths, l'adresse de Ling Sima et l'ordre de lui envoyer les plus belles orchidées qu'il pourrait trouver.

Chris Jones et Milton Brabeck bâillaient aux corneilles dans le lobby.

Le piège de Bangkok

— On est obligés de sortir ? demanda Milton Brabeck. Il fait 40° dehors.

— On va à l'ambassade, dans un taxi climatisé.

Gordon Backfield allait être fou de bonheur.

*
*   *

Malko n'avait pas encore eu le temps de faire part à Gordon Backfield des bonnes nouvelles, lorsque sa secrétaire entra et posa un papier devant lui. Le chef de Station le parcourut, sursauta et releva la tête.

— Le standard de l'ambassade a reçu cette nuit à 1 h 12 AM un appel bizarre. Une femme disant s'appeler Oksana voulait parler à quelqu'un de la CIA. Quand on lui a demandé son adresse, elle a raccroché.

Malko était en train de dévider tous les jurons qu'il connaissait en allemand et en anglais, quand l'Américain ajouta :

— Attendez ! Le standard a enregistré le numéro de son portable.

CHAPITRE XV

La sonnerie, retransmise par le haut-parleur, sonnait dans le vide. À la douzième, Gordon Backfield coupa la communication.

— On ne peut pas localiser ce portable ? demanda Malko.

— Non. Il faudrait demander l'aide des Thaïs.

— Elle dort peut-être encore… avança Malko.

— Je vais demander à ma secrétaire de rappeler tous les quarts d'heure, décida le chef de Station. Visiblement, il s'est passé quelque chose qui pousse cette fille à changer de camp.

J'espère que cela ne sera pas trop tard, soupira Gordon Backfield.

Malko sentit que c'était le moment de rassurer l'Américain.

Le piège de Bangkok

— Gordon, annonça-t-il, j'ai de très bonnes nouvelles. D'abord, je crois pouvoir localiser cette Oksana Fibirova.

— Où est-elle ?

Malko lui raconta sa rencontre, la veille au soir, avec la prostituée russe, Svetlana, celle qui avait mentionné le Spa Divana, et conclut :

— Je vais y aller comme client et tenter de « tamponner » quelqu'un pour retrouver Oksana.

— C'est dangereux, objecta le chef de Station.

— Je ne serai pas seul : Chris et Milton viendront se détendre avec moi.

Chris Jones se rembrunit.

— Qu'est-ce que c'est, ce Spa ? Encore des horreurs ?

— Des massages, Chris, uniquement des massages, jura Malko, et des bains. Si on vous propose autre chose, vous avez le droit de refuser. Mais vous avez aussi le droit d'accepter...

Le gorille rougit comme une pivoine et bredouilla :

— *No way* !

298

— OK, conclut Malko, je pense que Mai peut nous présenter comme clients de sa boîte.

— Ne lui faites pas prendre de risques, recommanda l'Américain. C'est seulement une « stringer » ; je ne suis pas supposé la faire participer à des actions clandestines offensives comportant des risques.

— Tout cela va peut-être s'avérer inutile, répliqua Malko. J'ai un rendez-vous très intéressant ce soir.

Il lui fit part de son dîner avec Ling Sima et le représentant du général Phra Samutprakan, mais l'Américain ne manifesta pas la joie qu'il escomptait.

— OK, c'est super, reconnut-il, mais il y a deux hypothèses. Si ces enfoirés de Thaïs relâchent Viktor Bout, évidemment le FSB ne va pas se lancer dans des coups tordus. Mais, si c'est le contraire, ils feront tout pour l'empêcher de quitter ce pays. Il faut rester sur leur dos pour essayer de percer leur plan à jour.

— Parfait, accepta Malko, nous irons demain au Spa. J'espère que mon dîner de ce soir rendra inutile cette visite.

Le piège de Bangkok

*
* *

Evgueni Makowski et Natalya Isakov traversèrent Sukhumvit qui n'était plus qu'un magma de véhicules immobilisés. À croire que toutes les voitures de Bangkok s'étaient donné rendez-vous là.

Le Russe regarda sa montre avec impatience.

— J'ai un autre rendez-vous, à midi...

Natalya hocha la tête.

— J'aurais pu y aller toute seule.

— Je ne veux pas qu'il y ait de problème. Il faut lui expliquer.

À peine furent-ils entrés dans la minuscule tea-room du Spa, que trois hôtesses, pieds nus, en sarong, surgirent, souriantes, pour un festival de *wais*.

Evgueni Makowski demanda, en thaï.

— Où est la nouvelle, Oksana ?

— Dans sa chambre, au fond.

— Emmenez-moi.

Elles le guidèrent à travers des couloirs d'une propreté méticuleuse, puis le long d'une galerie bordant la pelouse

300

Le piège de Bangkok

ornée d'un grand flamboyant ; tout respirait le luxe et la propreté.

Les activités commençaient surtout à partir de midi. L'hôtesse s'arrêta devant une porte et frappa un coup léger. Pas de réponse.

— Elle est sortie ? demanda Evgueni, inquiet, sans savoir pourquoi.

— Oh non ! assura l'hôtesse. Il n'y a qu'une sortie sur le *soi,* je l'aurais vue.

Elle ouvrit la porte doucement et ils aperçurent une forme allongée sur le lit, à peine couverte par un drap. À cause de la clim, on grelottait.

— OK, fit Evgueni Makowski, je vais la réveiller.

La Thaïe s'éclipsa. Le Russe allait secouer Oksana lorsqu'il aperçut un portable posé sur la table de nuit. Par réflexe professionnel, il le prit et l'examina, appuyant sur le bouton « send ». Le dernier numéro appelé s'afficha. Un numéro fixe de Bangkok. Il remonta encore et ne trouva que des numéros russes. Revenant au premier, il l'afficha à nouveau et le nota.

Puis, il secoua doucement Oksana Fibirova, qui se réveilla en sursaut. En

301

voyant le Russe, elle eut un mouvement de recul.

— Que se passe-t-il ?

— Rien de grave, assura Evgueni, rassurant, mais les autorités thaïes ont appris ta présence ici. Ils te recherchent pour l'affaire de Pattaya. Des témoins t'ont identifiée au casino.

Oksana Fibirova se décomposa.

— *Bolchemoi* ! Qu'est-ce que je vais faire ?

— Je vais m'occuper de toi, promit Evgueni Makowski. J'ai trouvé un endroit où tu pourras à la fois travailler et te planquer. Pas loin d'ici. Des clients arabes.

— Je n'aime pas les Arabes.

— Ceux-là sont très gentils ! Très civilisés, assura le Russe. De bons clients de Natalya. Tu seras traitée comme une princesse. Habille-toi. Je t'attends au tea-room avec Natalya.

À peine hors de la chambre, il composa le numéro trouvé sur le portable de la prostituée russe. Lorsqu'il entendit une voix thaïe annoncer, en anglais : « Ici, l'Ambassade des États-Unis d'Amérique, à qui voulez-vous par-

Le piège de Bangkok

ler ? », il crut que son cœur s'arrêtait. Il refit le numéro, croyant à une erreur et obtint le même résultat. Il n'eut pas le temps de se poser de questions : Oksana venait de sortir de sa chambre, son sac à la main. Dissimulant sa fureur, il repartit avec elle vers la sortie.

Natalya Isakov l'accueillit chaleureusement et, durant le trajet, lui expliqua où elle l'emmenait.

— Un groupe de businessmen ont loué deux étages au *Windsor Suites Hotel,* expliqua-t-elle : ils travaillent beaucoup et ont besoin de se distraire… Seulement, ils n'aiment pas les Thaïes, alors ils ont demandé une très jolie Russe.

Oksana ne répondit pas, se disant qu'il serait peut-être plus facile là-bas de rentrer en contact avec ses sauveurs potentiels.

Ils se séparèrent sur Sukhumvit. Evgueni prit Natalya à part quelques minutes et lui souffla à l'oreille :

— Prends-lui son portable. Je t'expliquerai.

Oksana et Natalya prirent un taxi. Le *Windsor Suites Hotel* se trouvait dans le *soi* 20 ; juste en face de « Bei Otto ».

Le piège de Bangkok

Elles montèrent directement au seizième étage, après que Natalya se fut annoncée au téléphone. Un jeune Arabe, le bouc bien taillé, en chemise blanche, le regard brillant, les attendait sur le palier.

Il embrassa Natalya et s'inclina sur la main d'Oksana.

— Elle est très belle, apprécia-t-il en louchant sur sa magnifique poitrine, avec un sourire gourmand. On va tout de suite la présenter au prince Mahmoud. Je m'appelle Hadj Ali Ahmed et je suis le secrétaire particulier du prince Mahmoud.

Natalya Isakov déclina d'un sourire.

— Je vous attends là. Oksana, laisse-moi ton sac.

La jeune prostituée le lui tendit sans méfiance.

Oksana, intimidée, pénétra dans une immense suite, gardée par deux jeunes Arabes en *dichdacha* d'un blanc éblouissant.

— Voici le prince Mahmoud, annonça Hadj Ali Ahmed, désignant un homme affalé dans un immense fauteuil, au milieu de la pièce.

304

Le piège de Bangkok

Oksana eut un choc : le prince Mahmoud était un monstre. Au minimum cent cinquante kilos, le bouc et les cheveux, très noirs, bien taillés, un torse énorme dégoulinant de graisse, une serviette attachée à la taille, dissimulant le bas de son corps. Hadj Ali Ahmed lui adressa quelques mots en arabe et il esquissa un sourire en essayant de s'arracher de son fauteuil. Dans ce mouvement, la serviette attachée autour de sa taille, glissa, découvrant les plis de son ventre retombant jusqu'en haut de ses cuisses et, un sexe aussi monstrueux que son propriétaire, une sorte de long gourdin mou descendant jusqu'à mi-cuisse.

Vivement, les deux jeunes Arabes ramassèrent la serviette et la remirent en place.

Oksana était clouée sur place, terrifiée.

Le prince Mahmoud prononça quelques mots en arabe, traduits par son secrétaire.

— Le prince vous remercie infiniment du plaisir que vous allez lui procurer. Il a

Le piège de Bangkok

très envie d'une belle jeune femme comme vous.

La Russe, dégoûtée, battait en retraite, quand elle aperçut, dans le sitting-room, une sorte de chevalet horizontal en X. Détail bizarre, des courroies pendaient à chaque extrémité des quatre branches. Intriguée, elle examina l'étrange engin. Cela ressemblait à un appareil de tournage de film. À un bout, un fauteuil profond, qui pouvait se déplacer sur deux rails comme un appareil de travelling. À l'autre, le chevalet monté sur un axe qui lui permettait de s'incliner de l'horizontale à la verticale. À l'intérieur du X, il y avait un rembourrage de cuir noir.

— Qu'est-ce que c'est ? demanda Oksana.

Hadj Ali Ahmed eut un sourire onctueux.

— C'est un appareil pour permettre au prince Mahmoud de faire un peu d'exercice.

Oksana retrouva Natalya qui l'attendait sur le palier. Elle lui dit en russe :

— Je n'aime pas ces gens. Je ne veux pas rester.

306

Le piège de Bangkok

— Ne fais pas de caprice ! fit sèchement Natalya. N'oublie pas que tu as les flics au cul.

Elle lui tendit son sac et se dirigea vers l'ascenseur.

*
* *

Il était trois heures lorsque Malko, escorté des deux « baby-sitters », poussa la porte du Spa Divana.

Chris Jones et Milton Brabeck écoutèrent, effarés, la meute d'hôtesses thaïes gracieuses comme des images, en train de leur détailler d'une voix gazouillante les différentes possibilités du Spa. Installés dans des sièges de rotin, dans le petit salon de thé à l'entrée, les deux gorilles ne comprenaient rien au programme qui s'étalait sur vingt lignes : massages, bains, SPA, nettoyage de peau, collation entre deux exercices.

Malko trancha et dit à l'hôtesse.

— OK, trois N° 6.

Un des programmes les plus chers, s'étalant sur plus de deux heures. Aussitôt, chaque client fut entraîné par deux

307

Le piège de Bangkok

hôtesses dans une explosion de *wais,* jusqu'à leurs cabines.

Quand Chris Jones aperçut la baignoire, gracieusement décorée de fleurs de sa « cabine », il faillit s'étrangler.

— C'est un truc de pédé ! lança-t-il.

— Si vous le souhaitez, vous pouvez réclamer un *katoi,* suggéra Malko.

— Qu'est-ce que c'est ?

— Un transsexuel. La spécialité de la Thaïlande.

D'horreur, le gorille faillit en laisser tomber son Glock et protesta.

— On n'est pas payé – mal – pour faire ce genre de conneries. Qu'est-ce qu'on fout ici ?

— L'unique témoin qui pourrait nous apprendre ce qui se trame autour de Viktor Bout travaille ici. Comme masseuse. Donc, gardez votre quincaillerie à portée de main, soyez vigilant. Quand on sera arrivé à la période « massage », réclamez une masseuse étrangère. Celle que nous cherchons s'appelle Oksana.

*
* *

308

Le piège de Bangkok

Evgueni Makowski ressortit de l'ambassade de Russie par la porte latérale du consulat dans le *soi* Santiphop. Il avait pris sa voiture pour récupérer le matériel envoyé par Moscou pour une éventuelle liquidation de Viktor Bout : un fusil de précision Dragonov muni de sa lunette de visée et trois pistolets automatiques, munis de silencieux incorporés, de calibre 225, tirant des balles à faible vitesse initiale.

Il tourna dans Thanon Sap, passant devant l'immeuble jaunâtre de l'ambassade, située en plein Bangkok, et s'arrêta au feu rouge de Surawong road.

Juste au moment où son portable sonnait. La voix altérée de Natalya Isakov lui envoya une giclée d'adrénaline dans ses vieilles artères.

— Ils sont chez Divana, annonça la Russe d'une voix altérée.

— Qui « ils » ?

— Les *Amerikanski.* Ils se font faire des soins ; ils ont pris le programme le plus long.

Evgueni Makowski fut tellement choqué qu'il oublia de redémarrer au feu

Le piège de Bangkok

vert. Assourdi par un concert de klaxons, il lança à Natalya.

— *Karacho.* Je m'en occupe.

Il n'allait pas rater une occasion pareille. Les Américains se trouvaient au Spa pour deux heures et demie. Il avait un arsenal dans sa voiture : il ne lui manquait plus qu'un opérateur... Il se gara sur Suriwong et envoya un texto à Dimitri Korsanov.

— Où es-tu ? Rappelle-moi. Urgent.

Dimitri rappela cinq minutes plus tard.

— Où es-tu ? jappa Evgueni Makowski.

— En haut de Sathorn.

— Saute dans un taxi et retrouve-moi au « Bei Otto ».

*
* *

Dimitri Korsanov était là depuis dix minutes lorsque le gros Russe se glissa à sa table. Le restaurant était vide, à l'exception d'une cliente, à l'extérieur, en train de dévorer des saucisses.

— Tu sais, dit spontanément Dimitri, hier soir, j'aurais pu flinguer l'Ameri-kanski, mais je me suis dégonflé. Il avait

310

Le piège de Bangkok

deux types avec lui. Maintenant, je m'en veux.

— Ne t'en fais pas, le rassura l'agent du FSB. On a une autre occasion aujourd'hui. C'est pour cela que je voulais te voir.

Il lui expliqua ce qui se passait et sortit de sa sacoche un pistolet au très long canon qu'il lui glissa sous la table. Dimitri Korsanov prit l'arme avec surprise.

— Mais j'en ai déjà un ! remarqua-t-il.

— Celui-ci ne fait pas de bruit, expliqua Evgueni Makowski, et il est intraçable.

Fabriqué dans une usine de l'Oural, sans numéro de série, sans marque, acheminé par la valise diplomatique.

— Qu'est-ce que je dois faire ? demanda Dimitri.

— Une *razborka*[1] expliqua Evgueni.

Il reprit son portable et appela Natalya.

— Renseigne-toi pour savoir dans quelles cabines sont nos clients.

Trois minutes plus tard, son portable couina.

Cabines 11, 12 et 13, annonça Natalya. Elles donnent toutes sur la pelouse.

---

1. Liquidation.

Le piège de Bangkok

— Malko Linge, il est dans quelle cabine ?

— L'hôtesse n'a pas su me le dire, je ne parle pas assez thaï et elles confondent tous les *farangs*. Qu'est-ce que tu veux faire ?

— Le ménage, laissa tomber Evgueni.

— Mais ils ne trouveront rien là-bas ! protesta Natalya. Oksana est partie et personne ne sait où elle est. Ne fais pas de conneries, supplia Natalya. On gagne beaucoup d'argent avec les Spa.

— N'aie pas peur ! fit Evgueni Makowski d'un ton rassurant.

Le sauvetage de Viktor Bout passait au-dessus des considérations commerciales. Après avoir raccroché, il fixa Dimitri Korsanov et lança à voix basse.

— Tu vas chez Divana, au *soi* 25. Tu as le numéro des cabines. Ils sont en train de se faire masser, pas sur leurs gardes. Tu les tues tous et tu reviens ici. Je t'attends.

CHAPITRE XVI

Une musique vaguement asiatique, diffusée à un niveau très bas par des haut-parleurs invisibles, encourageait la relaxation. Malko était déjà passé par l'épreuve du bain, puis du massage crânien, suivi d'un peu de *foot massage* et d'un passage dans le jacuzzi. Deux grosses Thaïlandaises lui avaient fait tous les ongles des pieds et des mains.

Enfin, une des hôtesses du Divana, se déplaçant à genoux sur le parquet de teck, lui avait présenté un plateau avec un sirop thaï et des crevettes épicées.

Vieille tradition thaï…

On arrivait enfin au massage. L'hôtesse entra, accompagnée d'une Thaïe mafflue, au visage ingrat, en blouse blanche, et annonça.

Le piège de Bangkok

— Nong va vous détendre. Vous devez dire quel massage vous préférez.

— Je voudrais être massé par une étrangère, dit Malko en anglais. Il paraît que vous en avez de très belles.

Comme l'hôtesse ne semblait pas comprendre, il se leva, enroulé dans sa serviette et alla prendre une liasse de billets dans ses affaires, rangées sur une étagère. Il tendit deux billets de 5 000 baths et précisa.

— *Farang* massage.

Impassible, la grosse masseuse thaïe attendait, un sourire mécanique figé sur son visage. Pour ne pas lui faire perdre la face, l'hôtesse l'expédia en quelques gazouillis et elle s'éclipsa après un *wai* un peu sec. Malko en était gêné pour elle. Il avait l'impression de faire du tourisme sexuel.

— *You wait*[1] demanda l'hôtesse.

Malko n'attendit pas plus de dix minutes. La porte se rouvrit sur la même hôtesse qui s'effaça pour faire entrer une jeune femme en blouse blanche.

---

1. Attendez.

314

Le piège de Bangkok

Malko resta interdit : c'était Mariana, sa « masseuse » de Pattaya ! Celle-ci esquissa un léger sourire et dit en russe :

— Je vois que vous connaissez les bons endroits.

— Vous n'êtes plus à Pattaya ?

Mariana secoua la tête, avec une mine dégoûtée.

— On s'y emmerde et je n'aime pas aller au soleil.

C'est vrai qu'elle avait la peau très pâle. Il se dit qu'elle était réellement belle. Elle attira un tabouret à elle et s'installa en face du divan où Malko avait pris sa collation, puis déboutonna posément les boutons de sa blouse blanche, découvrant une superbe poitrine, puis, plus bas le triangle d'une culotte blanche.

— C'est comme à Pattaya, annonça Mariana. Pas de body-body, pas de pipe, vous pouvez me toucher. J'aime bien sur les seins, si vous n'êtes pas brutal. Moi, je vais vous faire une superbe branlette. Tout ça pour seulement 200 dollars.

Elle tendait la main vers lui, paumes en l'air.

Le piège de Bangkok

— Merci, dit-il, ce n'est pas mon truc.

Mariana se leva et entreprit de reboutonner sa blouse blanche.

— Ce n'était pas la peine de me déranger ! lâcha-t-elle.

— Vous connaissez Oksana ? fit Malko.

Elle le toisa, à la fois furieuse et intriguée.

— Vous m'avez déjà posé la même question à Pattaya. Je vous ai dit « non ».

— Je sais qu'elle travaille ici, insista Malko. Demandez aux autres filles et revenez. Vous aurez vos deux cents dollars.

Mariana sembla hésiter, puis tendit la main vers Malko, à nouveau.

— L'argent d'abord.

Quand Mariana eut les billets, elle les glissa dans son slip et lança :

— *Karacho.* Vous ne dites rien à personne.

À peine était-elle partie, qu'une petite Thaïe entra à son tour, se déshabilla, ne gardant qu'un slip minuscule, et commença à s'enduire d'huile odorante afin

316

Le piège de Bangkok

de lui administrer un « body-body » digne de ce nom.

Elle fit s'étendre Malko sur le matelas posé sur le sol et commençait à s'allonger sur lui lorsque la porte se rouvrit sur Mariana. Celle-ci s'approcha et dit en russe :

— Elle est partie ce matin, avec Natalya. On ne sait pas où elle est. Elle a pris ses affaires. Il y a quelqu'un à qui vous pourriez demander : Dimitri Korsanov. Je viens de le croiser à la réception. Je me demande vraiment ce qu'il fait ici, il n'a pas les moyens de s'offrir le Divana.

Le pouls de Malko était déjà au ciel. Il se releva si brusquement que la petite masseuse thaïe glissa à terre et se releva avec un sourire contraint. Malko se rua vers l'étagère où se trouvaient ses affaires. Il sortit de sa sacoche le petit « deux pouces » et se retourna.

Mariana le fixait, ahurie.

— Vous êtes un flic, lança-t-elle.

— Non.

Il n'eut pas le temps d'en dire plus. La porte venait de s'ouvrir, repoussant Mariana en arrière.

Le piège de Bangkok

Une silhouette athlétique s'encadra dans le battant : le puissant Dimitri Korsanov, un pistolet au très long canon dans la main droite.

Mariana, figée sur place, murmura :
— *Bolchemoi* !

Elle se trouvait exactement entre Malko et Dimitri Korsanov. Ce dernier l'écarta brutalement, visant Malko. Celui-ci tira le premier, deux fois de suite. L'énorme Russe tituba et recula, appuyant automatiquement sur la détente de son arme.

Il y eut deux « ploufs » caractéristiques des silencieux et Mariana poussa un cri bref. Titubant, elle essaya de s'agripper à la porte, puis s'effondra, déchirant les boutons de sa blouse, découvrant ses cuisses jusqu'à l'aine. Dimitri recula et disparut dans le couloir. Malko se pencha vers Mariana. Il était certain d'avoir touché le Russe et celui-ci n'irait pas loin… Une mousse rosâtre perlait aux lèvres de la jeune femme et elle respirait par saccades.

Malko était en train de la relever quand une violente fusillade éclata dans le couloir.

318

*

* *

Dimitri Korsanov, une balle dans l'épaule et une dans le flanc gauche, aurait peut-être pu s'échapper si les deux portes des cabines voisines ne s'étaient ouvertes sur deux géants en caleçon, brandissant chacun un Glock 9 mm. Ils n'hésitèrent pas une fraction de seconde : on se serait cru dans un stand de tir... Les portes des cabines voisines s'ouvrirent sur des visages affolés, des hôtesses accoururent en piaillant.

Mariana ne respirait plus. Malko fonça à son tour dans le couloir. Son « deux pouces » au poing. Les deux gorilles avaient vidé leurs chargeurs. Le grand Russe au bouc blond gisait à plat dos au milieu du couloir, criblé de balles, au moins trois dans la tête, et le reste réparti équitablement entre le torse et le ventre. Il était tellement mort qu'on pouvait se demander s'il avait jamais été vivant...

— *Holy cow !* soupira Chris Jones, je croyais que c'était un endroit tranquille...

Moi qui commençais à prendre goût à ces trucs-là...

— Rhabillez-vous, suggéra Malko. La police ne va pas tarder. J'appelle Gordon. Sinon, il risque d'y avoir des malentendus.

*
* *

Gordon Backfield, accompagné d'un diplomate de l'ambassade américaine, discutait âprement avec le colonel Sathorn, de la Royal Thaï Police, responsable du secteur 8 de Bangkok. On avait recouvert le corps de Dimitri Korsanov d'un drap déjà maculé de sang et les clients du Spa avaient tous déguerpi avant l'arrivée de la police.

Dans le salon de thé, toutes les hôtesses étaient serrées les unes contre les autres, comme des chatons effrayés, interrogées par plusieurs policiers thaïs.

Le chef de Station de la CIA était non stop au téléphone, cherchant à joindre le supérieur du colonel Sathorn. Il parvint enfin à atteindre Tawatchai Rongru, le

Le piège de Bangkok

patron de la National Intelligence Agency, les Services thaïs.

Pas question que Chris et Milton se retrouvent en prison pour avoir fait leur devoir.

Assis sur une chaise en face de lui, le colonel Sathorn se demandait comment il allait retirer quelque bénéfice de cet incident. Un *farang* tué, cela ne passait pas inaperçu. D'autre part, il sentait bien qu'il n'avait pas affaire à des touristes impuissants...

L'arrivée du général commandant la police royale de Bangkok mit fin à ses états d'âme. S'il y avait de l'argent à prendre, c'est lui qui s'en emparerait. Les Américains étaient chez eux à Bangkok... Il était certain de la façon dont l'affaire se terminerait. On leur rendrait leurs armes et il n'y aurait pas d'enquête. Après tout, il n'y avait eu qu'un mort : un *farang.*

Et en plus, un Russe, qui apparemment, avait déjà fait de la prison en Thaïlande pour d'obscures affaires de trafic de faux papiers.

Autrement dit, une créature négligeable, qui se réincarnerait probablement en cafard ou en insecte.

Le piège de Bangkok

*
* *

Evgueni Makowski se gara dans le *soi* perpendiculaire à Thanon Sap et sonna à la porte de l'ambassade de Russie, côté consulat. L'ouverture de la porte se déclencha quelques instants plus tard, sans qu'on ne lui ait rien demandé : il était connu.

Depuis le moment où Natalya Isakov lui avait appris ce qui venait de se passer au Spa Divana, il ne vivait plus. Partagé entre la fureur et l'angoisse. Que Dimitri Korsanov ait été abattu, c'était fâcheux et triste, mais pas vraiment grave. Il s'en voulait quand même un peu de l'avoir envoyé liquider un homme aussi protégé que cet agent de la CIA.

Par contre, la police thaïe, et donc, les Américains, allaient découvrir le pistolet muni d'un silencieux envoyé de Moscou. Même s'il n'y avait pas de lien direct avec les autorités officielles russes qui pourraient toujours nier, c'était ennuyeux.

Pour ne pas dire plus.

Le piège de Bangkok

Désormais, les Américains avaient une preuve matérielle de l'investissement du FSB dans l'affaire Viktor Bout. Sans parler des Services thaïs qui risquaient de s'intéresser à lui, connaissant son lien avec le FSB.

En plus, il allait devoir affronter la fureur d'Igor Krassilnikov et de Natalya, à cause de la perturbation du réseau de prostitution. Le colonel responsable du 8ᵉ district allait exiger un supplément de sa prime de protection pour laisser le Spa ouvert.

Même pour les clients, c'était mauvais : un établissement de relaxation où on s'explique au pistolet dans les couloirs, ne donne pas l'image d'une oasis de calme. C'était moins grave, mais il avait besoin d'eux.

Il avait déjà envoyé un texto à Igor Krassilnikov, résumant succinctement la situation. Et lui demandant d'envoyer à Bangkok Gleb Papouchine et Boris Titov. Il allait avoir besoin de main-d'œuvre.

Dans cet océan de mauvaises nouvelles, il n'y avait qu'un point positif : il avait mis à temps cette salope d'Oksana à l'abri.

Le piège de Bangkok

Il sursauta. Alexander Timonin, officiellement vice-consul de Russie, venait d'ouvrir la porte de son bureau et lui tendait la main.

— *Dobredin,* Evgueni Ivanovitch. Que se passe-t-il ?

— Nous avons un problème, annonça sobrement Evgueni.

Le vice-consul était, aussi, le représentant du FSB à Bangkok.

*
* *

La plupart des boutiques de Yeovarat commençaient à fermer. Les Chinois avaient hâte d'aller retrouver leur famille. Et, comme il n'y avait pas beaucoup de clients, ils ne perdaient pas grandchose...

Le taxi se traînait dans Meung road, englué dans la circulation. Chris Jones et Milton Brabeck suivaient dans un véhicule banalisé de l'ambassade américaine, conduit par un employé thaï de l'ambassade. Après de laborieuses discussions et un échange assez conséquent d'argent, le colonel Sathorn, sur l'amical conseil du patron de la National

Intelligence Agency, avait accepté de rendre leurs armes à Malko et à ses deux « baby-sitters ».

Le colonel Sathorn avait lui-même dicté à une secrétaire un procès-verbal officiel destiné au classement de l'affaire. Une fusillade entre un Russe, devenu « amok » à la suite d'un abus de *Yaa Baa* et un Special Agent de la DEA qui, Dieu merci, ne se séparait jamais de son arme. Heureusement, aucun citoyen thaï n'avait été touché.

Le corps de Dimitri Korsanov avait été transporté à la morgue et le colonel Sathorn attendait qu'on vienne le réclamer. Cela apporterait un petit supplément financier de plus...

Le taxi de Malko s'arrêta devant le *Grand China Princess Hotel.* Il en descendit et prit l'ascenseur pour le dixième étage, priant pour que l'envoyé du général Phra Samutprakan amène vraiment l'information qu'il cherchait. Le gouvernement thaï allait-il livrer Viktor Bout aux États-Unis ?

La salle du restaurant où il avait déjà retrouvé Ling Sima, était un peu plus animée que la dernière fois. Une

Le piège de Bangkok

hôtesse le conduisit directement dans un des petits salons.

Ling Sima, en robe vert émeraude chinoise fermée jusqu'au cou, presque sans maquillage, était accompagnée d'un Thaï fluet, d'une quarantaine d'années, en chemise rayée, qui ressemblait vaguement à une fouine.

La Chinoise fit les présentations.

— Le neveu du très honorable général Phra Samutprakan. Je pense qu'il a des informations intéressantes à vous communiquer.

Le neveu, qui portait un nom imprononçable, accueillit Malko avec un *wai* prolongé et solennel. À peine ce dernier assis, qu'il lui versa d'autorité un verre de *Mékong*. Par politesse, Malko ne recracha pas le liquide nauséabond.

C'était le prix à payer pour connaître le sort que les Thaïs réservaient à Viktor Bout.

CHAPITRE XVII

Rencogné dans le coin le plus sombre de « Bei Otto », Evgueni Makowski essayait de se détendre. Lui qui ne buvait jamais, avait vidé deux chopes de bière coup sur coup. Sans qu'il se sente vraiment mieux. Il regarda sa montre : sept heures et demie. Gleb Papouchine et Boris Titov auraient déjà dû être là depuis une demi-heure.

Il ne manquait plus qu'ils se défilent... Cela couronnerait une journée catastrophique dont il se souviendrait toujours...

Son entrevue avec Alexander Timonin, le représentant du FSB à Bangkok, avait été tendue. Le fait qu'une arme en dotation du FSB soit entre les mains des Américains et des Thaïs était plus que fâcheux et Alexander Timonin n'avait pas été loin de lui reprocher une opération improvisée, donc, mal préparée. Evgueni Makowski n'avait pu que reconnaître sa responsabilité dans la fin tragique de Dimitri Korsanov.

— Il faut faire profil bas, avait conseillé le chef de la *Rezidentura.*

Evgueni s'attendait à ce conseil. Qu'il entreprit de réfuter, point par point.

— Nous ne savons toujours pas quel sort les Thaïs vont réserver à Viktor Bout, souligna-t-il. Moscou m'a demandé de préparer une opération pour le libérer et, ensuite, l'exfiltrer. Or, les *Amerikanski* se rapprochent de plus en plus. Ils sont même arrivés jusqu'à ce Spa, où, à quelques heures près, ils trouvaient Oksana Fibirova. Je ne peux rien faire s'ils restent dans mes pattes.

— Que suggérez-vous ? avait demandé Alexander Timonin, d'une voix arrivant en droite ligne de Sibérie.

— Éliminer cet agent de la CIA, afin que nous ayons les mains libres pour une éventuelle opération. Nous sommes à une semaine du jour J. En un laps de temps aussi court, les *Amerikanski* n'auront pas le temps de le remplacer.

328

Le piège de Bangkok

Alexander Timonin avait gardé le silence un long moment avant de demander.

— Vous avez un plan opérationnel. Qui marche, cette fois-ci ?

Evgueni Makowski s'était attendu à la question.

— Oui.

Alexander Timonin l'avait écouté sans l'interrompre, concluant :

— Je vais envoyer un message urgent à Moscou. En donnant un avis favorable. Mais j'espère que, cette fois, cela marchera. Dans le cas contraire, ce serait une mauvaise chose pour vous, comme pour moi.

— Ça marchera ! avait juré Evgueni.

À peine sorti de l'ambassade, il avait foncé chez Natalya Isakov qui l'avait accueilli par une bordée d'injures.

— À cause de toi, j'ai perdu une de mes plus belles filles ! Les gens, chez Divana, sont paniqués. Le salaud de colonel Sathorn nous taxe de 10 000 dollars pour ne pas fermer l'établissement.

Evgueni Makowski l'avait écoutée, résigné. Lorsqu'elle s'était tue, la bouche sèche, il avait riposté.

329

Le piège de Bangkok

— J'ai le feu vert de Moscou pour éliminer cet agent américain. J'ai aussi une idée. Tu es toujours branchée sur la petite Kat ?

— Oui. Pourquoi ?

Kat était femme de chambre au Shangri-La et faisait parfois des extras pour Natalya.

— J'ai besoin d'un passe capable d'ouvrir toutes les chambres du Shangri-La.

— Tu es fou ! murmura la Russe. Je ne veux pas marcher là-dedans...

Evgueni Makowski lui jeta un regard féroce et lâcha d'une voix douce.

— Tu as envie de voir les *Amerikanski* débarquer de nouveau chez toi ? Ils cherchent toujours Oksana. Tu sais ce que j'ai découvert : elle a appelé la nuit dernière l'ambassade américaine de son portable... Ce n'était pas pour demander l'heure.

Natalya pâlit. Après avoir avalé sa salive, elle lâcha.

— *Dobre.* Je vais m'en occuper. Je ne sais pas si elle travaille aujourd'hui.

— Fais vite. Autre chose, appelle Igor, dis-lui, si ce n'est pas déjà fait,

330

Le piège de Bangkok

d'envoyer immédiatement Gleb et Boris à Bangkok. Qu'ils soient à sept heures au « Bei Otto ».

— Pourquoi tu ne le fais pas toi-même ?

— Parce que l'appel venant de toi est plus normal.

Il était sorti de chez Natalya avec l'impression d'avoir disputé un match de boxe.

*
* *

Boris et Gleb étaient enfin arrivés. À côté d'Evgueni Makowski, une tablée entière de prostituées vivant au Novotel étaient venues se refaire une santé, engloutissant des platées de choux, de pommes de terre et de saucisses, importées d'Allemagne à prix d'or.

Gleb Papouchine, qui avait le cerveau le plus gros, entama fortement sa bière et se pencha à travers la table.

— Pourquoi tu nous as fait venir à Bangkok ?

L'ancien OMON s'était distingué en Tchétchénie par sa cruauté. Éventrant

Le piège de Bangkok

les femmes enceintes, châtrant les *bol-viki* et amassant une collection d'oreilles tchétchènes, qu'il avait très bien revendues par la suite, à Moscou.

Boris Titov, lui, fixait la poitrine d'une fille attablée plus loin, avec un regard à la fois bovin, gourmand et méchant.

— Pour faire un truc qui va vous changer de votre boulot de mac, laissa tomber Evgueni Makowski.

Il eut un geste expressif, passant un pouce devant sa gorge.

Les deux Russes ne bronchèrent pas. Gleb Papouchine demanda simplement.

— Combien ?

— 500 000 baths, un billet d'avion pour Phuket et trois mois là-bas. Natalya ouvre une « franchise ». On aura besoin de protection. Phuket, c'est super, beaucoup mieux que Pattaya.

— C'est qui, le mec ? Un local ?

Ils n'aimaient pas trop s'attaquer aux Thaïs, connaissant la susceptibilité de la police locale.

— Non.

— Ah bon !

Evgueni Makowski leur jeta un regard ironique.

Le piège de Bangkok

— Ne pavoisez pas ! C'est le mec que vous avez vu à Pattaya. Le grand blond qui est venu « bavarder » avec Igor.

— *Bolchemoi* ! murmura Boris. C'est 500 000 *chacun,* alors. Ce mec n'est jamais seul.

— Si, assura Evgueni.

— Quand ?

— Quand il est sous sa douche.

— Il la prend en public ? ricana Gleb Papouchine.

— Non, j'ai quelqu'un qui va me filer un passe qui ouvre toutes les portes du Shangri-La. Une femme de chambre. Demain, je vous le donnerai, avec de l'artillerie. Ensuite, vous n'avez plus qu'à vous assurer qu'il est dans sa chambre, en le surveillant, d'attendre qu'il dorme ou qu'il soit dans sa salle de bains et... « boum ».

Les deux Russes demeurèrent silencieux.

— Et les deux monstres qui ne le lâchent pas ? demanda Boris Titov.

— Il ne les cache pas sous son lit. Vous aurez des armes qui ne font pas de bruit. Vous serez déjà à Phuket quand on s'apercevra qu'il est mort...

Le piège de Bangkok

— *Dobre,* fit Gleb Papouchine. Il faut la moitié avant...

— Vous l'aurez, demain matin avec le matos. Rendez-vous ici. Midi.

Il était déjà en train de se lever.

— Vous ne dînez pas avec nous ?

— J'ai un autre dîner.

— Vous savez pas où on pourrait trouver Oksana ? Il paraît qu'elle bosse ici.

— Elle est prise, fit sobrement Evgueni Makowski.

Et bien prise, se dit l'agent du FSB. Si elle sortait intacte des mains des Arabes, il la livrerait à Boris.

*

* *

Attachée par des bracelets de cuir serrés autour de ses poignets et de ses chevilles, le bois du chevalet la meurtrissant douloureusement, Oksana Fibirova aurait donné n'importe quoi pour ne pas se trouver là.

Certes, elle avait déjà participé, en service commandé, à des soirées sado-masos, mais cela n'allait jamais loin avec

334

les Thaïs. Ce n'étaient pas des compli-
qués. Là, c'était différent. Lorsqu'elle était
arrivée, on avait été très gentil avec elle,
lui assignant une chambre somptueuse,
à côté de celle du prince Mahmoud. Hadj
Ali Ahmed, le secrétaire, lui avait apporté
un peignoir, des fruits et envoyé deux
petites Thaïes lui enduire le corps de
crème parfumée. Elle avait juste eu une
petite inquiétude lorsque les filles, après
l'avoir enduite sous toutes les coutures,
lui avaient rasé le pubis, complétant leur
travail à la cire, puis avaient enduit longuement et minutieusement son anus de
crème.

Oksana n'aimait pas cela. En Russie,
elle avait été violée de cette façon-là par
son copain et cela s'était mal passé.

À peine les filles parties, elle s'était
jetée sur son sac, à la recherche de son
portable. Ne le trouvant pas, elle avait
paniqué pour de bon. Elle se revoyait le
glissant dans son sac lors de son départ
du Spa. Il n'avait pas pu tomber. Donc,
on le lui avait volé. Et cela ne pouvait
être que Natalya à qui elle avait confié
son sac. La Russe ne volait pas les portables... Donc, elle l'avait fait sciem-

ment. Elle repensa à son appel à l'ambassade américaine et sentit son pouls exploser. Si on en trouvait la trace, ils la tueraient.

Elle se rua sur le téléphone fixe : pas de tonalité. Rhabillée en hâte, elle fonça vers la porte et déboucha dans un long couloir. La porte donnant sur le palier était gardée par deux Arabes massifs, qui lui firent signe de rentrer dans sa chambre.

Elle obtempéra et fonça vers la baie vitrée. Impossible de l'ouvrir : elle était scellée ! À travers la glace, elle apercevait les voitures, les piétons...

La vie.

Elle s'assit sur le lit, terrifiée.

En plein Bangkok, elle était prisonnière ! Dans l'incapacité de communiquer ou de se sauver.

Sans s'en rendre compte, elle s'était endormie lorsque la porte s'ouvrit sur Hadj Ali Ahmed et deux jeunes gens à l'allure bizarre, maquillés, précieux, mais très musclés. Elle comprit, en un éclair, que c'étaient des eunuques, ceux que les Thaïs appelaient les « *katoi* ». Les transsexuels.

Le piège de Bangkok

— Le prince vous attend, annonça Hadj Ali Ahmed, de sa voix parfaitement contrôlée.

Oksana ne demanda pas pourquoi et se leva, le suivant comme une automate.

On la fit entrer dans la suite où elle était déjà venue. Au milieu, se trouvait l'étrange appareil qui l'avait intriguée, aux deux parties reliées par des rails. À gauche, un fauteuil profond, coulissant sur des rails et, à droite, le grand chevalet en X, légèrement incliné.

Les deux castrats l'y poussèrent et, en un clin d'œil, elle se retrouva impuissante, ligotée par les poignets et les chevilles. Le cuir lui entrait dans la peau.

Une musique orientale commença à s'élever dans la pièce.

Une voix chuchota à son oreille.

— Le prince Mahmoud vient vous rendre visite.

Elle ne pouvait que tourner la tête. La vue de la silhouette monstrueuse du prince Mahmoud la terrifia. Il devait peser dans les cent cinquante kilos.

Un monstre qui se déplaçait lentement, pouvant à peine mettre un pied devant l'autre.

Le piège de Bangkok

Oksana ne pouvait détacher les yeux du sexe démesuré qui pendait, inerte, le long de sa cuisse. Elle n'en avait jamais vu d'aussi gros, ni d'aussi long. Une sorte d'elephantiasis... Son regard croisa celui du prince Mahmoud et elle se sentit glacée jusqu'à l'os.

L'énorme Arabe sortit de son champ de vision mais aussitôt, un castrat apporta un miroir incliné et le plaça devant Oksana, de façon à ce qu'elle puisse voir le prince Mahmoud qui venait de s'installer dans le fauteuil, aidé par les deux castrats.

On lui apporta un verre d'eau et, pendant qu'il buvait, les deux jeunes Arabes s'installèrent à ses pieds, sur des coussins, et commencèrent à lui manipuler le sexe.

Avec des gestes habiles de femme, alternant les mains et les caresses de leurs bouches. Le prince avait fermé les yeux et se laissait faire. Oksana se dit qu'ils n'arriveraient jamais à faire se dresser ce monstre. Elle ferma les yeux.

Lorsqu'elle les rouvrit, elle retint un cri : l'énorme matraque se relevait peu à peu, sous les caresses des castrats.

Le piège de Bangkok

L'un d'eux, en introduisait le gland violacé dans sa bouche, puis le masturbait frénétiquement : de temps en temps, le prince Mahmoud laissait échapper un grognement de plaisir, sans ouvrir les yeux.

Cela dura longtemps, très longtemps. Oksana avait perdu la notion du temps et la musique orientale lui envahissait le crâne, la plongeant dans une sorte de détachement. Soudain, elle rouvrit les yeux et sentit son estomac se contracter.

Le sexe monstrueux était désormais dressé, presque à la verticale. Une érection monstrueuse qui évoquait un âne. Un des castrats prit un petit miroir et le plaça de façon à ce que le prince Mahmoud puisse l'apercevoir au-delà des plis de son ventre.

L'Arabe sembla extrêmement satisfait du spectacle et lança quelques mots.

Aussitôt, les castrats saisirent deux cordelettes qui permettaient de faire glisser le fauteuil sur les rails, et tirèrent. Il y eut quelques grincements et le fauteuil du prince commença à se rapprocher d'Oksana.

Elle serra les dents et étouffa un cri lorsque l'énorme membre lui effleura le scrotum. C'était chaud, humide et dur.

Pendant quelques secondes, elle espéra qu'il allait se contenter de la prendre par le sexe, mais son espoir fut vite déçu.

Un des castrats se précipita et, prenant le sexe du prince à pleines mains, le plaça un peu plus haut, juste sur l'ouverture des reins d'Oksana. Celle-ci hurla. D'abord en anglais, puis en russe.

— Non, non, c'est impossible. Il est trop gros...

Visiblement, les deux castrats se régalaient du spectacle. Délicatement, ils firent avancer le fauteuil de quelques centimètres. Oksana sentit le gland maf-flu appuyer sur son sphincter et faillit défaillir. En même temps, le second castrat masturbait rapidement l'énorme tige pour lui conserver sa vigueur.

Millimètre par millimètre, Oksana sentait son sphincter céder, s'ouvrir. Se disant qu'elle allait être déchirée, mutilée. Faisant corps avec le chevalet, elle ne pouvait se dérober. Pendant quelques secondes, elle se dit qu'elle allait s'en tirer avec ce contact, certes répugnant, mais pas trop douloureux.

À ce moment, elle vit les deux castrats saisir chacun une des cordelettes permettant de faire avancer le fauteuil. Elle se raidit de toutes ses forces, mais la pression était trop forte.

Soudain, elle poussa un hurlement inhumain. Le monstrueux phallus venait de pénétrer en elle de plusieurs centimètres. Elle hurla sans discontinuer, tandis qu'elle sentait le membre l'envahir sauvagement.

Il y eut une pause. Les deux castrats sautaient de joie en battant des mains, et en criant.

— Ça entre ! Ça entre !

À travers ses larmes, Oksana croisa le regard du prince Mahmoud. Il exprimait une félicité sans limite et en même temps, une joie féroce. En cet instant, Oksana le haïssait de toutes ses forces. La douleur la submergea de nouveau. Tirant les câbles, les deux castrats faisaient pénétrer dans ses intestins la totalité du membre.

Le piège de Bangkok

La Russe sentit brutalement une chaleur interne l'envahir ; elle faillit vomir et perdit connaissance.

Juste comme le prince Mahmoud se vidait en elle avec des cris aigus, sous les applaudissements des deux castrats.

Lorsqu'elle reprit connaissance, elle était dans sa chambre. On l'avait lavée, nettoyée et elle avait envie de mourir.

Elle se demanda si les Américains la retrouveraient.

CHAPITRE XVIII

Comme il se doit, aucun sujet sérieux n'avait été abordé pendant la dégustation sacrée du canard laqué et de ce qui allait avec. Le plateau central de la table n'arrêtait pas de tourner et chacun se servait comme il le voulait. On en était à une excellente soupe faite de la chair du canard additionnée de choux, lorsque les deux serveuses vinrent tout ôter, ne laissant que le thé.

Le neveu du général Phra Samutprakan éructa un discret rot, signifiant que le repas avait été parfait et adressa un sourire à Malko, en murmurant quelques mots en thaï à Ling Sima.

— Notre ami souhaite savoir ce que tu attends de lui…

Comme s'il ne le savait pas… Ling Sima était censée l'avoir mis au courant.

Le piège de Bangkok

— Tu ne le lui as pas dit ?

— Si, mais il veut l'entendre de ta bouche.

Comme il ne parlait que thaï et chinois, c'était vraiment du luxe... Néanmoins, Malko se lança dans son explication, traduite au fur et à mesure par Ling Sima. Lorsqu'elle eut terminé, le jeune homme hocha la tête et lâcha une longue phrase en chinois.

— C'est effectivement le général Samutprakan, son oncle, qui est en charge du dossier Viktor Bout. Il lui a été remis par le Premier ministre qui lui laisse le choix de la décision.

Malko se lança à l'eau.

— Votre ami sait-il quelle va être la décision du général ?

Rire aigrelet du neveu et nouveau flot de paroles.

— Le général est très perplexe, traduisit Ling Sima. Le problème est délicat, il ne faut se brouiller avec personne. Ni avec les Russes, ni avec les Américains qui sont très bons avec nous.

C'est-à-dire qui donnent beaucoup d'argent...

Le piège de Bangkok

— Le général a bien un avis ? insista Malko.

Nouveau rire aigrelet.

— Le général est un homme extrêmement consciencieux, traduisit Ling Sima. Il n'arrive pas à se faire une opinion. Il consulte les dieux très souvent. Il leur apporte des offrandes pour qu'ils l'éclairent. C'est une décision importante pour la Thaïlande... On avait prononcé le mot « offrande ». Malko sauta sur l'occasion.

— Comment faire pour éclairer le général ? demanda-t-il.

Nouveau flot de paroles.

— Le général, traduisit Ling Sima, a également beaucoup de soucis avec sa fondation pour les enfants atteints du sida. Il n'arrive pas à trouver les fonds nécessaires pour leur administrer des traitements modernes. Cela obscurcit son jugement.

Le neveu avait pris l'air d'un cocker malheureux. On était enfin dans le vif du sujet, mais il fallait avancer à pas comptés, afin de ne pas faire perdre la face à la partie adverse.

— C'est une belle et noble tâche ! assura Malko, essayant de garder son

345

Le piège de Bangkok

sérieux. Il s'agit de sommes importantes ?

La réponse arriva à la vitesse d'un projectile de 357 Magnum.

— Il s'agit d'environ 1 500 000 dollars. Les médicaments sont très chers...

Ayant lâché son offre, la « fouine » but un peu de thé et croisa les mains sur son maigre ventre, comme un bouddhah heureux. Malko dissimulait sa satisfaction. Il s'était attendu à pire. Il laissa le neveu du général Samutprakan boire son thé et annonça d'une voix égale.

— Je pense que le gouvernement américain est capable d'être ému par la détresse de ces enfants, énonça-t-il gravement. Je vais en parler à qui de droit, mais il me semble que la réponse pourrait être favorable.

Ling Sima traduisit.

Presque sans ouvrir les yeux, le neveu hocha la tête et donna sa réponse.

— C'est une excellente nouvelle, que j'aimerais pouvoir transmettre au général, lâcha le neveu. Il a en effet des obligations pressantes : un lot de médicaments à acheter. Il est prêt à emprunter

346

de l'argent pour cela, mais cela coûte très cher.

On lui mettait le couteau sur la gorge. En anglais, Ling Sima lâcha d'une voix égale.

— Il veut une réponse tout de suite.

Malko ne pouvait pas s'engager personnellement. Il trouva immédiatement le biais.

— Je vais me laver les mains et réfléchir quelques instants, dit-il.

Il sortit du petit salon, gagna les toilettes et appela Gordon Backfield. En trois minutes, l'Américain fut au courant. Le chef de Station de la CIA n'hésita pas une seconde.

— Je ne peux pas m'engager moi-même, mais j'envoie un message *flash* à Langley.

— Il veut la réponse ce soir.

— Je vous l'envoie par SMS dès que je l'ai.

Malko regagna le salon et annonça gaiement :

— Pensez-vous qu'ils aient du champagne pour célébrer notre rencontre ?

Ling Sima traduisit au neveu ravi et appuya sur un bouton se confondant

Le piège de Bangkok

avec une boiserie. Lorsque la serveuse arriva, elle l'interpella avec brutalité. Cinq minutes plus tard, celle-ci déposa sur la table une bouteille de champagne Taittinger Brut et c'est Malko qui fit sauter le bouchon. Il leva sa flûte le premier.

— Au succès des entreprises du général Samutprakan.

Traduction. Sourires. Toasts en thaï.

— Au succès de toutes vos entreprises ! lança la fouine.

Seconde tournée pour la bijouterie de Ling Sima. Le champagne était glacé à souhait et la Chinoise semblait l'apprécier au moins autant que le thé.

La conversation, hachée, reprit, sur des banalités. La bouteille de Taittinger était vide lorsque le Blackberry de Malko couina, annonçant l'arrivée du SMS.

Il l'activa et vit un seul mot s'afficher sur l'écran : « OK ». La fouine faisait semblant de regarder ailleurs. Malko, d'un air inspiré, lança à Ling Sima.

— Notre ami semble fatigué. Dites-lui que j'ai réfléchi et que je suis tout à fait disposé à aider la fondation du général.

La Chinoise traduisit et la réponse arriva comme un coup de canon.

348

Le piège de Bangkok

— L'argent doit se trouver demain, à mon bureau, avant cinq heures. Le neveu du général passera le prendre.

Malko réprima un léger sursaut.

— Comment suis-je sûr que le général va tenir sa promesse ?

Ling Sima ne se troubla pas et commença une longue conversation avec le neveu du général Samutprakan.

— Le neveu du général a une totale confiance en moi. Il accepte donc de nous fixer sur le sort de Viktor Bout. Ce dernier va être convoqué le 11, dans une semaine, pour une ultime audience. On lui signifiera alors que son extradition vers les États-Unis a été acceptée par le gouvernement thaï, mais qu'il peut faire appel. En réalité, à sa sortie du tribunal, il sera pris en charge par les hommes du général qui l'emmèneront directement à l'aéroport de Don Muang où il sera remis aux autorités américaines.

— Et que va-t-il dire aux Russes ?

Ling Sima eut un sourire de squale.

— Cet argent l'aidera sûrement à trouver une réponse convenable. En plus, ce n'est pas un politique, mais simplement l'homme le plus puissant du pays. Les Russes ne peuvent rien contre lui.

La « fouine » était déjà debout. Elle adressa un long discours à Malko, cassée en deux. Ling Sima n'en traduisit que l'essentiel.

— Il va transmettre au général, son oncle, cette bonne nouvelle et vous pouvez être certain que le général déposera de nombreuses offrandes pour que vous vous réincarniez dans un noble animal, digne de votre générosité.

Tout le monde était content.

Quand ils sortirent du *Grand China Princess,* il n'y avait pas un chat dans Yeowarat road. La Fouine, après un dernier *wai,* fonça vers une voiture aux vitres fumées, qui attendait au bord du trottoir et démarra aussitôt.

— C'est un des véhicules de l'état-major, expliqua Ling Sima.

Malko sentait ses nerfs se dénouer. Grâce à la Chinoise, une fois de plus, il s'était sorti d'un problème en apparence insoluble. Il la prit par le bras.

— Il faut que nous allions fêter cela...

Il n'était que neuf heures et demie du soir.

— Ce soir, je ne veux pas faire l'amour, avertit Ling Sima. Il ne faut pas mélanger les choses. C'était un dîner de business, mais nous pouvons aller admirer la vue à la *State Tower.*

Le bar en plein air du soixante-quatrième étage de la tour en bas de Silom road était un endroit magique.

C'était mieux que rien et Malko se dit qu'il arriverait peut-être à la faire changer d'avis.

*

*   *

Evgueni Makowski travaillait tard, devant son ordinateur. Un article à transmettre à Moscou. Il était presque apaisé. Oksana était hors circuit, les Thaïs ne bronchaient pas et il ne restait plus qu'à liquider l'agent de la CIA. Natalya avait rendez-vous à onze heures au magasin Robinson avec Kat, la femme de chambre du Shangri-La, qui avait promis de lui remettre un passe permettant de s'introduire dans toutes les chambres du palace.

Le piège de Bangkok

Le lendemain soir, il avait rendez-vous avec le colonel Petcharat Rang Nam, au Divana du *soi* 35.

Il ne resterait que six jours avant le jour J. Il restait encore quelques détails à régler pour une éventuelle évasion de Viktor Bout mais Evgueni Makowski avait bon espoir. Il avait même trouvé un endroit où le planquer, en attendant de pouvoir l'exfiltrer : la maison de feu Dimitri Korsanov dont il avait les clefs.

Là, on ne viendrait pas le chercher. Les Thaïs, superstitieux, n'approchaient pas de la maison d'un mort et les Américains n'y penseraient pas.

Évidemment, il y avait encore pas mal de problèmes en suspens, mais il était sûr de s'en sortir.

La mort de cet agent de la CIA qui lui pourrissait la vie, allait lui rendre la joie de vivre.

*
* *

Du haut de la State Tower, la vue était toujours aussi magique : tout Bangkok illuminé, les quelques gratte-ciel émer-

Le piège de Bangkok

geant comme des torches de la masse des petits immeubles traditionnels. La pluie avait cessé et l'air était délicieusement tiède.

Sing Lima et lui, accoudés à la balustrade dominant les 64 étages de vide, une flûte de Taittinger Comtes de Champagne rosé à la main, demeuraient silencieux. C'est elle qui rompit le silence.

— Tu es content ?

— Bien sûr, mais je me demande si je n'aurais pas dû discuter...

La Chinoise esquissa un sourire.

— Non. Tout était fixé à l'avance.

— Quand même, un million et demi de dollars, c'est cher.

— Il ne lui revient qu'un million, précisa suavement Ling Sima.

— Comment ça ? Tu prends le reste ?

— Bien sûr que non ! Les 500 000 dollars sont pour la Sun Yee On. Je leur ai demandé l'autorisation d'arbitrer ce deal. Ils ont accepté, moyennant une honnête commission.

— Le tiers de la somme !

— C'est le tarif. Mais tu peux être certain que le général tiendra sa parole.

Le piège de Bangkok

Sinon, il aurait la Sun Yee On sur le dos. Et, même lui, ne peut pas lui faire la guerre. C'est un homme intelligent ; Viktor Bout sera livré à Don Muang comme il l'a dit. Le Premier ministre se fera traîner dans la boue par les Russes, la Thaïlande en souffrira peut-être, mais le général aura son million de dollars.

— Qu'est-ce qu'il va en faire ?

— C'est un homme très religieux. Il va construire un temple au bord du Mékong. Il vieillit et songe à son avenir.

— Il est déjà général cinq étoiles, chef d'étatmajor.

— Pas cet avenir-là, corrigea avec un sourire indulgent Ling Sima. L'autre, celui qui compte vraiment. Le général voudrait se réincarner dans un éléphant. Pas dans une créature inférieure. Alors, il multiplie les offrandes pour gagner des mérites.

Malko la regarda, effaré.

— Tu y crois ?

Ling Sima lui jeta un regard impénétrable.

— Peux-tu jurer sur ta vie que c'est impossible ?

354

Le piège de Bangkok

Donc, elle y croyait aussi. Leurs regards se croisèrent, longuement.

Malko lui prit la main.

— Viens, le dîner d'affaires est terminé.

— Finissons le champagne, suggéra Ling Sima.

Malko remplit les flûtes à ras-bord de Taittinger Brut et vida la sienne d'un coup.

CHAPITRE XIX

Malko regarda la mallette noire posée sur le bureau de Gordon Backfield. Un million et demi de dollars en billets de cent, juste retirés de la Royal Thaï Bank. Tirés sur un compte « spécial » de la CIA, servant à financer les opérations clandestines. Le chef de Station semblait nerveux.

— J'espère que votre amie chinoise est honnête ! soupira-t-il.

Malko sourit.

— Je ne peux pas garantir son honnêteté, mais elle ne nous trahira pas. C'est la Triade Sun Yee On qui est partie prenante.

La veille au soir, il avait ramené Ling Sima au Shangri-La, passant par la piscine pour gagner sa suite, afin d'éviter la réception. Elle ne s'était esquivée qu'à l'aube, traversant tout l'hôtel pour ressortir par la nouvelle aile, dans Sathorn Tai et ne pas être vue.

— Donc, conclut l'Américain, nous n'avons plus de soucis à nous faire...

— Du côté des Thaïs, non, confirma Malko. Mais il reste les Russes. Après ce qui s'est passé hier, chez Divana, on peut conclure qu'ils cherchent à me neutraliser. Donc, qu'ils ont une idée en tête, pour venir en aide à Viktor Bout, par des moyens illégaux.

— Vous pensez qu'ils connaissent déjà la décision des Thaïs ?

— Je n'en sais rien, avoua Malko, mais, en Thaïlande, rien n'est impossible.

— Qu'est-ce qu'on peut faire ? Ils ne vont tout de même pas attaquer la prison de Remond ?

— C'est peu probable, reconnut Malko, mais il reste six jours avant que nous récupérions Viktor Bout. Beaucoup de choses peuvent se passer. Les Russes n'ont pas essayé de m'éliminer hier par pure vendetta... J'ai peut-être une idée pour continuer l'enquête. Mariana, la prostituée russe, qui m'a involontairement sauvé la vie, avait recueilli une information qu'elle était venue me communiquer : Oksana était partie la veille du Spa et c'est Natalya Isakov qui était venue la chercher. Donc, elle sait forcément où elle se trouve. Or, Oksana a tenté de nous joindre et a forcément des infos.

Gordon Backfield lui lança un regard complice.

— Vous devriez déjà être parti...

*

* *

Oksana subissait passivement la remise en forme pratiquée par deux jeunes Arabes qui la massaient, dans les endroits les plus intimes, essayant de faire passer la douleur du viol sauvage dont elle avait été victime la veille. Elle avait passé une nuit paisible, mais Hadj Ali Ahmed venait de la prévenir que le prince Mahmoud souhaitait s'amuser avec elle une nouvelle fois.

C'était, paraît-il, son seul plaisir dans la vie. Or, il n'y avait qu'à Bangkok où il trouvait des volontaires pour ses jeux cruels. Grassement rétribuées. Une

Le piège de Bangkok

d'entre elles avait succombé aux mauvais traitements.

Désormais, Oksana savait que les Russes avaient découvert sa tentative de communication avec la CIA et qu'elle devait, coûte que coûte, passer un message à l'extérieur. Hélas, les deux Arabes qui s'occupaient d'elle ne parlaient pas un mot d'anglais. Deux gardes veillaient dans le couloir, le téléphone était coupé et elle n'avait donc aucune chance de s'évader.

*
* *

Natalya Isakov attendait au rayon bagages du grand magasin Robinson qui se préparait à fermer : la crise. Il y avait pas mal d'étrangers et on ne la remarquait pas. Elle vit surgir dans la foule Kat, la femme d'étage du Shangri-La.

Les deux femmes s'isolèrent dans un coin, restèrent quelques instants au rayon des bagages, puis la Thaïe tendit une enveloppe à Natalya qui l'empocha.

Le piège de Bangkok

— Elle marche pour toutes les chambres ? demanda-t-elle.

— Oui, je m'en suis encore servie ce matin.

Royalement, Natalya lui glissa 20 000 baths. La femme de chambre était persuadée que la carte était destinée à des voyous thaïs désireux de piller les chambres en l'absence de leur propriétaire. Elle se fondit rapidement dans la foule du grand magasin.

Natalya Isakov gagna à pied la station du BTS de Sapham Paksin et monta dans une rame se dirigeant vers Sukhumvit, pour aller retrouver Evgueni Makowski au « Bei Otto » afin de lui remettre le passe remis par la femme de chambre du Shangri-La.

*
* *

Malko, escorté de ses « babysitters », se présenta à la réception du condominium où demeurait Natalya Isakov. Il n'eut pas le temps d'ouvrir la bouche.

Le piège de Bangkok

— *Khun* Natalya est sortie, annonça-t-il.

— Il n'y a personne là-haut ?

— Personne.

— Ce n'est pas grave, on va l'attendre, fit Malko en souriant.

Les trois hommes s'installèrent sur une grande banquette rouge, au fond du hall de marbre, d'où on surveillait très bien la porte d'entrée.

Natalya Isakov allait avoir une mauvaise surprise.

*

* *

Boris Titov et Gleb Papouchine étaient attablés devant des chopes de bière énormes, le regard dans le vide, dans l'ombre du « Bei Otto », à côté des premiers clients du déjeuner, lorsqu'Evgueni Makowski les rejoignit. Il avait attendu Natalya Isakov devant le *Schwarzwald Stube* et avait dû récupérer le passe pour les chambres du Shangri-La. Il s'assit face aux deux hommes et lança :

— *Dobredin.*

— *Dobredin,* firent-ils en chœur.

Le piège de Bangkok

Le Russe sortit un paquet de sa grosse sacoche noire et le poussa vers Boris.

— Il y a ce qu'il faut là-dedans, essayez de ne pas les perdre. Chacun vaut 10 000 dollars.

Les deux pistolets étaient des armes de tueur professionnel. Faible vitesse initiale, mais leurs balles blindées avaient un grand pouvoir de pénétration.

Evgueni Makowski posa alors sur la table le « passe » remis par l'employée du Shangri-La, et leur expliqua comment procéder.

— Ce soir, vous attendez qu'il soit endormi. Ensuite, tandis que l'un de vous veille dans le couloir, l'autre entre et va jusqu'au lit. Vous videz le chargeur, par précaution, et vous repartez. Demain matin, vous avez un vol pour Phuket. Je vous remettrai vos billets en échange des deux pistolets. *Karacho ?*

— *Karacho.*

Il sortit un rouleau de billets de sa poche et le joignit à la carte magnétique.

— Voilà de quoi vous amuser à Phuket. Demain, rendez-vous à dix heures à la station BTS Lumpini.

Le piège de Bangkok

Il était déjà reparti et parcourut deux cents mètres à pied pour récupérer sa voiture, jetant au passage un coup d'œil au *Windsor Suites Hotel*. Oksana serait punie plus tard, si elle survivait à ce que les Arabes lui faisaient subir.

*
* *

Malko baissa les yeux sur sa Breitling « Bentley », nerveux. Cela faisait une heure qu'ils attendaient dans le hall du condominium et Natalya Isakov ne s'était pas montrée.

— Dans une heure, maximum, on « décroche », lança-t-il aux « baby-sitters ». J'ai rendez-vous chez Ling Sima pour lui remettre l'argent.

Il n'avait pas fini de parler qu'une silhouette apparut, d'abord en contre-jour. Une femme vêtue d'une robe au-dessous du genou, avec des lunettes noires.

Elle s'arrêta net lorsqu'elle vit les trois hommes, puis se dirigea vers eux, avec un sourire un peu crispé.

— Je vois que vous avez changé d'avis, lança-t-elle d'un ton joyeux.

Le piège de Bangkok

— C'est exact, répondit Malko en souriant. J'aimerais bien revoir votre album.

Après une imperceptible hésitation, Natalya Isakov leur fit signe de la suivre et se dirigea vers l'ascenseur. À peine dans le grand living-room au sol de marbre, elle se retourna vers Malko.

— Asseyez-vous, je vais chercher l'album.

— Inutile ! dit calmement celui-ci. Il n'y a qu'une seule de vos filles qui m'intéresse : Oksana Fibirova.

Natalya se força à sourire, mais elle eut beaucoup de mal.

— Je vous ai dit qu'elle était repartie à Moscou.

Son regard dérapait. Malko dit simplement :

— Elle a dû revenir. Hier matin, vous êtes venue la chercher au Spa Divana et vous êtes repartie avec elle. Je veux savoir où elle se trouve maintenant.

Natalya Isakov ne répondit pas tout de suite, puis lâcha d'une voix changée, furieuse.

— Mais enfin, qu'est-ce que vous lui voulez à Oksana ? Il y a des dizaines de

364

filles plus belles qu'elle. D'ailleurs, je n'ai pas à vous répondre.

— Oh si ! fit Malko. Parce qu'Oksana est mêlée au meurtre d'un policier thaï travaillant pour la CIA. Si les Thaïs apprenaient que vous la couvrez, vous pourriez avoir de très gros ennuis…

— Je ne crains rien de ce côté-là ! lâcha la Russe.

— Je sais que vous jouissez d'un très bon *kricha,* reconnut Malko, mais, là, il va voler en éclats.

Chris Jones s'interposa, grognon.

— Qu'est-ce qu'on attend pour la basculer dans la baignoire ? C'est autorisé par le nouveau code de la torture. Il ne faut pas que cela dure trop longtemps, c'est tout.

Déjà, il prenait Natalya par le bras. Elle tenta de résister, mais n'était pas de force.

— OK, lança Malko, mais ne l'abîmez pas trop…

— Pas plus qu'à Guantanamo ! fit Chris Jones.

Natalya Isakov s'accrocha à la porte et se mit à hurler.

Le piège de Bangkok

Jusqu'à ce que la main puissante de Chris Jones la bâillonne.

Milton Brabeck avait disparu dans le couloir. Il réapparut comme Chris Jones venait de soulever Natalya du sol.

— Le bain de Madame est prêt ! lança-t-il joyeusement.

La Russe poussa un hurlement strident et envoya une rafale de coups de pied à Chris Jones qui l'entraîna dans le couloir. Elle avait disparu du champ de vision de Malko lorsque ce dernier entendit un hurlement strident.

— Arrêtez ! Je vais vous le dire !

Malko rejoignit les deux Américains. Ils se trouvaient dans la première salle de bains à gauche. Milton Brabeck, penché sur la baignoire, en train de faire couler l'eau au maximum et Chris Jones essayant de garder le contrôle d'une Natalya Isakov hystérique.

— Elle est chez les Arabes ! hurla-t-elle.

— Quels Arabes ? demanda Malko.

— Ceux du *Windsor Suites Hotel,* dans le *soi* 20. Au seizième étage, chez le prince Mahmoud.

Le piège de Bangkok

Chris Jones l'avait lâchée, mais elle demeurait sur place, terrifiée. À son regard affolé, Malko sentit qu'elle disait la vérité.

— Ils l'ont louée pour plusieurs jours, continua Natalya.

Milton Brabeck avait arrêté les robinets, l'air chagrin.

— Très bien, dit Malko. Pourquoi refusiez-vous de le dire ?

— Qui êtes-vous ? demanda la Russe, reprenant un peu d'assurance.

Malko la toisa avec ironie.

— Vous savez très bien qui nous sommes... Si vous avez la mauvaise idée de prévenir ces Arabes, oubliez-la. Ce serait une très mauvaise idée...

Il adressa un signe discret aux deux « baby-sitters » et ils traversèrent l'appartement, gagnant le palier. En attendant l'ascenseur, Malko demanda.

— Qu'est-ce que vous auriez fait si elle avait refusé de parler ?

— Rien, hélas ! soupira Chris Jones. Vous savez bien que les nouveaux règlements nous interdisent de dépasser le stade de la torture psychologique. Quelquefois, ça fonctionne...

Les Droits de l'Homme étaient en marche.

— On va d'abord à Yeowarat, avertit Malko.

Qui ne tenait pas à se lancer dans une opération délicate avec un million et demi de dollars en liquide.

*
* *

Natalya Isakov tirait sur une Marlboro, encore secouée. Certes, elle était habituée à la violence, mais c'était inattendu de la part d'Américains.

Elle regarda le téléphone, pesant le pour et le contre. Le pour finit par l'emporter. Elle prit dans son carnet le numéro du *Windsor Suites Hotel* et le composa. Lorsqu'elle eut le réceptionniste en ligne, elle demanda le prince Mahmoud.

— Il dort, répondit l'employé thaï, qui avait visiblement des consignes. Avant de raccrocher.

Natalya Isakov n'insista pas : elle avait fait son devoir. De plus, en Thaïlande, les potentats arabes étaient une espèce protégée. À la première

Le piège de Bangkok

menace, l'hôtel appellerait la police thaïe qui déboulerait sans hésiter. Le prince Mahmoud était un des meilleurs clients du colonel de police Sathorn qu'il couvrait de cadeaux.

La Russe se demanda si elle prévenait Evgueni Makowski de l'incident et décida de n'en rien faire. Les manips du FSB avaient suffisamment perturbé ses activités commerciales.

*
* *

Ling Sima ne compta même pas les billets, les mettant directement dans son coffre. Elle avait reçu Malko entre deux clients, car, dans la journée, la bijouterie ne désemplissait pas.

— Parfait, dit-elle. Désormais, tu sais que tu peux dormir sur tes deux oreilles. Dès que j'aurai remis l'argent, je te donnerai le numéro à appeler pour mettre au point les détails de l'opération avec un subordonné du général.

— Donne-le-moi ce soir, suggéra Malko, cela fera une occasion de nous voir.

— On verra, fit la Chinoise.

Le piège de Bangkok

*
* *

Le taxi se traînait à dix à l'heure dans Sukhumvit. Le carrefour de Nana Plaza était totalement bloqué.

— On devrait continuer à pied, suggéra Chris Jones.

— On est encore loin, remarqua Malko, ici, c'est le *soi* 4, on va au *soi* 20.

Milton Brabeck arborait une mine réjouie.

— J'ai hâte de rencontrer ces Arabes. Depuis l'Irak, je n'aime pas les Arabes.

Avant non plus, mais ce n'était pas le sujet.

Malko avait hâte de savoir enfin ce qu'Oksana Fibirova, simple prostituée russe, savait de l'opération du FSB destinée à venir en aide à Viktor Bout.

CHAPITRE XX

Le colonel Petcharat Rang Nam, directeur du Département « Immigration » de la
Police Thaïe, dessinait des ronds sur le
buvard de son bureau, plongé dans une
profonde réflexion. Il avait rendez-vous le
soir-même, au Divana, avec son contact
russe pour lui apporter les informations
concernant le sort de Viktor Bout. Informations qui devaient lui rapporter de quoi
régler sa dette auprès des « loan-sharks »
chinois. Or, il n'avait aucune information
précise. Rien que des rumeurs. Bien sûr, il
pouvait prendre les six millions de baths
en racontant n'importe quoi, mais les Russes lui faisaient peur, même lui, colonel de
la police royale thaïe, n'était pas à l'abri de
leur vengeance.

Il se préparait donc à dire la vérité,
quitte à perdre ses millions de baths

Le piège de Bangkok

lorsque sa ligne privée sonna. Il décrocha et se raidit intérieurement.

C'était le général Phat Prabong, le directeur général de la police ! Jamais, il ne téléphonait : dans son dispositif, le colonel Rang Nam n'était qu'une fourmi. Certes, ce dernier lui reversait un petit pourcentage des sommes rackettées dans ses Services, mais c'était toujours à travers sa hiérarchie. Le général ne perdit pas de temps.

— Colonel Rang Nam, je vous attends à mon bureau pour une communication importante. À cinq heures.

Le colonel raccrocha, tétanisé : une convocation du patron de la police était rarement une bonne nouvelle. Il chercha en quoi il avait pu déplaire, sans trouver. Il avait toujours scrupuleusement transmis à ce grand chef la part qui lui revenait de droit.

Affolé, il se dit qu'il allait laisser sa Bentley et aller au rendez-vous dans sa Datsun de service. Si elle arrivait jusque-là.

*
* *

Le piège de Bangkok

Le lobby du *Windsor Suites Hotel* n'était pas vraiment luxueux, d'après les critères de Bangkok. Plutôt petit, un bar désert à gauche, la réception à droite, et les ascenseurs au fond.

Les trois hommes passèrent sans s'arrêter devant la réception. Aussitôt, l'employé les appela :

— Messieurs, où allez-vous ?

Comme personne ne lui répondit, il contourna son comptoir et les rejoignit au moment où les portes d'une cabine s'ouvraient.

— Où allez-vous ? répéta-t-il, intimidé par la carrure de deux de ces inconnus.

— Au seizième étage, annonça le troisième homme. Chez le prince Mahmoud.

— C'est interdit ! couina le Thaï. Personne ne peut aller au seizième. Tout l'étage est loué.

Milton Brabeck le toisa.

— Et toi, tu peux y aller ?

— Oui, fit le Thaï.

— Eh bien, tu viens avec nous, fit le gorille en le poussant dans l'ascenseur.

Écrasé contre la paroi du fond et les 110 kilos de muscles de Milton Brabeck, le Thaï demeura muet, le souffle coupé.

Malko se dit que c'était une excellente idée de l'avoir embarqué. Ainsi, personne ne pourrait prévenir la police. L'ascenseur montait très lentement. En passant le douzième étage, les deux « baby-sitters » dégaînèrent leurs armes, laissant le dialogue à Malko.

Terrifié par les gros pistolets noirs, le réceptionniste thaï se recroquevilla.

La porte de l'ascenseur coulissa : ils étaient au seizième étage.

*

*   *

Hadj Ali Ahmed s'approcha d'Oksana, attachée comme la veille au chevalet, un mauvais sourire sous sa fine moustache.

— Regarde, dit-il, en montrant à la Russe un objet glissé autour de son index. Une sorte d'anneau en cuir couleur chair, hérissé de longs poils durs comme ceux d'un âne, de plusieurs centimètres de long.

— Tu sais ce que c'est ?

La Russe secoua la tête.

— Non.

Le piège de Bangkok

— Un guesquel. En Amérique latine, on s'en sert pour punir les femmes infidèles. Le prince Mahmoud a décidé de te donner du plaisir avec ce guesquel.

Oksana sentit le sang se retirer de son visage. Le sexe monstrueux du prince arabe, équipé de cet engin infernal, allait être un instrument de mort.

De toutes ses forces, elle hurla.

— Non, je ne veux pas. Laissez-moi. Détachez-moi !

*
* *

C'est Chris Jones qui mit le premier les pieds sur le palier du seizième. À gauche de l'ascenseur, deux Arabes en *dichdacha* étaient assis sur des tabourets. Ils bondirent en vociférant, en découvrant le gorille. Ce dernier, calmement, braqua son Glock sur eux.

— *Cool ! Down !* On ne bouge pas...

Ils s'immobilisèrent, pétrifiés, tandis que la cabine se vidait de ses trois autres occupants. Le réceptionniste se mit à glapir.

375

Le piège de Bangkok

— Ils m'ont forcé ! Il faut appeler la police.

Sans même se retourner, Milton Brabeck envoya son coude avec une telle violence que le choc contre le ventre du petit Thaï le renvoya dans l'ascenseur.

Malko s'approcha des deux Arabes transformés en statues de sel.

— Où est le prince Mahmoud ? demanda-t-il.

Les Arabes n'eurent pas le temps de répondre. Un cri prolongé, horrible, venait de troubler le silence feutré.

Un cri de femme.

Venant du fond du couloir.

— Milton, restez là, lança Malko. Je crois que nous sommes arrivés au bon moment. Chris, venez.

Pétrifiés, les deux Arabes faisaient face au Glock de Milton Brabeck. L'employé de la réception ressortit de l'ascenseur, courbé en deux, étreignant son ventre à deux mains.

Malko, son « deux pouces » au poing, ouvrit la porte de la pièce d'où était venu le cri.

376

Le piège de Bangkok

*
* *

— Tu vas te taire, chienne ! Tu vas réveiller le prince ! Si tu cries encore une fois, je t'arrache le dos avec ça.

Il brandissait une fine cravache de cuir.

Oksana poussa un second cri, aussi fort que le premier. Hadj Ali Ahmed levait le bras pour la frapper au moment où la porte s'ouvrit.

Personne n'ayant le droit de pénétrer dans cette pièce, il se retourna.

Deux hommes venaient d'entrer, chacun une arme au poing. Une sorte de bête, haute comme une montagne, et un homme blond d'un gabarit plus normal. Ce dernier marcha sur le chevalet, tandis que l'autre avançait sur lui. Il tenait encore sa cravache lorsque le canon du pistolet lui fit éclater la lèvre supérieure, avant de s'enfoncer jusqu'à sa glotte. Le repoussant jusqu'au mur. Il lâcha sa cravache, hoquetant, les yeux remplis de larmes.

Le piège de Bangkok

Malko était déjà en train de défaire les bracelets de cuir immobilisant la Russe sur le chevalet.

— Vous êtes Oksana ? demanda-t-il en russe.

— *Da.*

— N'ayez pas peur. C'est fini. Nous vous emmenons.

Il venait de défaire le quatrième bracelet et l'aidait à se remettre debout. Titubante. Il dut passer un bras autour de sa taille pour qu'elle ne tombe pas.

— Où m'emmenez-vous ? demanda Oksana.

— À l'ambassade américaine. Où sont vos vêtements ?

— Dans ma chambre, à côté.

— Allons-y.

Ils sortirent de la pièce. Tandis que la Russe s'habillait, Malko resta dans le couloir. Oksana réapparut quelques instants plus tard, toujours aussi pâle, les lèvres tremblantes.

Malko appela.

— Chris ! On « démonte ».

— On l'emmène, lui ?

— Non.

À regret, Chris Jones retira le canon de son Glock de la bouche ensanglantée de Hadj Ali Ahmed, et secoua la tête.

— J'aime pas la façon dont tu me regardes !

Il recula un peu et balança de toutes ses forces son pied dans l'entrejambe de l'Arabe. Celui-ci poussa un cri aigu et s'écroula en vomissant, restant recroquevillé sur la moquette, comme un ver coupé en deux.

— Vous ne lui avez pas fait mal ? demanda Malko lorsque le gorille resurgit de la chambre.

— Je lui ai juste dit au revoir, assura Chris Jones. Moi, je les aurais bien tous « séchés ».

Malko soupira en poussant Oksana dans l'ascenseur.

— On ne peut pas refaire le monde !

Lorsqu'ils franchirent la porte du *Windsor Suites Hotel,* il regarda sa Breitling : ils étaient restés exactement huit minutes dans l'hôtel.

*

* *

Le piège de Bangkok

Gordon Backfield rayonnait. Il passa sa main autour des épaules de Malko, se retenant visiblement de l'embrasser.

— Vous avez fait un travail formidable ! J'ai reçu tout à l'heure un appel du général Samutprakan. Il a pris rendez-vous pour mon « deputy » avec son directeur de cabinet afin de mettre au point les modalités de l'extradition de Viktor Bout. Confirmant tout ce que vous m'avez dit. Dans six jours, le 11, Viktor Bout sera extrait de la prison de Remond et amené au Palais de Justice pour y entendre la décision prise par le gouvernement thaï à son encontre. Le juge lui confirmera la volonté de la Thaïlande de faire droit à l'extradition. Il lui notifiera également qu'il peut faire appel de cette décision, mais que l'appel n'est pas suspensif. Une voiture de l'ambassade attendra dans la cour intérieure du Palais de Justice et nous le prendrons en compte immédiatement pour l'emmener à Don Muang où un Falcon 900 l'attendra. Deux voitures de la police thaïe nous escorteront jusque-là. Voilà, c'est terminé. Vous allez pouvoir prendre des vacances.

Le piège de Bangkok

Euphorique, Gordon Backfield, qui ne buvait d'habitude pas d'alcool, alla prendre dans son bar une bouteille de Chivas Regal réservée aux invités de marque et en versa une bonne dose dans un verre, y ajoutant, pour la forme, quelques glaçons.

— À votre santé ! lança-t-il en levant son verre.

— Où se trouve Oksana ? demanda Malko.

Le chef de Station semblait avoir complètement oublié la prostituée russe.

— En bas, à l'infirmerie, dit Gordon Backfield. On lui fait un check-up et ensuite, on l'installera dans une chambre d'hôte. Elle ne vous a rien dit d'intéressant lorsque vous l'avez amenée ?

— Non, elle était encore trop choquée. J'irai lui parler plus tard.

Gordon Backfield eut un geste évasif.

— Cela n'a plus beaucoup d'importance, désormais. Vous ignorez si les Russes sont au courant pour Viktor Bout ?

— Le général Samutprakan dit que c'était un secret absolu. Comme les Russkofs ne vont pas attaquer la prison de Remond, nous sommes tranquilles.

Le piège de Bangkok

*
* *

Le colonel Petcharat Rang Nam attendait depuis une heure dans l'antichambre du bureau du général Phat Prabong, responsable de la police royale thaïe. Une secrétaire boulotte en uniforme ouvrit enfin la porte capitonnée et lui lança sèchement.

— Le général va vous recevoir.

Plus mort que vif, le colonel Rang Nam entra dans le grand bureau en boiseries, où étaient exposées d'innombrables photos officielles du général, dont une en compagnie du roi.

L'officier supérieur lui indiqua un siège et lui sourit.

— J'ai d'excellents rapports vous concernant, colonel Rang Nam. Votre service fonctionne avec une grande efficacité.

Une centaine de malheureux, en situation irrégulière, pourrissaient dans la prison de l'Immigration, au centre de Bangkok, pour différents problèmes de visas ou de faux passeports.

382

Le piège de Bangkok

Le colonel Rang Nam sourit niaisement, ne sachant que dire, et le général Samutprakan enchaîna.

— J'ai vu, grâce à des notes confidentielles, que vous entretenez de bons rapports avec un groupe d'investisseurs russes qui possèdent une chaîne de Spa dans le 8ᵉ district.

Le colonel Rang Nam se recroquevilla intérieurement. On y était. Son collègue, en charge du 8ᵉ district, voulait avoir une part de ce qu'il touchait des Russes pour les problèmes de visas.

« Le salaud, pensa le colonel Rang Nam, il doit être vachement bien placé pour faire passer sa demande par le grand chef. »

— Oui, reconnut-il, j'essaie, toujours dans le cadre de la loi, de leur faciliter les choses. Nous sommes un pays d'accueil.

Le général Phat Prabong approuva gravement.

— C'est une politique intelligente.

Le colonel Rang Nam s'attendait au pire et faillit tomber de sa chaise lorsqu'il entendit son chef annoncer :

Le piège de Bangkok

— Dans le cadre de vos relations, je souhaite que vous leur transmettiez une information extrêmement importante et encore tenue secrète, concernant le dénommé Viktor Bout.

Complètement déstabilisé, le colonel Ran Nam bredouilla.

— Oui, *khun* général.

— Je sais, par un très haut responsable que, dans six jours, notre gouvernement va donner son accord à l'extradition de Viktor Bout. Cette décision sera immédiatement exécutoire et il sera emmené directement du palais de Justice à l'aéroport de Don Muang, sous escorte policière.

Le colonel Rang Nam était en apnée ! On lui apportait sur un plateau d'argent la réponse qu'il devait donner le soir même au Russe qui l'avait contacté au Spa Divana.

C'était un miracle, dont il préférait ne pas connaître l'explication. Dans un brouillard, il entendit le général Phat Prabong continuer.

— Ce serait une bonne chose que cette information parvienne à l'ambassade de Russie, à titre confidentiel, bien entendu. Je peux compter sur vous, colonel Rang Nam ?

Le colonel s'ébroua.

— Certainement, *khun* général.

Celui-ci était déjà debout. Il fit le tour de son bureau pour serrer la main de son visiteur et lui assura avec un sourire :

— Sachez que je regarderai toujours d'un œil favorable votre carrière. Au revoir, colonel.

Le colonel Rang Nam se retrouva dans l'antichambre, sonné, comme après un match de boxe. Le rendez-vous avec le Russe barbu allait être un délice. Un délice juteux.

Tous ses problèmes s'envolaient d'un coup.

La Datsun était bouillante, mais il ne s'en rendit même pas compte.

— On va au *wat* Erawan, lança-t-il à son chauffeur.

Un petit lieu de prière, en pleine ville, collé au Hyatt Erawan. Après une telle bonne nouvelle, il se devait d'apporter quelques offrandes et de brûler un bouquet de bâtonnets d'encens.

Le piège de Bangkok

*
* *

Le général Phra Samutprakan, chef d'état-major de l'armée royale thaïe, raccrocha son téléphone, ravi, et sonna son secrétaire. Dès qu'il fut entré, il lui tendit une enveloppe :

— Portez ceci d'urgence au général Phat Prabong, au QG de la police.

L'enveloppe contenait cent mille dollars, en billets de cent. C'était une sorte d'assurance-vie. Si les Russes se montraient trop hargneux, le général Samutprakan pourrait toujours arguer de son amitié indéfectible, mettant sur le dos du Premier ministre cette décision néfaste.

Au prochain putsch militaire, les Russes lui renverraient peut-être l'ascenseur.

Si ceux-ci tentaient un coup de folie, c'est sur la police, que méprisait cordialement le général Samutprakan, que retomberaient les ennuis.

*
* *

Le piège de Bangkok

Malko frappa un coup léger à la porte de la chambre où on avait installé Oksana Fibirova, au premier étage.

La Russe cria : « entrez ».

Elle était assise sur son lit, en train de fumer une cigarette, qu'elle écrasa aussitôt en voyant Malko.

— *Spasiba, spasiba bolchoi,* lança-t-elle, pleine de chaleur. Ces salauds d'Arabes allaient me torturer, me tuer peut-être. Ce sont des porcs, des bêtes sauvages…

— Comment vous êtes-vous retrouvée là ?

— C'est cette salope de Natalya qui m'a amenée. Soi-disant pour me protéger de la police thaïe. Elle m'a volé mon portable aussi.

— Pourquoi ?

— Je pense qu'ils ont appris que j'ai appelé l'ambassade américaine, je ne sais pas comment. Au *Windsor Suites Hotel* j'étais comme en prison, je ne pouvais ni sortir, ni téléphoner et la police thaïe ne vient jamais ici. *Bolchemoi* ! Tout ce que je veux, c'est retourner en Russie.

Le piège de Bangkok

— Il n'y a pas de problème, assura Malko. Cependant, je voudrais que vous me disiez ce que vous savez sur le meurtre de Pisit Aspiradee.

— Je ne savais pas qu'ils allaient le tuer ! jura Oksana. Dimitri m'avait baratinée. Il m'avait dit qu'ils allaient faire évader Viktor Bout et qu'il fallait absolument écarter ce Thaï qui travaillait pour les Américains.

Malko sentit son pouls s'envoler.

— Le faire évader de prison ? demanda-t-il.

— Non, précisa Oksana Fibirova. Pendant le trajet de la prison au tribunal…

Les vacances n'étaient pas pour demain. Voilà pourquoi les Russes s'étaient tellement acharnés contre lui. Gordon Backfield n'allait pas encore dormir sur ses deux oreilles.

Le combat continuait.

CHAPITRE XXI

— Que pouvez-vous me dire de plus sur ce projet d'attentat ? insista Malko.

— Pas grand-chose, reconnut Oksana Fibirova. Dimitri était toujours flou. Je ne sais même pas si c'était un projet sérieux.

— Evgueni Makowski était au courant ?

— Il ne m'a rien dit.

— Quand vous avez téléphoné à l'ambassade, que vouliez-vous nous dire ?

— J'avais peur. Qu'il me tue parce que j'avais aidé au meurtre de ce Thaï et que je pouvais dénoncer Dimitri. C'est tout.

Malko comprit qu'il était inutile d'insister : Oksana ne savait rien de plus.

— Reposez-vous, recommanda-t-il. Dans quelques jours, vous pourrez

Le piège de Bangkok

retourner à Moscou. Ici, vous êtes en sécurité.

Du premier, il gagna directement le bureau de Gordon Backfield, dont l'euphorie n'était pas retombée.

— On pourrait dîner avec votre amie chinoise, suggéra l'Américain. Pour fêter notre victoire.

Malko le regarda avec une imperceptible ironie.

— Gordon, il y a un proverbe qui dit qu'il ne faut pas vendre la peau de l'ours avant de l'avoir tué...

Le chef de Station se figea.

— Qu'est-ce que vous voulez dire ?

— Que nos amis russes n'ont peut-être pas tiré toutes leurs cartouches...

Quand Malko eut terminé, Gordon Backfield était beaucoup moins flamboyant.

— Qu'est-ce qu'on fait ? demanda-t-il.

— Pour l'instant, rien, conseilla Malko. Viktor Bout est bien au chaud dans sa prison. Il n'y a qu'un moment où les Russes peuvent tenter de faire évader Viktor Bout : le 11 au matin, dans six jours, durant le trajet entre la prison de Remond et le Palais de Justice. À condi-

390

Le piège de Bangkok

tion qu'ils sachent que Viktor Bout ne ressortira pas libre. Normalement, ils l'ignorent.

— Que Dieu vous entende ! soupira l'Américain.

— Cela nous laisse quelques jours pour nous organiser, conclut Malko. Pour le moment, on se relaxe. Je suis désolé pour ce soir, mais je pense que Ling Sima ne peut pas s'afficher avec vous. Cela pourrait lui nuire auprès de ses amis chinois.

*
* *

Le colonel Rang Nam, allongé sur le ventre, se laissait masser, dans un état de sérénité absolue. Il était resté prosterné vingt minutes au *wat* Erawan, remerciant Bouddha de s'être penché sur son modeste sort, avant d'aller détendre son corps fatigué.

S'il n'avait pas été d'aussi bonne humeur, il aurait protesté contre l'absence de sa masseuse russe, Oksana. Une Thaïe l'avait remplacée avec la même conscience profession-

Le piège de Bangkok

nelle, le vidant de sa semence, dans une fellation digne de son rang.

Les deux masseuses se relevèrent. La séance se terminait. Un passage rapide dans le jacuzzi et on l'aida à se rhabiller. Une hôtesse surgit.

— *Khun* Rang Nam, une personne étrangère vous attend dans le *tea-room.*

Cela ne pouvait être que le gros Russe barbu qui venait aux nouvelles.

*
* *

Evgueni Makowski avait l'estomac tordu de fureur. Le coup de fil de Natalya Isakov lui annonçant le coup de force des Américains au *Windsor Suites Hotel* l'avait d'abord totalement paniqué. Et puis, en réfléchissant, il avait conclu que c'était surtout fâcheux pour Dimitri.

Or, Dimitri était mort...

Oksana ignorait le rôle de Gleb et de Boris, et encore plus le sien.

Même si c'était vexant, ce n'était pas catastrophique. Évidemment, Natalya avait perdu des clients. Le prince Mahmoud était encore sous le choc. Aucune de ses « barrières de sécurité » n'avait tenu.

Ce n'était quand même pas une bonne nouvelle. Pourvu que le colonel Rang Nam en ait une, lui...

La porte qui s'ouvrait l'arracha à sa méditation, le colonel thaï, plus fluet que jamais, semblait en pleine forme. Il adressa un *wai* cérémonieux à Evgueni Makowski et prit place en face de lui.

Les hôtesses versèrent le thé et s'éclipsèrent. Pendant une dizaine de minutes, comme la tradition l'exigeait, les deux hommes n'échangèrent que des banalités. Puis, Evgueni Makowski posa la question qui lui brûlait les lèvres.

— Colonel, avez-vous de bonnes nouvelles ?

Le chef du Service de l'Immigration arbora aussitôt une mine contrite.

— J'ai des nouvelles, répondit-il. Mais elles ne sont pas bonnes.

Evgueni Makowski sentit le sang se retirer de son visage.

— C'est-à-dire ?

— *Khun* Viktor Bout va être extradé aux États-Unis. Le Premier ministre a signé le décret, mais cela ne sera public que le jour de l'audience, dans six jours.

— *Bolchemoi* ! murmura l'homme du FSB.

C'était la tuile, l'énorme tuile. Il allait falloir passer au Plan A.

Comme s'il avait lu dans ses pensées, le colonel Rang Nam ajouta :

— Il sera emmené directement du Palais de Justice à l'aéroport de Don Muang pour y être embarqué sur un avion des Américains. Avec une forte escorte policière. Je suis désolé...

Pas complètement : il avait quand même gagné ses six millions de baths.

Evgueni se dit qu'il ne restait donc qu'une possibilité : attaquer le fourgon de la police qui emmènerait Viktor Bout au tribunal. Ce n'était pas facile, mais pas impossible. Il avait donc six jours pour finaliser son plan.

— Merci, fit-il d'une voix absente. Je vous ferai porter ce qui était promis.

Il quitta le Spa et fila directement à son bureau pour rédiger un télégramme qu'il porta ensuite à l'ambassade russe, afin qu'il y soit crypté. Il y résumait la

Le piège de Bangkok

situation et y proposait sa solution, avec ses problèmes.

Devait-on laisser partir Viktor Bout aux États-Unis ? De l'autre côté, il soulignait les risques matériels et politiques d'une opération « commando » pour libérer le marchand d'armes, détenu par des policiers thaïs.

*

* *

Ling Sima, Malko, Chris Jones et Milton Brabeck, s'étaient goinfrés de cuisine chinoise au Shangri-La, un des meilleurs chinois de Bangkok, en haut de Silom road. Même les deux « baby-sitters », pourtant peu portés sur la nourriture exotique, avaient reconnu que le « Beggar Chicken[1] » fondait dans la bouche. Évidemment, les légumes et champignons de races indéterminées qui l'accompagnaient étaient moins rassurants.

Après l'opération contre le *Windsor Suites Hotel* c'était la détente.

---

1. Poulet mendiant.

Le piège de Bangkok

Finalement, Chris et Milton commençaient à aimer Bangkok. Le restaurant était déjà presque vide et Malko demanda l'addition.

À peine sur le trottoir, Ling Sima annonça :

— Ma voiture va me ramener à Yeowarat.

Ils échangèrent quelques *wais* maladroits et la Chinoise s'engouffra dans sa limousine noire. Sous le regard goguenard des deux Américains.

— Elle est pas sympa, soupira Milton Brabeck.

— Elle est stricte, assura Malko, sérieux comme un pape.

En réalité, Ling Sima se faisait raccompagner chez elle par son chauffeur pour repartir ensuite en taxi au Shangri-La rejoindre Malko, en passant par l'entrée de la nouvelle aile.

Sauvegardant ainsi sa réputation.

Ils se séparèrent dans le lobby de l'hôtel. Les deux gorilles avaient envie de boire un verre au bord de la rivière. Malko monta seul dans sa suite. Il n'avait plus qu'à attendre Ling Sima. Il faillit se déshabiller puis se ravisa. Ling Sima n'aimerait pas le trouver déjà couché.

Il gagna donc le « sitting-room » dont les baies donnaient sur le Chao Prya, et appela le « room-service » pour commander une bouteille de Champagne Taittinger brut.

Le spectacle était magique et il éteignit la lumière pour mieux en profiter.

*
* *

Boris Titov et Gleb Papouchine débarquèrent sur le palier désert du 25e étage vers onze heures. D'un des fauteuils du hall, ils avaient assisté, une demi-heure plus tôt, à l'arrivée de leur « cible ». Constatant avec plaisir que ses deux gardes de sécurité avaient gagné le niveau piscine. Ce qui supprimait un risque.

Ils gagnèrent le fond du couloir, qui se terminait en T. La porte de la suite 2025 était au fond de la branche gauche du T. Boris Titov resta à l'entrée du T, surveillant le couloir principal et Gleb Papouchine s'approcha de la porte de la suite, collant son oreille contre le battant, sans entendre aucun bruit.

Avec précaution, il glissa alors la carte magnétique dans la fente de la serrure.

Le voyant vert s'alluma, avec un léger claquement. Gleb Papouchine entrouvrit alors légèrement le battant, son cœur battant la chamade : la suite était plongée dans l'obscurité. Sa « cible » avait dû se coucher. Il entra à pas de loup, suivant un petit couloir qui desservait la *sitting-room,* devant lui et, sur la gauche, la chambre et la salle de bains. Arrivé à l'entrée de la *sitting-room* très vaguement éclairée par la lueur de l'extérieur, il reprit son souffle, distinguant, sur sa gauche, l'entrée de la chambre.

Il s'immobilisa. À force d'écarquiller les yeux, il distingua la forme d'un lit. Il se dit que le plus sur était de s'approcher encore et de vider son chargeur sur le dormeur.

Il fit un pas en avant et sortit son pistolet. Il tendit le bras vers le lit et bloqua sa respiration.

*
* *

Malko avait entendu le claquement de la serrure magnétique. Il s'apprêtait à se lever pour accueillir Ling Sima lorsqu'il réalisa qu'elle n'avait pas la clef de la chambre... Tous ses muscles se tendirent et son cerveau se mit à fonctionner à toute vitesse.

Grâce à la légère lumière arrivant de l'extérieur, il devina vaguement une silhouette qui venait de pénétrer dans la suite.

Son pouls grimpa à 150 en une fraction de seconde.

Cela ne pouvait pas être un visiteur bien intentionné...

Retenant son souffle, il tenta de suivre les déplacements de l'intrus.

Cherchant comment s'en sortir. Vraisemblablement, celui qui venait d'entrer était venu pour le tuer. Or, le « deux pouces » de Malko était resté dans sa chambre. Il n'allait pas accueillir Ling Sima enfouraillé comme un voyou...

La silhouette de l'intrus avait disparu et Malko réalisa qu'il venait d'entrer dans la chambre qu'aucune porte ne séparait du reste de la suite.

Il allait vite réaliser qu'elle était vide...

Le piège de Bangkok

Malko prit sa décision en un éclair.

Marchant sans bruit sur la moquette, il traversa la *sitting-room,* passant devant la chambre et courut jusqu'à la porte donnant sur le palier.

Il l'ouvrit à la volée et plongea dans le couloir. Tombant sur un inconnu posté à l'entrée du même couloir desservant les deux suites. L'homme lui jeta un regard effaré. Malko fonça. D'un coup de tête en pleine poitrine, il fit tomber l'homme sur la moquette. Dans sa chute, sa main droite sortit de sa poche, serrée sur la crosse d'un pistolet. Malko était déjà debout. D'un furieux coup de talon, il écrasa la main qui tenait le pistolet. Sous le coup de la douleur, l'inconnu lâcha son arme. Malko s'en empara en un éclair et se redressa.

*
* *

Gleb Papouchine, presque au même moment, entendit un frôlement derrière lui et réalisa qu'il n'y avait personne sur le lit ! Il pivota vivement et vit la porte qui s'ouvrait, et une silhouette qui se glissait à l'extérieur.

Le piège de Bangkok

Il se précipita, se disant que sa « cible » allait se retrouver coincée entre Boris et lui.

*

* *

Malko expédia de toutes ses forces un coup de pied dans le visage de l'homme à qui il venait de prendre son pistolet et qui cherchait à se relever.

Juste au moment où un second individu surgissait de la suite.

Lui aussi, un pistolet à la main.

Ce n'était pas le moment de prendre des risques. Sans hésiter, il appuya sur la détente de l'arme qu'il tenait et laissa son index crispé dessus.

Il y eut une série de « ploufs » légers et l'homme qui venait de sortir de sa chambre tituba, du sang apparut sur son visage, son bras droit retomba et il s'écroula, plié sur le côté.

Malko était si concentré qu'il ne vit pas celui qu'il venait de frapper se relever et filer comme une flèche dans le couloir désert.

Il se lança aussitôt à sa poursuite.

*

* *

Ling Sima, au moment où elle émergeait de l'ascenseur, faillit être renversée par un homme qui venait de surgir du couloir, le visage en sang. Sans un mot, il entra dans la cabine et appuya sur le bouton du 1.

La Chinoise s'éloignait déjà en direction de la suite de Malko.

Elle ne s'attendait pas à le voir venir à sa rencontre. Et encore moins, un pistolet à la main...

— Qu'est-ce qui se passe ? demanda-t-elle, interloquée.

— J'ai eu une visite désagréable, fit Malko. Je suis d'autant plus heureux de te voir.

Il l'entraîna vers la porte de la suite et elle s'immobilisa. Elle avait failli marcher sur le corps étendu au milieu du couloir.

— Viens, dit Malko en l'entraînant, on s'en occupera après.

Ling Sima était vraiment magnifique, avec sa longue robe noire chinoise

Le piège de Bangkok

ornée de broderies dorées, ajustée comme si elle avait été cousue sur elle.

— C'est toi qui...

— Oui.

Il referma la porte derrière lui et Ling Sima demanda, stupéfaite.

— Tu ne fais rien ? Tu le laisses là ?

— Pour le moment, oui, j'ai mieux à faire.

Il l'avait plaquée contre le mur de l'entrée, caressant déjà sa poitrine, presque avec violence, saisi d'une violente pulsion. Ils n'allèrent même pas jusqu'à la chambre. Malko appuya la Chinoise au petit bureau qui faisait face à la baie vitrée, releva sa robe, fit descendre brutalement son slip le long de ses jambes et la prit debout, comme un soudard.

Il était tellement excité qu'à peine planté en elle, il jouit avec un cri sauvage. Sans se préoccuper le moins du monde de son plaisir.

Quand on vient de frôler la mort, on a des excuses...

*

*   *

403

Le piège de Bangkok

Evgueni Makowski lisait un message qu'on venait de lui apporter de l'ambassade de Russie, en réponse au sien, envoyé après sa rencontre avec le colonel Rang Nam. Il était très court et très précis : une seule phrase.

« VB ne doit en aucun cas être extradé ».

C'était signé I. G. les initiales du chef des Opérations Extérieures du FSB. Il n'y avait donc pas à discuter.

Il venait de replier le papier, lorsque son portable sonna. Le numéro de Boris Titov s'afficha. Pris d'un mauvais pressentiment, il enclencha immédiatement la communication. La voix essoufflée de Boris Titov envoya son pouls au ciel.

— Il faut que tu viennes me chercher, lança le voyou russe, d'une voix pressante. Vite. Il y a eu un problème.

— Quel problème ?

— Je t'expliquerai.

— Où es-tu ?

— En bas de la station du BTS de Saphan Taksin, juste avant le pont.

— Tu es seul ?

— Oui.

— Et Gleb ?

— Il a eu un problème. Je t'expliquerai.

— *Dobre.* J'arrive. Il me faut vingt minutes.

Soupçonnant le pire, Evgueni Makowski se rua dans l'ascenseur. Se disant que les ordres de Moscou allaient être difficiles à suivre.

Hélas, il ne pouvait pas les ignorer.

CHAPITRE XXII

Evgueni Makowski étouffait de rage, tandis qu'il remontait Pathorn pour raccompagner Boris Titov dans son petit hôtel de Koosham road.

Il mit la radio pour écouter les nouvelles. Evgueni Makowski était modérément inquiet. Gleb Papouchine n'avait pas de papiers sur lui, et les deux pistolets ne mèneraient nulle part. La police thaïe identifierait facilement le Russe car il était entré légalement dans le pays.

Il n'y avait plus qu'à faire le gros dos. Les Thaïs risquaient de s'énerver après la découverte de trois pistolets de tueurs professionnels, en deux jours... Il ne saurait jamais, hélas, comment Gleb Papouchine avait merdé alors que tout devait se dérouler sans problème.

Le piège de Bangkok

Décidément, cet agent de la CIA avait la baraka.

— Tu ne sais vraiment pas ce qui s'est passé ? demanda-t-il à Boris Titov.

— Non. La carte a bien marché. Gleb est entré dans la suite. Après, c'est l'Américain qui a surgi et a foncé sur moi...

Evgueni Makowski renonça à en savoir plus... À quoi bon.

— Tu pars quand même à Phuket demain matin, confirma-t-il, mais j'aurai peut-être encore besoin de toi dans quelques jours. Voilà ton billet.

Sur les vols Bangkok-Phuket, il n'y avait pas de contrôle de passeport. Boris Titov serait plus tranquille au soleil.

Il roulait vers son domicile. Evgueni Makowski se dit qu'il était vraiment dans la merde. À peine six jours pour organiser l'évasion de Viktor Bout et les Américains qui ne lâcheraient pas prise.

Une question le taraudait : savaient-ils déjà pour l'extradition ? Le Russe conclut par l'affirmative : beaucoup mieux placés que lui chez les Thaïs, ils avaient forcément été mis au courant.

Le piège de Bangkok

Il n'y avait plus une seconde à perdre pour préparer l'évasion de Viktor Bout. Et ce qui suivrait.

Plus question de planquer l'évadé à Pattaya. L'intervention d'un sous-marin était donc exclue. Il avait eu une autre idée : de nombreux navires russes relâchaient à Khlong Toey, l'avant-port de Bangkok.

Dans un premier temps, Evgueni Makowski planquerait Viktor Bout dans la maison de Dimitri. Ensuite, il obtiendrait la coopération du commandant d'un navire russe pour embarquer clandestinement Viktor Bout à bord, grâce à quelques pressions judicieuses de l'ambassade russe à Bangkok.

De retour chez lui, il rédigea un nouveau télégramme résumant l'échec de l'équipe Boris-Gleb, qu'il apporterait le lendemain à l'aube à l'ambassade pour une transmission sécurisée.

Il se coucha ensuite et se dit qu'il allait mal dormir.

*

* *

Le piège de Bangkok

Malko bâilla : il avait encore passé une très courte nuit. Immédiatement après leur brève étreinte, Ling Sima s'était éclipsée, ne tenant pas à être mêlée à une enquête policière. La Sun Yee On n'apprécierait pas... Il n'avait même pas eu le temps de déboucher la bouteille de Taittinger Brut.

Immédiatement après son départ, il avait prévenu la police et Gordon Backfield. Tout le monde était arrivé en même temps et il avait raconté son histoire. Agressé dans sa chambre par un inconnu armé, il s'était enfui, en avait trouvé un second derrière la porte, l'avait désarmé et s'était servi de son arme pour abattre son premier agresseur...

Les policiers thaïs semblaient considérablement embarrassés, devant ce règlement de comptes entre *farangs.* Le mort était en cours d'identification.

Tout cela, s'était terminé à trois heures du matin, sous le regard penaud de Chris Jones et Milton Brabeck, qui se sentaient horriblement coupables d'avoir été respirer l'air humide de la Chao Prya plutôt que de veiller sur leur « client ».

Malko les avait réconfortés.

Le piège de Bangkok

— Vous n'auriez pas dormi dans la chambre...

— On aurait pu rester devant la porte, avait suggéré Chris Jones.

— Mais non, corrigea Malko, vous auriez été glués devant CNN.

Ce qui leur offrait tous les soirs une bouffée d'Amérique pour les changer de ce pays de « gooks » où tout le monde avait les yeux bridés.

Il reprit un peu de l'immonde café préparé par la secrétaire de Gordon Backfield.

— Vous n'êtes pas surpris de cette nouvelle tentative d'élimination ? demanda l'Américain.

— Cela confirme deux choses, à mon sens, répliqua Malko. D'abord, les Russes ont dû avoir la même information que nous pour l'extradition de Viktor Bout. Ensuite, ils ont décidé de tenter de le faire évader.

Gordon Backfield arbora une moue sceptique.

— Il reste cinq jours. Le seul moment qu'ils peuvent utiliser, c'est le parcours entre la prison et le Palais de Justice. À

Le piège de Bangkok

l'aller ou au retour, s'ils ignorent qu'il repartira avec nous.

— Cela peut suffire.

— Je vais prévenir le général Samut-prakan et lui demander une escorte militaire. C'est plus sûr que la police, qui est totalement corrompue.

— Bonne idée, approuva Malko. En attendant, Mai devrait surveiller les visites de la prison. Les Russes ont impérativement besoin de contacts avec Viktor Bout, s'ils organisent quelque chose.

— Je la préviens immédiatement, assura le chef de Station. Elle sera là-bas à l'heure de la visite.

— Parfait. En attendant, je retourne au Shangri-La prendre un second breakfast. Je meurs de faim.

— Retrouvons-nous ici après. On peut déjeuner chez l'italien, suggéra Gordon Backfield.

Malko fit la grimace.

— On ne peut pas aller ailleurs ? Ce n'est pas terrible…

— OK, concéda l'Américain, on va dans un thaï, mais j'aurai encore l'estomac en vrac pendant trois jours.

*

* *

Evgueni Makowski avait l'impression de disputer un marathon. De chez lui, il avait d'abord été à l'ambassade déposer son rapport, puis avait foncé jusqu'au Marway Garden Hotel, où demeurait Alla Bout. Il était important de la briefer sur ce qu'elle devait dire à son mari. Et aussi, de savoir si elle avait obtenu une réponse positive de la femme d'Oyo, le Nigérien.

Tout devait s'emboîter avec précision.

Maintenant, il fonçait vers le sud, sur l'expressway, rejoindre Tatiana Mira, pour une nouvelle reconnaissance de terrain. Il devait penser à son Plan B. Selon les ordres de Moscou, s'il ne parvenait pas à faire évader Viktor Bout, il devait l'éliminer.

Il était sur les nerfs, lorsqu'il se gara devant le Novotel. Heureusement, la « spetnatz » l'attendait devant l'hôtel et ils repartirent immédiatement, direction Thanon Radjadaphiset, où se trouvait le Palais de Justice.

Le piège de Bangkok

Pendant le trajet, il expliqua le problème à Tatiana Mira. La seule possibilité qui pourrait s'offrir à elle, c'était le moment où Viktor Bout suivrait le couloir allant du palier au neuvième étage jusqu'à la salle d'audience. Il passerait successivement devant deux fenêtres. Les chevilles entravées, il ne pouvait pas se déplacer très vite.

Comme il arrivait dans le fourgon de la police qui pénétrerait directement dans la cour intérieure du Palais de Justice, il était impossible de l'atteindre avant.

Ils mirent quarante minutes pour atteindre la cité administrative où plusieurs bâtiments s'alignaient face à des parkings les séparant de la grande avenue. Le Palais de Justice était le dernier, avec cinq magnifiques colonnades blanches.

Evgueni Makowski se gara et lança à Tatiana Mira.

— Je t'attends ici, va d'abord au neuvième étage...

— Tu ne vas pas m'apprendre mon métier ! fit sèchement la « spetnatz ».

Le Russe la vit monter le perron et pénétrer dans le building gardé par des

Le piège de Bangkok

policiers, nonchalants, qui la suivirent longuement des yeux. Avec sa mini découvrant ses cuisses énormes, Tatiana Mira ne passait pas inaperçue, mais personne n'aurait pu imaginer son véritable métier. Evgueni Makowski alluma une cigarette et mit la radio. On commençait à parler de l'incident du Shangri-La. Cependant, comme il s'agissait de *farangs,* cela n'intéressait pas trop les medias locaux.

*

*   *

Mai était sagement assise en face des parloirs, mêlée à la foule des visiteurs, lorsqu'elle vit apparaître Alla Bout, un sac de plastique à la main, plein de fruits.

Les visites venaient juste de commencer.

Un quart d'heure plus tard, la Thaïe vit la Russe se lever et gagner le parloir N° 9.

Elle se déplaça un peu et aperçut Viktor Bout, en tenue orange, style Guantanamo, qui s'asseyait en face d'elle.

414

Le piège de Bangkok

Alla Bout sortit un papier de son sac, visiblement préparé à l'avance, et le colla à la glace de séparation. Mai était malheureusement trop loin pour voir l'expression du prisonnier.

Elle dut se contenter d'observer à distance la rencontre.

*
* *

Alla Bout remit dans son sac le papier qu'elle venait d'afficher sous les yeux de son mari, où une seule phrase était écrite : « Tu dois être extradé immédiatement après l'audience du 11 ».

Devant le visage décomposé de Viktor Bout, elle colla aussitôt contre la glace un second message.

« L'opération est prévue avant, entre ici et le Palais de Justice. Est-ce qu'Oyo est d'accord ? »

Viktor Bout inclina la tête affirmativement.

— Alors, tout se passera bien ! cria-t-elle à travers la glace, avec un optimisme un peu forcé.

Le piège de Bangkok

L'essentiel était dit et ils parlèrent de leur fille et des messages d'amitié qu'elle recevait de Moscou. Le temps passait très vite : le gardien tapa sur l'épaule de Viktor Bout alors qu'il avait l'impression d'être là depuis cinq minutes à peine.

*
* *

Tatiana Mira ouvrit la portière et se laissa tomber dans la Toyota d'Evgueni Makowski.

— J'ai trouvé ! annonça-t-elle d'une voix neutre.

— Où ?

— Il y a un immeuble, de l'autre côté de l'avenue, juste en face. Il n'y a pas de gardien. Au huitième étage, j'ai découvert des bureaux vides. Quatre fenêtres donnent sur le Palais de Justice.

— C'est loin...

— Pas pour moi, assura Tatiana Mira. En Tchétchénie, j'ai touché des cibles à des distances bien plus importantes. J'ai observé les gens qui circulent dans le couloir. On les voit parfaitement lorsqu'ils passent devant les fenêtres. Il y en a trois. Viktor passera deux fois, pour gagner la salle d'audience et pour en revenir. Cela fait six créneaux de tir.

Impressionné par son professionnalisme, Evgueni Makowski n'insista pas.

— *Dobre,* conclut-il, on va passer à l'ambassade récupérer ton arme.

Il avait reçu un texto lui annonçant que son caviar rouge était arrivé. C'est-à-dire le Dragonov que Tatiana Mira devait utiliser pour abattre Viktor Bout.

Secrètement, il espérait que l'évasion réussirait, mais il ne pouvait pas se permettre de ne pas prévoir de Plan B.

Il quitta le parking et reprit la direction du centre. Il lui restait à valider la partie. D'abord, faire le point avec l'ambassade pour savoir quels étaient les navires russes relâchant à Bangkok. Le jour venu, il utiliserait sa voiture pour gagner le port. Parlant thaï et connaissant les raccourcis, il avait moins de chances d'être intercepté. Le coffre de la Toyota était assez grand pour accueillir Viktor Bout, qui y serait, certes à l'étroit, mais cela

Le piège de Bangkok

valait mieux que de passer trente ans dans un pénitencier américain.

Le plus dur restait à faire :

Mener à bien l'attaque du fourgon de police emmenant Viktor Bout au Palais de Justice. Ce dernier lui avait déjà fourni le maximum d'informations : le fourgon n'était jamais escorté. Il y avait deux policiers, dont le chauffeur, dans la cabine, non armés, et deux autres à l'intérieur, armés, veillant sur les prisonniers transportés.

De plus, cette partie du véhicule ne pouvait s'ouvrir que de l'intérieur.

Grâce à toutes ces données, Evgueni Makowski pensait avoir une bonne chance de réussite.

Et, si cela ratait, Tatiana Mira serait en place pour mettre en route le Plan B.

Il était confiant : en dépit des efforts de la CIA, Viktor Bout ne serait pas transféré aux États-Unis.

CHAPITRE XXIII

Entre deux nuages, le soleil était brûlant et Malko s'imposait de rester à l'ombre, pour ne pas se transformer en homard cuit à point... Il fixait les nuages qui défilaient : encore deux jours avant l'audience où Viktor Bout devait être extradé. Jusquelà, il n'y avait plus rien à faire. Les Américains, après avoir tâté la police thaïe, avaient renoncé à découvrir le domicile réel de Evgueni Makowski.

Celui-ci semblait s'être volatilisé. Un agent de la CIA planquait depuis la veille devant le building Esmeralda, sans observer aucune activité.

Soit le Russe se cachait, au cas où les Thaïs réagiraient après l'incident du Shangri-La, soit il préparait quelque chose.

Le piège de Bangkok

Mai, qui surveillait les visites à la prison, n'y avait vu que la femme du trafiquant d'armes, qui s'y rendait tous les jours.

Personne d'autre.

Gordon Backfield tenant absolument à ce qu'il reste à Bangkok, avec ses deux « baby-sitters », jusqu'à l'extradition de Viktor Bout, Malko en profitait pour vivre quelques jours de « vacances thaïlandaises » avec Ling Sima qui s'échappait de sa bijouterie, chaque fois qu'elle le pouvait.

Chris Jones et Milton Brabeck songeaient presque à revenir en vacances à Bangkok... ayant trouvé plusieurs restaurants de « fast-food ».

Son portable sonna, c'était Ling Sima.

— On se retrouve à l'Emporium ? suggéra-t-elle Je suis libre jusqu'à deux heures.

Malko se leva et fit signe à ses « baby-sitters » qu'il était temps d'abandonner le farniente.

Encore deux jours.

*

*   *

Le piège de Bangkok

Evgueni Makowski, allongé nu sur son lit, transpirait à grosses gouttes. La maison de feu Dimitri Korsanov n'avait pas de clim et une chaleur écrasante chauffait les murs à blanc. Il prenait une douche toutes les deux heures pour rester opérationnel.

Dans la chambre voisine, Boris Titov souffrait le même calvaire. Evgueni l'avait fait revenir de Phuket, ne pouvant mener l'opération du 11 tout seul. Il avait été le récupérer à l'aéroport, suivant ensuite un itinéraire compliqué de ruptures de filatures, pour arriver à la maison de Dimitri.

C'est par prudence qu'il avait choisi de couper tout lien avec sa vie habituelle. Sa voiture était sous une bâche dans la cour, gardée par la meute de chiens qui signalaient toute approche humaine.

Il avait accumulé des vivres et de l'eau, afin de ne pas être obligé de ressortir une fois que Viktor Bout serait là.

Il n'y avait plus qu'à attendre.

Trois fois déjà, il avait procédé à une « reconnaissance d'objectif » et savait où il allait tenter d'intercepter le fourgon emmenant Viktor Bout.

Le piège de Bangkok

Il n'y avait plus qu'à prier... Il se leva et alla prendre sa sixième douche de la journée.

*
* *

Malko regardait la lumière crue qui filtrait à travers les rideaux. Les aiguilles lumineuses de sa Breitling indiquaient sept heures du matin.

Dans une heure et demie, il devait être positionné, avec les « baby-sitters », à la sortie de la prison de Remond, pour prendre en charge le fourgon de police emmenant Viktor Bout au Palais de Justice.

En principe, pour faire de la figuration... Le général Samutprakan ayant promis à Gordon Backfield une escorte militaire.

Il s'étira et se redressait pour se lever lorsqu'il sentit le bras de Ling Sima se poser sur son torse, comme pour le retenir.

Ils avaient passé la soirée ensemble, et, exceptionnellement, elle n'était pas retournée dormir chez elle. De retour au

422

Le piège de Bangkok

Shangri-La, ils avaient alterné étreintes et champagne. Le cadavre d'une bouteille de Taittinger Comtes de Champagne Blanc de Blancs était encore sur la moquette.

Ling Sima se déplaça légèrement et posa la tête sur le ventre de Malko. Comme si elle voulait continuer à dormir sur cet oreiller de chair.

Mais, ce n'était pas pour continuer sa nuit. Malko sentit la bouche de la Chinoise se poser sur son sexe et tout son sang se rua sur son ventre. Depuis qu'il connaissait Ling Sima, c'était seulement la seconde fois qu'elle lui offrait sa bouche. Et, lors de la première expérience, elle avait évacué ses inhibitions avec une dose massive de *Yaa Baa...*

Là, c'était différent. La bouche de Ling Sima l'avalait progressivement, au fur et à mesure que son érection prenait forme. Sa caresse était maladroite, désordonnée, mais, en quelques instants, il fut dur comme un morceau de teck.

C'était inouï ! Comme s'il avait seize ans ! Instinctivement, il appuya légèrement sur la tête de la jeune femme et elle le laissa enfoncer encore plus son membre dans sa bouche.

C'était trop bon, il fut incapable de se retenir et se déversa dans sa bouche avec un cri sauvage, la tête rejetée en arrière.

Ling Sima le but jusqu'à la dernière goutte, puis recula au fond du lit, la tête couverte par le drap, comme un animal qui rentre dans sa tanière.

Titubant de plaisir, Malko s'arracha du lit. La journée commençait bien.

*
* *

Mai, qui conduisait, ne s'arrêta que quelques secondes à l'entrée de l'expressway pour donner ses 45 baths à un préposé, le visage couvert d'unmasque en carton anti-pollution, qui le faisait ressembler au tueur anthropophage du « Silence des Agneaux ».

Heureusement, il n'y avait pas trop de monde sur l'expressway et ils arrivèrent à la prison de Remond un quart d'heure avant l'heure, se garant devant la station de taxis, vide. Le matin, il n'y avait guère

Le piège de Bangkok

de visiteurs. Malko regarda autour de lui : pas la moindre trace de protection militaire.

Il appela Gordon Backfield.

— Il n'y a que nous, annonça-t-il. Essayez d'appeler le général Samut-prakan.

— Tout de suite ! assura le chef de Station de la CIA, visiblement très nerveux.

Il n'avait pas rappelé lorsqu'ils virent un fourgon bleu sortir de la grande porte de la prison. Il était exactement 8 h 30. Il fallait environ une demi-heure pour rejoindre le Palais de Justice.

Mai prit position derrière le fourgon qui se glissa dans la circulation. Il n'avait aucune escorte et roulait assez lentement. Elle n'avait aucun mal à le suivre. À côté d'elle, Malko était tendu comme une corde à violon. Son intuition lui disait que les Russes ne pouvaient pas ne pas tenter quelque chose.

Une pensée horrible l'effleura : et si l'information transmise par Ling Sima était inexacte ? Dans ce cas, les Russes ne tenteraient évidemment rien. Il écarta

425

Le piège de Bangkok

vite cette hypothèse, la Chinoise était totalement fiable...

Ils avançaient de plus en plus lentement, englués dans la circulation du matin.

Malko n'arrivait pas à détacher les yeux de l'arrière du fourgon, cette porte d'acier derrière laquelle se trouvait Viktor Bout.

Encore vingt minutes et ce serait fini ; une fois au tribunal, Malko passait la main aux Thaïs et aux Américains.

Ils passèrent sous le freeway menant à Don Muang. Le portable sonna.

— Le cabinet du général Samutprakan me dit que le nécessaire a été fait, annonça Gordon Backfield.

— Je ne vois personne, mais tout se passe bien.

Le fourgon ralentit en arrivant à l'entrée d'un petit parc.

Ils furent doublés par une voiture blanche qui doubla aussi le fourgon. Celui-ci ralentit : la route sinuait dans un mini-parc, avant de reprendre Thanon Radjadaphiset, l'avenue où se trouvait le tribunal civil.

Le piège de Bangkok

Le portable de Malko sonna. La voix de Gordon Backfield était tellement changée qu'il ne l'identifia pas immédiatement : une voix d'outre-tombe, comme s'il venait d'enterrer toute sa famille. Il prononça un seul mot :

— *Abort*[1].

— Qu'est-ce qui se passe ? demanda Malko, stupéfait.

La voix de l'Américain grinçait de fureur rentrée.

— Un deal vient d'être scellé entre la Maison Blanche et le Kremlin. Nous abandonnons notre demande d'extradition. Notre ambassadeur est en train d'avertir le gouvernement thaï. Je viens de rappeler le véhicule qui devait emmener Viktor Bout à Don Muang.

— Pourquoi ?

On sentait Gordon Backfield littéralement grincer des dents.

— Les Russes acceptent de laisser transiter nos avions de transport qui ravitaillent l'Afghanistan par la base du Kirghistan qu'ils s'apprêtaient à faire fermer. Ils échangent cette concession stratégi-

—————
1. Annulez tout.

Le piège de Bangkok

que contre la liberté pour Viktor Bout. Celui-ci va être expulsé vers le pays de son choix...

— Donc, la Russie ! compléta Malko.

— Tout juste ! Vous pouvez regagner la piscine du Shangri-La, lança amèrement le chef de Station de la CIA.

La voiture ralentit brutalement pour ne pas emboutir le fourgon de police qui s'était presque arrêté.

*
* *

Evgueni Makowski surveillait dans son rétroviseur le fourgon qu'il venait de dépasser. À côté de lui, Boris Titov serrait la crosse d'un pistolet mitrailleur Skorpio.

— *Davai* ! lança Evgueni.

Il ralentit et s'immobilisa, bloquant l'étroite rue. Le fourgon ne pouvait passer, ni à gauche ni à droite. Au moment où il sortait de la voiture, pistolet au poing, son portable commença à sonner. C'était vraiment le moment...

Boris Titov et lui coururent vers le fourgon et aperçurent à travers son

Le piège de Bangkok

pare-brise deux visages effarés : le chauffeur et le convoyeur.

Evegueni Makowski ouvrit la portière tandis que Boris Titov se chargeait du convoyeur. Les deux portes ouvertes, ils émirent en même temps :

— *Don't move* !

Les deux policiers thaïs, tétanisés, ne réagirent pas. Evgueni Makowski se pencha, arracha la clef du contact et la jeta le plus loin possible, tandis que Boris Titov continuait à braquer les deux policiers.

Le portable d'Evgueni Makowski cessa enfin de sonner au moment où il donnait un violent coup de poing sur la paroi séparant l'habitacle du fourgon proprement dit.

Le signal, destiné à Viktor Bout, annonçant que c'était à lui de jouer.

*
* *

Tous ses muscles crispés, Viktor Bout lança un regard bref à Oyo, le colosse nigérien, assis à côté de lui. Leurs deux

Le piège de Bangkok

gardes semblaient surpris par cet arrêt imprévu, mais pas inquiets.

Ils n'eurent même pas le temps de réagir lorsque le colosse noir se jeta sur eux, en dépit de ses chevilles entravées. Il referma chacune de ses énormes mains sur le cou d'un des policiers, serrant de toutes ses forces, cognant ensuite férocement leurs deux têtes.

Ils ne se débattirent même pas, déjà à moitié asphyxiés. Viktor Bout courait déjà vers l'arrière aussi vite que le lui permettait la chaîne entravant ses chevilles. Il se jeta sur le loquet de la porte et le releva, poussant d'un coup d'épaule les deux battants qui s'ouvrirent largement.

La première chose qu'il aperçut fut une grosse voiture sombre arrêtée derrière le fourgon.

Il sauta aussitôt à terre, tomba à cause de ses chevilles entravées, puis se releva, tenant entre ses dents la ficelle qui empêchait sa chaîne de traîner par terre et hurla à l'intention du Nigérien.

— *Come ! Quick !*

Abandonnant les deux policiers à moitié étranglés, Oyo courut jusqu'à

Le piège de Bangkok

l'arrière, et, à son tour, se laissa tomber sur la chaussée.

Viktor Bout avait déjà commencé à courir le long du fourgon, maladroitement, à cause des chaînes. En apercevant la lourde silhouette d'Evgueni Makowski, il faillit hurler de bonheur.

Il était sauvé.

*

* *

Pétrifiés, Malko, Chris Jones et Milton Brabeck venaient de voir les deux prisonniers sauter du fourgon sous leur nez et commencer à détaler !

— Qu'est-ce qu'on fait ? lança Chris Jones à Malko.

Celui-ci se retourna et laissa tomber :

— Rien ! Ce sont les ordres.

— *God damn us* ! lâcha Milton Brabeck. Ils sont fous à Washington !

Ils virent un des policiers du fourgon se relever en titubant, sortir son pistolet et sauter à terre à son tour, à la poursuite des deux évadés.

— Il va les flinguer ! lança Chris Jones.

Le piège de Bangkok

Ce n'était plus leur problème : ils ne pouvaient quand même pas s'opposer à des policiers thaïs essayant de rattraper des fugitifs évadés ! Une pensée dérangeante traversa Malko. Pourquoi les Russes étaient-ils intervenus ? Alors que, dans quelques minutes, un juge allait annoncer à Viktor Bout qu'il était libre ?

Plusieurs coups de feu claquèrent, venant de l'avant du fourgon.

Malko sauta à terre, sans sortir son arme, et courut dans la direction des coups de feu.

*
* *

Ivre de fureur, encore suffoquant, le policier thaï aperçut à quelques mètres devant lui le gros Nigérien courant maladroitement en direction d'une voiture blanche qui bloquait le fourgon.

Sans hésiter, il le visa et commença à vider son chargeur. Au troisième coup de feu, le Nigérien tituba et s'effondra, à plat ventre, sur la chaussée.

Découvrant le gros barbu armé d'un pistolet, qui menaçait les deux policiers

Le piège de Bangkok

de l'avant, le policier qui venait d'abattre le Nigérien, n'hésita pas une seconde, achevant de vider son chargeur sur l'homme qui menaçait ses collègues.

Le barbu tira presque en même temps que lui, cinq ou six coups, se raccrocha d'une main à la portière du fourgon, puis glissa à terre, du sang plein sa chemise. Boris Titov, son pistolet-mitrailleur à la main, courait déjà vers la voiture blanche. Il l'atteignit au moment où le second policier arrivait en brandissant son pistolet. Viktor Bout n'eut même pas le temps de monter dans la voiture : Boris Titov avait démarré en trombe.

Jurant comme un charretier, Viktor Bout se retourna vers le second policier, et, sans hésiter, leva les deux bras au dessus de sa tête, le plus haut qu'il put. L'autre tira, mais en direction de la voiture qu'il rata. Puis, il hésita. Viktor Bout vit dans ses yeux qu'il avait très envie de le tuer. Mais finalement, il se rua sur lui et commença à le frapper avec son arme jusqu'à ce qu'il tombe. Ensuite, il le bourra de coups de pied, jusqu'à en perdre une chaussure.

Le piège de Bangkok

Arrivant à contresens, une voiture de la police royale thaïe s'immobilisa devant le fourgon et il en jaillit quatre policiers qui relevèrent Viktor Bout, le visage en sang.

*
* *

— C'est un foutu merdier ! grommela Gordon Backfield. Un foutu merdier.

Il avait vieilli de dix ans en quelques heures. Malko respecta son silence. Lui aussi était vidé. Les policiers thaïs les avaient pris pour de simples passants et ils n'avaient eu aucun problème à filer pour regagner l'ambassade.

Pour y trouver le chef de Station totalement accablé.

— Mais enfin, qu'est-ce qui s'est passé ? demanda Malko.

— Au dernier moment, le Kremlin a fait à la Maison Blanche une offre qu'elle ne pouvait pas refuser : l'autorisation de transit par le Kirghistan. Un geste stratégique. C'est le président Obama lui-même qui a appelé le patron de la DEA pour lui ordonner de retirer sa demande

434

d'extradition. Les Thaïs venaient d'être notifiés eux aussi...

— Mais alors, pourquoi les Russes ont-ils attaqué le fourgon ?

— Je n'en sais foutre rien, admit l'Américain. Mauvaise coordination, probablement.

Son téléphone sonna. La conversation fut très brève.

— C'est mon homologue de la *National Intelligence* qui m'annonce que le tribunal vient de prononcer un arrêté d'expulsion en faveur de Viktor Bout.

— Et la tentative d'évasion ?

L'Américain eut un geste évasif.

— On va l'oublier... C'est du deal d'État à État.

Malko avait envie de vomir en revoyant le Nigérien face contre terre, criblé de balles, le policier thaï et Evgueni Makowski qu'il avait enfin retrouvé.

Trois morts pour rien...

Certes, l'avenir du trafiquant de drogue nigérien n'était pas rose, mais là, il n'avait plus d'avenir du tout.

Le portable de Malko sonna.

C'était Ling Sima, bouleversée.

Le piège de Bangkok

— Nous ne t'avions pas trompé, jura-t-elle, je te promets.

— Je sais, répondit Malko, rassure tes amis.

*
* *

Tatiana Mira se releva et s'époussseta machinalement. Après plus d'une heure en position de tir, sans nouvelles d'Evgueni Makowski dont le portable ne répondait plus, elle venait, enfin, de recevoir un message sibyllin d'un inconnu, lui disant qu'elle devait rentrer à Moscou d'urgence, sa mère étant gravement souffrante.

Celle-ci étant décédée deux ans plus tôt d'un cancer foudroyant, cela ne pouvait être qu'un message de son Service.

Consciencieusement, elle démonta son Dragonov et le remit dans son étui, puis descendit et se posa au bord de la chaussée. Dix minutes plus tard, un taxi rose s'arrêta et elle lui donna l'adresse de l'ambassade russe.

Miracle : il comprit où elle voulait aller.

Le piège de Bangkok

Une heure plus tard, elle s'arrêtait devant la porte massive de l'ambassade. Elle appuya sur le bouton en dessous de la caméra et attendit. Une voix lui demanda, quelques instants plus tard, ce qu'elle voulait.

— J'ai un paquet pour Alexander Timotin, annonça-t-elle en russe.

La porte s'ouvrit et Tatiana Mira se dirigea vers le poste de garde.

— *Dobredin,* dit-elle poliment. Vous remettrez ceci à Alexander Timotin.

Avant que le garde puisse dire un mot, elle était dehors. Un taxi s'arrêta et elle lui montra l'adresse écrite en thaï du condominium où demeurait Natalya Isakov.

Elle ne rentrerait pas à Moscou, une nouvelle carrière l'attendait ici.

*
* *

Du soixante-quatrième étage de la State Tower, on avait tout Bangkok à ses pieds. La température était délicieuse, la nourriture bonne et Ling Sima éblouissante dans une robe européenne au décolleté profond...

Le piège de Bangkok

On apporta l'addition et elle s'en empara. Malko voulut la récupérer mais elle lui dit fermement.

— Ce sont nos amis de la Sun Yee On. Ils tiennent à te dédommager.

C'était un dîner à 500 000 dollars.

La traque de Viktor Bout était terminée. Le Russe avait quitté Bangkok le matin même, dans un appareil d'Aéroflot. Les journaux thaïs n'avaient soufflé mot des derniers événements.

Comme dans un théâtre d'ombres, les protagonistes de cette traque sanglante, s'étaient évanouis comme s'ils n'avaient jamais existé.

Malko croisa le regard de Ling Sima et ce qu'il y lut ne lui fit pas regretter d'être venu traquer Viktor Bout à Bangkok.

DU MÊME AUTEUR EN FORMAT DE POCHE
(* titres épuisés)

*N° 1 S.A.S. À ISTANBUL
N° 2 S.A.S. CONTRE C.I.A.
*N° 3 S.A.S. OPÉRATION APOCALYPSE
N° 4 SAMBA POUR S.A.S.
*N° 5 S.A.S. RENDEZ-VOUS
   À SAN FRANCISCO
*N° 6 S.A.S. DOSSIER KENNEDY
N° 7 S.A.S. BROIE DU NOIR
*N° 8 S.A.S. AUX CARAÏBES
*N° 9 S.A.S. À L'OUEST DE JÉRUSALEM
*N° 10 S.A.S. L'OR DE LA RIVIÈRE KWAÏ
*N° 11 S.A.S. MAGIE NOIRE
   À NEW YORK
N° 12 S.A.S. LES TROIS VEUVES
   DE HONG KONG
*N° 13 S.A.S. L'ABOMINABLE SIRÈNE
N° 14 S.A.S. LES PENDUS DE BAGDAD
N° 15 S.A.S. LA PANTHÈRE
   D'HOLLYWOOD
N° 16 S.A.S. ESCALE À PAGO-PAGO
N° 17 S.A.S. AMOK À BALI
N° 18 S.A.S. QUE VIVA GUEVARA
N° 19 S.A.S. CYCLONE À L'ONU
N° 20 S.A.S. MISSION À SAIGON
N° 21 S.A.S. LE BAL DE LA COMTESSE
   ADLER
N° 22 S.A.S. LES PARIAS DE CEYLAN
N° 23 S.A.S. MASSACRE À AMMAN
N° 24 S.A.S. REQUIEM POUR TONTONS
   MACOUTES
N° 25 S.A.S. L'HOMME DE KABUL
N° 26 S.A.S. MORT À BEYROUTH
N° 27 S.A.S. SAFARI À LA PAZ
N° 28 S.A.S. L'HÉROÏNE DE VIENTIANE
N° 29 S.A.S. BERLIN CHECK POINT
   CHARLIE
N° 30 S.A.S. MOURIR POUR ZANZIBAR
N° 31 S.A.S. L'ANGE DE MONTEVIDEO
*N° 32 S.A.S. MURDER INC. LAS VEGAS
N° 33 S.A.S. RENDEZ-VOUS À BORIS
   GLEB
N° 34 S.A.S. KILL HENRY KISSINGER !
N° 35 S.A.S. ROULETTE
   CAMBODGIENNE
N° 36 S.A.S. FURIE À BELFAST
N° 37 S.A.S. GUÊPIER EN ANGOLA
N° 38 S.A.S. LES OTAGES DE TOKYO
N° 39 S.A.S. L'ORDRE RÈGNE
   A SANTIAGO
N° 40 S.A.S. LES SORCIERS DU TAGE
N° 41 S.A.S. EMBARGO
N° 42 S.A.S. LE DISPARU
   DE SINGAPOUR
N° 43 S.A.S. COMPTE À REBOURS
   EN RHODÉSIE
N° 44 S.A.S. MEURTRE À ATHÈNES
N° 45 S.A.S. LE TRÉSOR DU NÉGUS
N° 46 S.A.S. PROTECTION
   POUR TEDDY BEAR

N° 47 S.A.S. MISSION IMPOSSIBLE
   EN SOMALIE
N° 48 S.A.S. MARATHON À SPANISH
   HARLEM
*N° 49 S.A.S. NAUFRAGE
   AUX SEYCHELLES
N° 50 S.A.S. LE PRINTEMPS
   DE VARSOVIE
N° 51 S.A.S. LE GARDIEN D'ISRAËL
N° 52 S.A.S. PANIQUE AU ZAÏRE
N° 53 S.A.S. CROISADE À MANAGUA
N° 54 S.A.S. VOIR MALTE ET MOURIR
N° 55 S.A.S. SHANGHAÏ EXPRESS
*N° 56 S.A.S. OPÉRATION MATADOR
N° 57 S.A.S. DUEL À BARRANQUILLA
N° 58 S.A.S. PIÈGE À BUDAPEST
N° 59 S.A.S. CARNAGE À ABU DHABI
N° 60 S.A.S. TERREUR AU SAN
   SALVADOR
*N° 61 S.A.S. LE COMPLOT DU CAIRE
N° 62 S.A.S. VENGEANCE ROMAINE
N° 63 S.A.S. DES ARMES
   POUR KHARTOUM
N° 64 S.A.S. TORNADE SUR MANILLE
*N° 65 S.A.S. LE FUGITIF
   DE HAMBOURG
*N° 66 S.A.S. OBJECTIF REAGAN
N° 67 S.A.S. ROUGE GRENADE
*N° 68 S.A.S. COMMANDO SUR TUNIS
N° 69 S.A.S. LE TUEUR DE MIAMI
*N° 70 S.A.S. LA FILIÈRE BULGARE
*N° 71 S.A.S. AVENTURE AU SURINAM
*N° 72 S.A.S. EMBUSCADE
   À LA KHYBER PASS
*N° 73 S.A.S. LE VOL 007 NE RÉPOND
   PLUS
N° 74 S.A.S. LES FOUS DE BAALBEK
N° 75 S.A.S. LES ENRAGÉS
   D'AMSTERDAM
N° 76 S.A.S. PUTSCH
   A OUAGADOUGOU
N° 77 S.A.S. LA BLONDE DE PRÉTORIA
N° 78 S.A.S. LA VEUVE
   DE L'AYATOLLAH
N° 79 S.A.S. CHASSE À L'HOMME
   AU PÉROU
N° 80 S.A.S. L'AFFAIRE KIRSANOV
N° 81 S.A.S. MORT À GANDHI
N° 82 S.A.S. DANSE MACABRE
   À BELGRADE
*N° 83 S.A.S. COUP D'ÉTAT AU YEMEN
*N° 84 S.A.S. LE PLAN NASSER
*N° 85 S.A.S. EMBROUILLES À PANAMA
N° 86 S.A.S. LA MADONE
   DE STOCKHOLM
N° 87 S.A.S. L'OTAGE D'OMAN
N° 88 S.A.S. ESCALE À GIBRALTAR
N° 89 S.A.S. AVENTURE EN SIERRA
   LEONE
N° 90 S.A.S. LA TAUPE DE LANGLEY

N° 91 S.A.S. LES AMAZONES
DE PYONGYANG
N° 92 S.A.S. LES TUEURS
DE BRUXELLES
N° 93 S.A.S. VISA POUR CUBA
*N° 94 S.A.S. ARNAQUE À BRUNEI
*N° 95 S.A.S. LOI MARTIALE À KABOUL
*N° 96 S.A.S. L'INCONNU
DE LENINGRAD
N° 97 S.A.S. CAUCHEMAR
EN COLOMBIE
N° 98 S.A.S. CROISADE EN BIRMANIE
N° 99 S.A.S. MISSION À MOSCOU
N° 100 S.A.S. LES CANONS DE BAGDAD
*N° 101 S.A.S. LA PISTE
DE BRAZZAVILLE
*N° 102 S.A.S. LA SOLUTION ROUGE
N° 103 S.A.S. LA VENGEANCE
DE SADDAM HUSSEIN
N° 104 S.A.S. MANIP À ZAGREB
N° 105 S.A.S. KGB CONTRE KGB
N° 106 S.A.S. LE DISPARU
DES CANARIES
*N° 107 S.A.S. ALERTE AU PLUTONIUM
N° 108 S.A.S. COUP D'ÉTAT À TRIPOLI
N° 109 S.A.S. MISSION SARAJEVO
N° 110 S.A.S. TUEZ RIGOBERT
À MENCHU
N° 111 S.A.S. AU NOM D'ALLAH
*N° 112 S.A.S. VENGEANCE
À BEYROUTH
*N° 113 S.A.S. LES TROMPETTES
DE JÉRICHO
N° 114 S.A.S. L'OR DE MOSCOU
N° 115 S.A.S. LES CROISÉS
DE L'APARTHEID
N° 116 S.A.S. LA TRAQUE CARLOS
N° 117 S.A.S. TUERIE À MARRAKECH
*N° 118 S.A.S. L'OTAGE DU TRIANGLE
D'OR
N° 119 S.A.S. LE CARTEL
DE SÉBASTOPOL
N° 120 S.A.S. RAMENEZ-MOI LA TÊTE
D'EL COYOTE
*N° 121 S.A.S. LA RÉSOLUTION 687
N° 122 S.A.S. OPÉRATION LUCIFER
N° 123 S.A.S. VENGEANCE
TCHÉTCHÈNE
N° 124 S.A.S. TU TUERAS
TON PROCHAIN
N° 125 S.A.S. VENGEZ LE VOL 800
*N° 126 S.A.S. UNE LETTRE
POUR LA MAISON-BLANCHE
N° 127 S.A.S. HONG KONG EXPRESS
N° 128 S.A.S. ZAÏRE ADIEU
N° 129 S.A.S. LA MANIPULATION
YGGDRASIL
*N° 130 S.A.S. MORTELLE JAMAÏQUE
N° 131 S.A.S. LA PESTE NOIRE
DE BAGDAD

*N° 132 S.A.S. L'ESPION DU VATICAN
N° 133 S.A.S. ALBANIE MISSION
IMPOSSIBLE
*N° 134 S.A.S. LA SOURCE YAHALOM
N° 135 S.A.S. CONTRE P.K.K.
N° 136 S.A.S. BOMBES SUR BELGRADE
N° 137 S.A.S. LA PISTE DU KREMLIN
N° 138 S.A.S. L'AMOUR FOU
DU COLONEL CHANG
*N° 139 S.A.S. DJIHAD
*N° 140 S.A.S. ENQUÊTE SUR UN
GÉNOCIDE
*N° 141 S.A.S. L'OTAGE DE JOLO
N° 142 S.A.S. TUEZ LE PAPE
*N° 143 S.A.S. ARMAGEDDON
*N° 144 S.A.S. LI SHA-TIN DOIT MOURIR
*N° 145 S.A.S. LE ROI FOU DU NÉPAL
N° 146 S.A.S. LE SABRE DE BIN LADEN
*N° 147 S.A.S. LA MANIP DU « KARIN A »
N° 148 S.A.S. BIN LADEN : LA TRAQUE
N° 149 S.A.S. LE PARRAIN
DU « 17-NOVEMBRE »
N° 150 S.A.S. BAGDAD EXPRESS
*N° 151 S.A.S. L'OR D'AL-QUAIDA
*N° 152 S.A.S. PACTE AVEC LE DIABLE
N° 153 S.A.S. RAMENEZ-LES VIVANTS
N° 154 S.A.S. LE RÉSEAU ISTANBUL
*N° 155 S.A.S. LE JOUR DE LA TCHÉKA
*N° 156 S.A.S. LA CONNEXION
SAOUDIENNE
N° 157 S.A.S. OTAGE EN IRAK
*N° 158 S.A.S. TUEZ IOUCHTCHENKO
*N° 159 S.A.S. MISSION : CUBA
*N° 160 S.A.S. AURORE NOIRE
*N° 161 S.A.S. LE PROGRAMME 111
*N° 162 S.A.S. QUE LA BÊTE MEURE
*N° 163 S.A.S. LE TRÉSOR DE SADDAM
TOME I
N° 164 S.A.S. LE TRÉSOR DE SADDAM
TOME II
N° 165 S.A.S. LE DOSSIER K.
N° 166 S.A.S. ROUGE LIBAN
N° 167 POLONIUM 210
N° 168 LE DÉFECTEUR
DE PYONGYANG TOME. I
N° 169 LE DÉFECTEUR
DE PYONGYANG TOME. II
N° 170 OTAGE DES TALIBAN
N° 171 L'AGENDA KOSOVO
N° 172 RETOUR À SHANGRI-LA
N° 173 S.A.S. AL QAIDA ATTAQUE
TOME I
N° 174 S.A.S. AL QAIDA ATTAQUE
TOME II
N° 175 TUEZ LE DALAÏ-LAMA
N° 176 LE PRINTEMPS DE TBILISSI
N° 177 PIRATES
N° 178 LA BATAILLE DES S300 TOME I
N° 179 LA BATAILLE DES S300 TOME II
N° 180 LE PIÈGE DE BANGKOK

Composition et mise en page

Imprimé en Italie par Puntoweb srl
Dépôt légal : mars 2010